블러드차일드

블러드차일드

BLOODCHILD AND OTHER STORIES

옥타비아 버틀러_이수현 옮김

비채

BLOODCHILD
AND OTHER
STORIES

차 례

솔직히 말하면, 나는 단편 쓰기를 싫어한다. 나는 단편을 쓰려는 시도에서 원하지 않았던 좌절과 절망만 잔뜩 배웠다.

그래도 단편 쓰기에는 유혹적인 뭔가가 있다. 아이디어를 내놓고 열 쪽, 스무 쪽, 어쩌면 서른 쪽이 지나면 짜잔! 하고 완성된 이야기가 나오니 말이다.

글쎄, 어쩌면 그럴 수도 있다는 얘기다.

내가 초기에 쓴 글 뭉치는 단편이라고 할 수 없었다. 더 긴 작업들, 어디로도 가지 못하고 끝을 내지 못한 소설들의 파편이었다. 아니면 아직 쓰지 못한 소설의 요약본이었다. 그것도 아니면 홀로 설 수 없는 단발적인 사건들이었다.

게다가 어지간히도 못 썼다.

대학의 작문 선생님들이 그 글들에 대해 정중하고 상냥한 말만 해주었다는 사실도 도움이 되지 않았다. 그분들은 내가 계속 써내는 SF와 판타지에 대해 별로 도움을 줄 수 없었다. 사실 그분들은 SF라고 부를 수 있는 것이라면 뭐든 높이 평가하지 않았다.

편집자들은 꼬박꼬박 내 단편을 돌려보냈다. 익숙한 거절의 말이 인쇄된, 서명 없는 쪽지가 함께 왔다. 물론 이것은 작가라면 누구나 거치는 통과의례다. 나도 그 점을 알고는 있었지만, 그렇다고 거절을 받아들이기가 쉬워지지는 않았다. 나는 금연을 시도하는 사람처럼 단편을 쓰곤 했다. 그러니까 끊겠다고 결심하고 다시 쓰기를 반복했다는 말이다. 나는 단편 아이디어에서 벗어날 수 없었고, 그 아이디어를 단편으로 만들어낼 수도 없었다. 오랜 싸움 끝에 그런 아이디어 몇 개를 장편으로 써내기는 했다.

처음부터 그랬어야 할 것들이었다.

나는 근본적으로 장편 작가다. 내 관심을 끄는 아이디어는 규모가 클 때가 많다. 그런 아이디어를 탐색하자면 단편이 담아낼 수 있는 것보다 많은 시간과 공간이 필요하다.

그럼에도, 가끔이지만 내 단편 중에 진짜 단편이 나오기도 한다. 이 단편집에 수록한 다섯 편이 그렇다. 이 이야기들을 장편으로 바꾸고 싶었던 적은 없다. 하지만 거기에 뭔가 덧붙이고 싶기는 했다. 길이를 늘리는 게 아니라, 각각의 단편에 대해 뭔가 말하고 싶었다. 그래서 단편마다 짧은 후기를 덧붙였다. 아무래도 서문보다는 후기가 좋다. 후기라면 독자들의 재미를 망칠 염려 없이 소설에 대해 자유롭게 말할 수 있으니 말이다. 그런 자유를 누리게 되어 기쁘다. 이전에는 다른 사람들이 내 작품에 대해 온갖 해석을 찍어냈다. '버틀러는 ……라고 하려는 듯하다', '버틀러는 ……라고 믿는 게 틀림없다', '버틀러는 자신의 생각을 분명히 한다' 등등.

사실 나는 사람들이 작품에서 무엇을 떠올리는지가 내가 글에 무엇을 집어넣었는지 못지않게 중요하다고 생각한다. 그래도 역시 내가 글에 무엇을 담았는지, 그게 나에게 어떤 의미가 있는지 조금이라도 이야기할 수 있다는 것은 기쁜 일이다.

BLOODCHILD
AND OTHER
STORIES

사람들은 내게 왜 그토록 SF에 집착하느냐고 묻는다. 난 집착하지 않았다.
그저 상상력이 나를 이끄는 곳으로 달려왔을 뿐.
SF 속에서, 당신 또한 상상 가능한 곳으로 얼마든지 떠날 수 있을 것이다.

_옥타비아 버틀러

BLOODCHILD

소설

블러드차일드

Bloodchild

내 어린 날의 마지막 밤은 집에 가면서 시작되었다. 트가토이T'Gatoi의 자매가 준 무정란이 두 알 있었다. 트가토이는 한 알을 우리 어머니와 형과 누이들에게 주고 나머지 한 알은 나 혼자 다 먹어야 한다고 우겼다. 상관없었다. 모두의 기분이 좋아지기에 충분한 양이었으니까. 아니, 거의 모두라고 해야겠다. 어머니는 먹지 않았으니 말이다. 어머니는 앉아서 다른 모두가 꿈을 꾸며 부유하는 모습을 지켜보기만 했다. 주로 나를.

나는 트가토이의 길고 매끄러운 아랫면에 기대 누워 알을 조금씩 마시며 왜 어머니는 이런 무해한 즐거움을 거부하는 걸까 생각했다. 어머니가 가끔 알을 즐겼다면 머리카락도 덜 세었을 것이다. 알은 수명을 늘리고, 활력을 연장시켰다. 한 번도 일을 거부한 적 없던 우리 아버지는 기대 수명의 두 배를 살았다. 그리고 기력이 쇠했어야 할 인생 말년에 어머니와 결혼해서 자식을 넷이나 두었다.

하지만 어머니는 굳이 일찍 늙는 길을 택하고도 불만이 없어 보였다. 트가토이의 수족 몇 개가 나를 더 가까이 감싸자 어머니가 눈을 돌리는 모습을 보았다. 트가토이는 우리의 체온을 좋아했고 기회가 있을 때마다 온기를 나눠받았다. 집에서 더 많은 시간을 보내던 어린 시절, 어머니는 내게 트가토이와 있을 때 어떻게 행동해야 하는지 일러주려고 했다. 트가토이는 틀릭Tlic 정부에서 보호구역을 책임진 관료이고, 테란Terran을 직접 상대하는 가장 중요한 인물이므로 공손한 태도를 보이고 언제나 순종해야 한다고 말이다. 어머니는 그런 인물이 우리 가족을 선택해 들어온 것은 영예로운 일이라고 말했다. 어머니는 거짓말을 할 때 유독 정중하고 엄격했다.

나는 어머니가 왜 거짓말을 하는지 몰랐다. 아니 무엇에 대해 거짓말을 하는지조차 알 수 없었다. 트가토이가 가족이라는 사실은 실제로 영예로운 일이었으나 특별한 일은 아니었다. 어머니는 평생 트가토이와 친구였고, 트가토이는 자기가 두 번째 집으로 여기는 곳에서 떠받들리고 싶어하지 않았다. 트가토이는 그저 들어와서 자신을 위해 마련된 소파에 올라가고, 나를 불러다가 몸을 데울 뿐이었다. 그 몸에 기대어 누워, 언제나처럼 내가 너무 말랐다고 불평하는 그녀의 목소리를 들으면서 격식을 차리기란 불가능했다.

"나아졌구나." 트가토이가 이번에는 여섯 개인가 일곱 개의 수족으로 나를 살피면서 말했다. "이제 겨우 몸무게가 늘고 있어. 마른 몸은 위험해." 탐색하던 손길이 미묘하게 바뀌어, 애무와도 같은 어루만짐이 이어졌다.

"걔는 아직도 너무 말랐어요." 어머니가 날카롭게 말했다.

트가토이는 마치 몸을 바로 하여 앉는 것처럼 머리와 몸체를 1미터 정도 소파에서 들어 올렸다. 트가토이가 바라보자 주름지고 늙은 얼굴의 어머니는 고개를 돌렸다.

"리언, 당신도 간Gan이 남긴 알을 먹었으면 좋겠어."

"알은 아이들을 위한 거예요." 어머니가 대답했다.

"가족을 위한 거야. 제발 좀 먹어."

어머니는 마지못해 복종했고, 나에게서 알을 건네받아 입에 가져갔다. 탄력 있던 껍데기는 쪼그라들었고, 이제 그 속에는 몇 방울밖에 남아 있지 않았지만, 어머니는 남은 액체를 짜내어 삼켰다. 이내 긴장으로 패었던 어머니의 얼굴 주름 몇 줄이 펴졌다.

어머니가 속삭였다. "좋네요. 가끔 이게 얼마나 좋은지 잊어버려요."

트가토이가 말했다. "더 먹어야지. 왜 그렇게 서둘러 늙으려고 해?"

어머니는 아무 말도 하지 않았다.

"나는 여기 올 수 있어서 좋아." 트가토이가 말했다. "이 집이 피난처가 되는 건 당신 덕분인데, 정작 당신은 자기 자신을 돌보지 않으려 해."

바깥에서는 트가토이를 몰아세웠다. 그녀의 동족은 우리를 더 많이 이용하고 싶어했다. 왜 보호구역이 존재하는지, 왜 아무 테란이나 꾀어내거나 사거나 선발해서 이용할 수 없는지 이해 못 하는 무리와 우리 사이에 오직 트가토이와 그녀의 정치 분파만이 서 있었다. 아니, 그런 무리도 이해는 하지만, 절박함 탓에 상관하지 않는지도 몰랐다. 트가토이는 절박한 이들에게 우리를 배분했고, 부유하고 강력한 이들에게는 정치적 지원을 받고 팔았다. 그래서 우리는 필수 불가결한 존재이자 지위의 상징이면서도 자유민이었다. 트가토이는 가족들의 결합을 감독했고, 인내심 부족한 틀릭의 수요를 맞추느라 테란 가족을 산산이 쪼개던 이전 체계의 잔재를 완전히 없앴다. 나는 트가토이와 함께 밖에서 살았고, 나를 보는 어떤 이들의 눈에서 절박한 열망을 보았다. 우리를 너무나 쉽게 집어삼킬 수 있는 그 절박함과 우리 사이에 트가토이밖에 없다는 사실을 깨닫자 조금 무서웠다. 어머니는 가끔 트가토이를 보면서 나에게 '잘 돌봐드려라'라고 말했다. 그리고 나는 어머니 역시 바깥에 있어보았음을, 다른 이들의 눈을 보았음을 알았다.

트가토이는 수족 중 네 개를 써서 나를 바닥으로 밀어냈다. "가보렴, 간. 누이들과 같이 앉아서 취한 상태를 즐겨. 너는 알 하나를 거의 다 먹었으니까. 리언, 와서 내 몸을 데워줘."

나는 어머니가 머뭇거리는 이유를 알 수 없었다. 내가 가진 가장 이른 기억 중 하나가 트가토이와 나란히 늘어져서 이해할 수 없는 이야기를 나누던 어머니, 나를 바닥에서 들어 올려 트가토이의 체절 위에 앉히면서 웃던 어머니의 모습이다. 그때는 어머니도 자기 몫의 알을 먹었다. 어머니가 언제, 그리고 왜 그만두었는지 궁금했다.

어머니가 트가토이에게 기대어 눕자, 트가토이의 왼쪽 수족 전부가 어머니를 에워싸서 느슨하지만 확고하게 감싸안았다. 나는 그런 식으로 눕는 것이 편안했지만, 누나를 뺀 가족 중 누구도 그렇게 눕기를 좋아하지 않았다. 다들 우리에 갇힌 기분이 든다고 했다.

트가토이는 어머니를 그렇게 가둘 작정이었다. 일단 가두고 나자 트가토이는 꼬리를 살짝 움직이고 말했다. "알이 충분하지 않았지, 리언. 당신 차례가 되었을 때 먹어야 했어. 지금 당신에겐 정말 알이 필요해."

트가토이의 꼬리가 한 번 더 움직였는데, 채찍 같은 움직임이 어찌나 빠르던지 주시하고 있지 않았다면 보지도 못했을 것이다. 트가토이의 침은 어머니의 맨다리에서 딱 한 방울의 피밖에 뽑지 않았다.

어머니가 소리를 질렀다. 아마 놀라서였을 것이다. 침을 맞는다고 아프지는 않다. 어머니는 곧 한숨을 내쉬었고 나는 어머니의 몸에서 긴장이 풀리는 것을 볼 수 있었다. 어머니는 트가토이의 수족이 만든 우리 속에서 나른하게 움직여 더 편안한 자세를 취했다. "왜 그런 거죠?" 어머니는 반쯤 잠든 목소리로 물었다.

"당신이 힘들어하면서 앉아 있는 모습을 더는 지켜볼 수 없었어."

어머니는 겨우 어깨를 움직여서 작게 으쓱이는 동작을 취했다. "내일……."

"그래. 내일이면 당신의 고통도 다시 시작되겠지. 꼭 그래야 한다면. 하지만 지금은, 지금만이라도 여기 누워서 내게 온기를 주고, 내가 당신을 조금이라도 달래게 해줘."

"알죠, 그 애는 내 자식이에요." 어머니가 불쑥 말했다.

"그 무엇도 나에게서 그 애를 살 순 없어요." 맑은 정신이었다면 감히 입 밖에 내지 않았을 말이었다.

"물론이야." 트가토이는 어머니를 어르며 맞장구를 쳤다.

"내가 알이나 긴 수명 따위를 얻겠다고 그 애를 팔 줄 알았나요? 내 아들을?"

"그 무엇에도 팔지 않지." 트가토이는 어머니의 어깨를 어루만지고, 어머니의 길고 희끗희끗한 머리를 만지작거리면서 말했다.

나도 어머니를 만지고, 그 순간을 함께 나누고 싶었다. 지금 어머니를 만지면 내 손을 잡아주실 터였다. 알과 침의 효과로 풀어져서 미소를 짓고, 어쩌면 오랫동안 참던 말을 해줄지도 몰랐다. 하지만 내일이면 어머니는 이 모든 일을 창피하게 여길 것이다. 나는 창피한 기억의 일부가 되고 싶지 않았다. 이대로 가만히, 온갖 의무와 자존심과 고통의 껍데기 밑에서는 어머니가 나를 사랑한다는 사실만 떠올리는 편이 최선이었다.

트가토이가 말했다. "수안 호아, 어머니 신발을 벗겨드려라. 잠시 후에 한 번 더 쏘아주면 잘 수 있을 거야."

누나는 취한 몸으로 일어서느라 비틀거리면서도 그 말에 따랐다. 어머니의 신발을 다 벗긴 누나는 내 옆에 앉아서 내 손을 잡았다. 누나와 나, 우리는 언제나 한 묶음이었다.

어머니는 트가토이의 아랫면에 뒤통수를 대고, 무리한 각도에서 트가토이의 둥글고 큰 얼굴을 올려다보려고 했다. "날 또 쏠 건가요?"

"그래, 리언."

"내일 정오까지 자겠네요."

"좋지. 당신에겐 잠이 필요해. 마지막으로 잔 게 언제야?"

어머니는 대답 대신 곤혹스러워하는 소리를 냈다. "당신이

아주 작았을 때 밟아버렸어야 했는데 말이죠." 어머니가 중얼
거렸다.

그것은 둘이 주고받는 오래된 농담이었다. 둘은 함께 자란
셈이었지만, 어머니의 일생 동안 트가토이는 테란이 밟을 수
있을 만큼 작았던 적이 없다. 트가토이의 나이는 지금 우리 어
머니의 세 배에 가까웠지만, 어머니가 노환으로 죽더라도 트
가토이는 젊은 축일 것이다. 다만 트가토이와 어머니가 만난
것은 트가토이의 왕성한 발육기, 즉 틀릭의 청소년기 비슷한
시기였다. 당시 어머니는 어린아이에 불과했지만, 한동안 그
들은 같은 속도로 자랐고 서로보다 더 좋은 친구가 없었다.

트가토이는 어머니를 우리 아버지가 된 남자에게 소개해주
기도 했다. 나이 차이는 있었어도 서로에게 만족했던 우리 부
모님은 트가토이가 가업인 정치에 입문할 때 결혼했다. 그리
고 트가토이와 어머니는 전보다 덜 만났다. 그러나 어머니는
누나가 태어나기 얼마 전 트가토이에게 자식 하나를 약속했
다. 어차피 우리 중 하나는 누군가에게 줘야 했고, 낯선 누군
가보다는 트가토이가 나았다.

세월이 흘렀다. 트가토이는 여행을 하고 영향력을 키웠다.
그녀가 아마도 자기가 한 힘든 일에 대한 정당한 대가로 보았
을 아이를 받기 위해 어머니에게 돌아왔을 무렵, 보호구역은
트가토이의 것이 되어 있었다. 누나는 첫눈에 트가토이를 좋

아하게 됐고 선택받고 싶어했지만, 어머니는 나로 합의를 보았다. 트가토이도 갓난아기를 선택해서 모든 발달과정을 지켜보며 참여한다는 생각을 마음에 들어했다. 내가 트가토이의 많은 수족 안에 처음 갇힌 것이 태어난 지 겨우 삼 분 후였다고 들었다. 그 며칠 후에 처음으로 알을 맛보았다고도 했다. 나는 다른 테란들이 트가토이가 무섭지 않으냐고 물으면 그 이야기를 해준다. 그리고 트가토이는 무지하고 불안한 틀릭이 청소년을 요구하면 같은 이야기를 해주며 어린 테란 아이를 추천한다. 틀릭을 두려워하고 불신하게 자라버린 내 형도 아주 어렸을 때 입양되었더라면 순조롭게 가족에 섞여들 수 있었을지도 모른다. 때로 나는 형을 위해서라도 그랬어야 한다고 생각한다. 나는 방 저편 바닥에 늘어져서 게슴츠레한 눈으로 알이 선사한 꿈을 꾸고 있는 형을 보았다. 틀릭에 대한 감정이야 어쨌든, 형은 언제나 자기 몫의 알을 요구했다.

"리언, 일어설 수 있겠어?" 갑자기 트가토이가 물었다.

"일어서요? 전 자야 하는 줄 알았는데요."

"나중에. 바깥에서 이상한 소리가 들려." 어머니를 감싼 수족이 확 풀렸다.

"뭐라고요?"

"일어나, 리언!"

어머니는 그 어조를 이해하고 바닥에 팽개쳐지기 직전에 일어섰다. 트가토이는 3미터에 달하는 몸을 채찍처럼 휘두르면서 소파에서 일어나 문으로, 문밖으로 전력질주했다. 트가토이에게도 뼈는 있었다, 갈비뼈, 긴 척추, 머리뼈, 그리고 각 체절마다 네 쌍씩 달린 수족뼈까지. 그러나 그렇게 몸을 비틀어 던졌다가 떨어지는 방식으로 달릴 때면 뼈가 없어 보일 뿐 아니라, 물속에 사는 생물처럼 보였다. 물 대신 공기를 가르며 헤엄치는 생물. 나는 그런 트가토이의 움직임을 지켜보는 것이 좋았다.

나는 누나 옆을 떠나서 트가토이를 따라나가려 했지만, 발걸음이 불안정했다. 앉아서 꿈을 꾸는 편이, 여자아이를 하나 찾아서 깨어 있는 꿈을 나누는 편이 더 좋았을 것이다. 틀릭이 우리를 편리한 대형 온혈동물로밖에 보지 않던 시절, 그들은 남자고 여자고 할 것 없이 몇 명씩 함께 울타리 안에 넣어놓고 알만 먹였다. 그렇게 하면 우리가 아무리 저항하려 해도 그들은 다음 세대를 얻을 수 있었다. 그런 방식이 오래가지 않아서 다행이었다. 그렇게 몇 세대가 지났다면 우리는 정말로 편리한 대형 동물에 지나지 않게 되었을 것이다.

트가토이가 말했다. "문을 열어서 잡고 있어라, 간. 그리고 가족들에게는 물러서라고 해라."

"뭔데요?" 내가 물었다.

"엔틀릭N'Tlic이다."

나는 흠칫 놀라 문에서 뒷걸음질쳤다. "여기요? 혼자서요?"

"비상 호출기까지 가려고 했던 것 같구나." 트가토이는 의식 잃은 남자를 코트처럼 수족 위에 접어 걸고 내 옆으로 지나갔다. 남자는 젊어 보였다. 우리 형 나이쯤으로 보였다. 그리고 엔틀릭치고는 말랐다. 트가토이가 위험하게 말랐다고 할 정도의 몸이었다.

"간, 비상 호출기로 가거라." 트가토이는 남자를 바닥에 내려놓고 옷을 벗기기 시작했다.

나는 움직이지 않았다.

잠시 후에 트가토이가 나를 올려 보았다. 갑자기 모든 동작을 멈춘 것은 몹시 초조해하고 있다는 뜻이었다.

나는 그녀에게 말했다. "퀴 형을 보내세요. 전 여기 있을게요. 제가 도울 수 있을지도 몰라요."

트가토이는 다시 수족을 움직여 남자를 들어 올리고 머리 위로 셔츠를 벗겨냈다. "넌 보고 싶지 않을 거야. 힘들 거다. 나는 이 남자를 자기 틀릭만큼 도와줄 수 없어."

"알아요. 그래도 퀴 형을 보내세요. 형은 여기 일을 돕고 싶지 않을 거예요. 저는 도울 마음은 있어요."

트가토이는 나보다 나이도 많고 덩치도 크고 강해서 확실히 더 도움이 될 수 있을 형을 보았다. 형은 벽에 붙어 앉으며 두려움과 반감이 그대로 드러난 얼굴로 바닥에 누운 남자를 노려보았다. 트가토이라 해도 형이 쓸모없으리라는 사실은 알 수 있었다.

"퀴, 가거라!"

형은 반대하지 않았다. 일어서면서 잠시 비틀거렸지만, 두려움에 맑은 정신이 돌아왔는지 곧 똑바로 섰다.

"이 남자의 이름은 브램 로마스다." 트가토이는 남자의 팔찌를 읽었다. 나는 공감하는 마음에 내 팔찌를 어루만졌다. "그에게는 트콧기프 테T'Khotgif Teh가 필요해. 들었느냐?"

"브램 로마스, 트콧기프 테. 갑니다." 형은 로마스 주위를 빙 돌아서 문밖으로 달려갔다.

로마스가 의식을 되찾으려 했다. 그는 처음에는 신음만 하다가 발작적으로 트가토이의 수족 두 개를 움켜쥐었다. 겨우 알이 제공하는 꿈에서 완전히 깨어난 여동생이 로마스를 보려고 다가왔다가, 어머니에게 끌려 돌아갔다.

트가토이는 자기 수족 두 개를 잡고 있게 내버려두고 남자의 신발과 바지를 벗겼다. 마지막 몇 개를 빼면 트가토이의 수족은 모두 똑같이 손재주가 좋았다. "이번에는 말대꾸를 용납하지 않겠다, 간."

나는 몸을 똑바로 폈다. "뭘 하면 되나요?"

"나가서 네 몸 절반 크기 정도의 동물을 도축하거라."

"도축요? 하지만 전 한 번도……."

트가토이는 나를 쳐서 방 저편으로 날렸다. 그녀의 꼬리는 침을 드러내고 있든 있지 않든 효과적인 무기였다.

그녀의 경고를 무시하다니 내가 멍청했다는 생각을 하며 일어나서 부엌으로 들어갔다. 칼이나 도끼가 있다면 무엇인가를 죽일 수도 있을지 몰랐다. 어머니는 먹기 위해 테란 가축 몇 마리를, 털을 얻기 위해 이곳 짐승 수천 마리를 길렀다. 트가토이라면 이곳 짐승을 더 좋아할 것이다. 아크티Achti라든가. 아크티 몇 놈이 알맞은 크기이기는 했는데, 그놈들은 나보다 이빨이 세 배는 많았고 그 이빨을 써먹기를 아주 좋아했다. 어머니와 호아 누나, 퀴 형은 칼로 그놈들을 죽일 수 있었다. 나는 한 번도 죽여본 적이 없었다. 어떤 동물도 도축해본 적이 없었다. 형과 누나와 동생들이 집안일을 익히는 동안 나는 거의 평생을 트가토이와 함께 지냈다. 트가토이가 옳았다. 내가 비상 호출기로 가야 했다. 그 일은 나라도 할 수 있었다.

나는 어머니가 대형 가재도구와 정원용 공구를 넣어두는 구석장으로 갔다. 구석장 뒤쪽에는 원래 부엌에서 나오는 오수를 실어 나르는 파이프가 있는데, 지금은 그리로 물이 흐르지 않았다. 내가 태어나기도 전에 아버지가 오수의 경로를 아래로 바꾸어놓았기 때문이다. 지금 그 파이프는 절반을 돌려 열면 소총을 넣어놓을 수 있게 바뀌어 있었다. 우리가 가진 유일한 총은 아니지만, 가장 접근하기 쉬운 총이었다. 제일 큰 아크티를 잡으려면 그 총으로 쏘아야 했는데, 그러면 트가토이가 총을 몰수할지도 몰랐다. 보호구역에서 화기는 불법이었다. 보호구역이 세워진 직후에 사고가 여러 번 있었다. 테란이 틀릭을 쏜 사고, 엔틀릭을 쏜 사고…… 가족끼리의 결합이 시작되기 전, 모두가 평화를 지켜야 할 이해관계가 생기기 전의 일이었다. 나나 어머니가 사는 동안에는 아무도 틀릭을 쏘지 않았지만, 그래도 법은 그대로 남았고, 우리를 보호하기 위해서라고 했다. 암살이 일어나던 과거에는 그에 대한 보복으로 테란 가족이 통째로 제거되었다는 이야기가 있었다.

나는 짐승 우리로 나가서 제일 큰 아크티를 찾아내 쏘았다. 잘생긴 번식용 수컷이었고, 내가 그놈을 가지고 들어가는 것을 보면 어머니가 좋아하지 않을 것이었다. 그래도 그놈이 딱 맞는 크기였다. 나는 서둘러 안으로 돌아갔다.

나는 아크티의 길고 따뜻한 몸을 어깨에 걸쳤다. 그 사이에 늘어난 몸무게 중 일부는 근육이라는 사실에 기뻐하면서 부엌으로 가서 원래 감추던 곳에 총을 되돌려놓았다. 트가토이가 아크티의 상처를 알아차리고 총을 요구하면 내어줄 작정이었다. 그렇지 않다면 아버지가 두고자 했던 그 자리에 놓아두고 말이다.

나는 아크티를 트가토이에게 가져가려고 몸을 돌리다가 멈칫했다. 닫힌 문 앞에 몇 초 동안 서서, 왜 갑자기 겁이 났는지 생각했다. 나는 무슨 일이 일어날지 알고 있었다. 전에 본 적은 없었지만 트가토이가 그림으로 보여주었다. 그녀는 내가 이해할 만한 나이가 되자마자 진실을 알려주었다.

그런데도 그 방에 들어가고 싶지가 않았다. 나는 어머니가 칼을 보관해두는 목각 상자에서 칼을 고르면서 잠시 시간을 허비했다. 트가토이가 아크티의 질기고 털 많은 가죽을 벗기기 위해 칼을 원할지도 모른다고 스스로를 설득했다.

"간!"

트가토이가 다급함에 거칠어진 목소리로 외쳤다.

나는 침을 꿀꺽 삼켰다. 한 걸음을 옮기기가 그렇게 어려울 수 있으리라고는 상상도 하지 못했다. 내가 벌벌 떨고 있다는 걸 깨닫고 부끄러워졌다. 그 부끄러움이 나를 떠밀어서 문을 통과하게 해주었다.

트가토이 근처에 아크티를 내려놓고 보니 로마스는 다시 의식을 잃은 상태였다. 방 안에는 트가토이와 로마스와 나밖에 없었다. 어머니와 누이들은 지켜보지 않아도 되게 내보낸 모양이었다. 나는 그들이 부러웠다.

하지만 어머니는 트가토이가 아크티를 잡을 때 방으로 돌아왔다. 트가토이는 내가 내민 칼을 무시하고 수족 몇 개에서 손톱을 내밀어 아크티의 몸뚱이를 목에서 항문까지 갈랐다. 트기토이는 집중력이 느껴지는 노란 눈으로 나를 보았다. "이 남자의 어깨를 잡아라, 간."

나는 그 남자를 잡기는 고사하고 건드리기도 싫다는 사실을 깨닫고 공포에 질려서 로마스를 노려보았다. 짐승을 쏘는 것과는 달랐다. 그렇게 빠르지도, 자비롭지도, 내 희망대로라면 그렇게 치명적인 행위도 아닐 터였지만 어쨌든 나는 절대 그 일에 가담하고 싶지 않았다.

어머니가 나섰다. "간, 너는 오른쪽을 잡거라. 내가 왼쪽을 잡으마." 로마스가 의식을 되찾는다면 스스로가 무슨 일을 하는지 깨닫기도 전에 어머니를 떨쳐낼 터였다. 어머니는 자그마한 여자였다. 어머니는 종종 어떻게 자기가 그렇게 '거대한' 아이들을 낳았는지 모르겠다고 큰 소리로 말하기도 했다.

"괜찮아요. 제가 할게요." 나는 남자의 양쪽 어깨를 잡으면서 말했다. 어머니는 근처를 맴돌았다.

"걱정 마세요. 어머니를 부끄럽게 하지 않을게요. 여기 남아서 보실 필요 없어요."

어머니는 확신 없는 눈으로 나를 보더니, 평소와는 다르게 부드러운 손길로 내 얼굴을 만졌다. 그러고는 침실로 돌아갔다.

트가토이가 안심한 듯 고개를 숙였고, 틀릭이라기보다는 테란처럼 정중하게 말했다. "고맙다, 간. 그건…… 네 어머니는 언제나 나 때문에 괴로워질 방법을 새로이 찾아내지."

로마스가 신음을 하더니 컥컥거리는 소리를 냈다. 나는 그가 계속 정신을 잃고 있기를 빌었다. 트가토이는 로마스가 자기에게 초점을 맞출 수 있게 얼굴을 가까이 가져갔다.

"일단 내가 할 수 있는 만큼은 침을 놓았어. 일이 끝나고 나면 침을 더 쏘아서 재울 테니 더는 아프지 않을 거야."

남자는 애걸을 했다. "제발, 기다려요……."

"더는 시간이 없어, 브램. 끝나자마자 침을 놓을 거야. 트콧기프가 도착하는대로 당신이 낫는 데 도움이 될 만한 알을 줄 거야. 곧 끝날 거야."

"트콧기프!" 남자는 내 손 안에서 몸을 굳히며 외쳤다.

"곧 올 거야, 브램." 트가토이는 나를 흘긋 보더니 그의 배 한가운데에서 약간 오른쪽, 그러니까 왼쪽 갈빗대 바로 밑으로 손톱을 가져갔다. 오른쪽에 움직임이 있었다. 마구잡이처럼 보이는 작은 두근거림이 그의 갈색 살을 움직였다. 여기가 우묵해졌다가 저기가 불룩해졌다. 그 움직임은 나도 그 리듬을 파악하여 어디에 다음 고동이 칠지 알 수 있을 때까지 반복되었다.

트가토이의 손톱 밑에서 로마스는 온몸을 긴장시켰지만, 트가토이는 하반신으로 그의 다리를 감으면서 손톱을 가만히 올려놓고만 있었다. 로마스가 내 손을 뿌리칠 수 있다 해도 트가토이의 손에서 벗어나지는 못할 터였다. 트가토이가 그의 바시클을 이용해서 두 손을 묶은 다음 머리 위로 올리고 내가 양손

사이의 천을 무릎으로 눌러 고정하는 동안 로마스는 무력하게 흐느꼈다. 트가토이는 그의 셔츠를 돌돌 말아서 입에 물려주었다.

그리고 트가토이는 그의 몸을 열었다.

그의 몸은 첫 번째 절개에 경련을 일으켰다. 그는 나를 거의 뿌리칠 뻔했다. 그가 내는 소리는…… 인간에게서 그런 소리를 들은 적이 없었다. 트가토이는 그 비명 소리에는 관심도 없는 듯 절개 부위의 길이와 깊이를 더하면서, 이따금씩 동작을 멈추고 피를 핥아냈다. 그녀의 침에 든 화학성분에 반응하여 그의 혈관이 수축하고, 출혈이 느려졌다.

트가토이가 그 남자를 고문하고, 잡아먹는 걸 돕는 기분이었다. 나는 곧 토할 것 같았다. 왜 아직 토하지 않았는지 알 수 없었다. 어쨌든 트가토이가 일을 끝낼 때까지 버티지 못할 것은 분명했다.

트가토이가 첫 번째 유충을 찾아냈다. 통통했고, 로마스의 피로 안팎이 시뻘겠다. 안팎으로 말이다. 알껍데기는 이미 먹어치웠지만 아직 숙주를 먹기 시작하지는 않은 모양이었다. 이 단계의 유충은 제 어미만 아니면 어떤 살이든 먹었다. 내버려두었다면 유충은 로마스에게 고통을 주면서 의식을 유지시키는 독을 계속 분비했을 것이다. 그리고 결국에는 먹기 시작했으리라. 유충이 로마스의 살을 먹어치워 뚫고 나올 때쯤이면 로마스는 죽거나 죽어가고 있을 테고, 자기를 죽이고 있는 상대에게 복수할 수도 없었을 것이다. 숙주가 아플 때와 유충이 숙주를 먹기 시작하는 때 사이에는 언제나 유예 시간이 있었다.

트가토이는 로마스의 끔찍한 신음 소리를 무시한 채 온몸을 비트는 유충을 조심스럽게 집어 들어 바라보았다.

로마스는 돌연 의식을 잃었다.

트가토이는 그를 내려다보고 말했다. "잘됐군. 너희 테란들이 자기 의지로 의식을 잃을 수 있으면 좋을 텐데 말이다." 트가토이는 아무것도 느끼지 못했다. 그리고 트가토이가 들고 있는 물건은…….

이 단계에서 그것은 수족도 뼈도 없었다. 길이 15센티미터, 굵기는 2센티미터 정도에 앞을 보지 못하고 피에 젖어 끈적거렸다. 커다란 벌레 같았다. 트가토이가 아크티의 배 속에 집어넣자 그것은 즉시 살 속으로 파고들어갔다. 먹을 것이 있는 한 그 속에 머물면서 계속 먹을 것이다.

트가토이는 로마스의 살 속을 살펴 둘을 더 찾았는데, 둘 중 하나는 더 작고 더 활발했다. "남성이구나!" 트가토이는 행복하게 말했다. 그는 나보다 먼저 죽을 것이다. 그는 여자 형제들에게 수족도 돋아나기 전에 변태를 거치고 가만히 있는 모든 것을 괴롭힐 것이다. 이그티 속에 내려놓는 트가토이를 깨물려고 덤빈 유일한 유충이었다.

로마스의 살 속에서 색깔이 더 옅은 벌레들이 눈에 보이게 비어져나왔다. 나는 눈을 감았다. 작은 유충에 뒤덮인, 썩어가는 사체를 발견하는 것보다 더 지독했다. 그리고 어떤 그림이나 도해보다 훨씬 더 끔찍했다.

"아, 더 있구나." 트가토이가 길고 굵은 유충 둘을 뽑아내면서 말했다. "짐승을 한 마리 더 죽여야 할지도 모르겠다, 간. 너희 테란의 몸속에서는 모두가 생존하지."

나는 평생 이것이 틀릭과 테란이 함께 하는 좋은 일이며 필요한 일이라 듣고 살았다. 일종의 출산이라고 말이다. 지금까지는 그 말을 믿었다. 나는 출산이 고통스럽고 피투성이라는 사실을 알고 있었다. 하지만 이것은 다른 무엇, 더 나쁜 무엇이었다. 나는 그것을 볼 준비가 되어 있지 않았다. 어쩌면 결코 준비되지 않을지도 몰랐다. 그런데도 보지 않을 수는 없었다. 눈을 감아도 소용이 없었다.

트가토이는 아직 알껍데기를 먹고 있는 유충을 하나 찾아냈다. 남은 알껍데기는 아직도 작은 관인지 갈고리인지 모를 것으로 혈관과 연결되어 있었다. 유충은 그런 식으로 자리를 잡고 양분을 얻었다. 유충은 나올 준비가 될 때까지는 피만 먹었다. 준비가 되면, 그사이에 늘어난 신축성 있는 알껍데기를 먹었다. 그다음에는 숙주를 먹었다.

트가토이는 알껍데기를 깨물어 떼어내고, 피를 핥았다. 그 맛을 좋아하는 걸까? 어린 시절의 습관은 쉽게 죽지 않는 걸까…… 아니면 아예 죽지 않는 걸까?

모든 과정이 다 부적절했고, 이질적이었다. 트가토이의 어떤 면이 나에게 이질적으로 보일 수 있으리라고는 생각지도 못했건만.

"하나 더 있을 것 같구나. 둘일 수도 있어. 훌륭한 가족이야. 요새 숙주 동물에서는 하나나 둘만 산 채로 찾아도 기쁜 일인데." 트가토이는 나를 흘긋 보았다. "나가서 속을 비우거라, 간. 지금, 이 남자가 의식이 없는 사이에 나가."

나는 비틀거리며 밖으로 나갔다. 아슬아슬했다. 나는 앞문 바로 너머에 있는 나무 밑에서 더 게워낼 것이 없을 때까지 토했다. 한참 만에 몸을 덜덜 떨고 눈물을 줄줄 흘리면서 일어섰다. 왜 우는지도 모르면서 멈출 수 없었다. 나는 눈에 띄지 않으려고 집에서 더 멀어졌다. 눈을 감을 때마다 시뻘건 인간의 살 위로 기어 다니는 붉은 벌레들이 보였다.

집 쪽으로 다가오는 차가 한 대 있었다. 테란에게는 특정 농기구만 빼고 자동차가 금지되어 있으니, 로마스의 틀릭이 퀴 형과 테란 의사를 태우고 오는 게 분명했다. 나는 셔츠로 얼굴을 닦고, 자제력을 찾으려고 안간힘을 썼다.

차가 멈추자 퀴 형이 외쳤다. "긴, 무슨 일이야?" 형은 틀릭에게 맞춰 만들어진 낮고 둥근 차문으로 기어나왔다. 반대쪽으로 다른 테란이 기어나오더니 나에게 말도 걸지 않고 집 안으로 들어갔다. 의사였다. 의사의 도움과 알 몇 개면 로마스도 살아남을 수 있으리라.

"트콧기프 테는?"

내가 말했다.

틀릭 운전사가 자동차에서 밀려나오더니 내 앞에서 반신을 일으켰다. 트가토이보다 창백하고 몸집이 작았다. 아마 짐승의 몸에서 태어났을 것이다. 테란의 몸에서는 틀릭이 더 많이 태어날 뿐 아니라, 몸집도 언제나 더 컸다.

나는 그 틀릭에게 말했다. "아이가 여섯, 어쩌면 일곱이고 다 살아 있어요. 적어도 하나는 남자애고요."

"로마스는?" 트콧기프는 거칠게 물었다. 나는 그녀가 질문을 던졌다는 사실과, 물어보는 목소리에 걱정이 담겨 있다는 사실이 좋았다. 로마스가 마지막으로 뱉은 알아들을 수 있는 말도 '트콧기프'였다.

"살아 있어요."

트콧기프는 더 말하지 않고 집으로 달려갔다.

형은 그 뒷모습을 보면서 말했다. "아팠대. 전화했을 때, 주위에서 트콧기프에게 아무리 이런 일이라 해도 외출할 만큼 좋은 상태가 아니라고 말하는 소리를 들었어."

나는 아무 말도 하지 않았다. 나는 그 틀릭에게 전력을 다해 예의를 갖췄다. 이제 아무와도 말하고 싶지 않았다. 형이 집 안으로 들어갔으면 했다. 다른 이유가 없다면 호기심에서라도.

"이제 겨우 알고 싶지 않은 부분까지 알았나 보지?"

나는 형을 쳐다보았다.

"트가토이 같은 표정 짓지 마. 넌 트가토이가 아니야. 트가토이의 소유물일 뿐이지."

그녀와 같은 표정이라니. 내가 트가토이의 표정을 흉내 낼 수 있는 능력까지 얻었던가?

"뭘 한 거야, 토했냐?" 형은 쿵쿵거렸다. "그래, 이제는 네가 어떤 일을 맞게 될지 알겠구나."

나는 형을 외면하고 걸어갔다. 어렸을 때 형과 나는 가까운 사이였다. 내가 집에 있을 때면 형은 내가 따라다니게 놓아두었고, 가끔 트가토이는 나를 데리고 도시로 갈 때 형도 데려가게 해주었다. 하지만 형이 청소년기가 됐을 때 내가 모르는 무슨 일이 일어났다. 형은 트가토이를 피하기 시작했다. 그다음에는 도망치기 시작했다. '벗어날' 길이 없다는 사실을 깨달을 때까지. 보호구역 안에도 벗어날 곳이 없었고, 바깥에는 당연히 없었다. 그 후로 형은 집에 들어오는 알에서 자기 몫을 챙기는 데에만 집중했고, 계속해서 내가 싫어할 수밖에 없는 방식으로 나를 살폈다. 내가 멀쩡해야 자기가 안전하다고 말하는 듯한 방식 말이다.

"그래, 어떻든?" 형은 나를 따라오면서 물었다.

"내가 아크티를 한 마리 죽였어. 아이들은 그걸 먹었고."

"그것들이 아크티를 먹었다고 집 밖으로 뛰어나와서 토하진 않았을 거 아냐."

"사람 몸이…… 절개된 모습을 본 적이 없었어." 사실이었고, 형에게는 그 정도만 알려도 충분했다. 나머지에 대해서는 말할 수 없었다. 형과는.

"아." 형은 무엇인가 더 말하고 싶다는 듯이 나를 흘끔거렸지만, 말을 하지는 않았다.

우리는 목적지도 없이 걸었다. 집 뒤편으로, 가축우리로, 밭으로.

퀴 형이 물었다. "뭐라고 했어? 로마스 말이야."

달리 누구 말이겠는가? "트콧기프라고."

퀴 형은 몸을 떨었다. "나한테 그런 짓을 했다면, 절대로 그 이름을 부르지 않았을 텐데."

"부르게 될걸. 틀럭의 침이 안에 든 유충을 죽이지 않으면서 고통을 덜어줄 테니까."

"내가 그것들이 죽든 말든 신경 쓸 것 같아?"

아니. 물론 신경 쓰지 않겠지. 나라면 어떨까?

"젠장!" 형은 숨을 깊이 들이마셨다. "난 그것들이 무슨 짓

을 하는지 봤어. 로마스 일이 지독하다고 생각해? 그건 아무것
도 아니야."

나는 반박하지 않았다. 형은 알지도 못하고 떠들고 있었다.

"난 그것들이 사람을 먹는 걸 봤어."

나는 몸을 돌려 형을 마주 보았다. "거짓말!"

"난 그것들이 사람을 먹는 걸 봤어." 형은 잠시 뜸을 들였다.
"어렸을 때 일이야. 하트문드네 집에 가 있다가 집으로 오는
길이었지. 반쯤 오다가 어떤 남자와 틀릭을 보았는데 그 남자
는 엔틀릭이었어. 언덕이 많은 지역이어서, 몸을 숨기고 지켜
볼 수 있었지. 유충들에게 먹일 것이 없었기 때문에 그 틀릭은
남자의 몸을 열지 않았어. 남자는 더 움직일 수 없었고, 주위
에는 집이 하나도 없었지. 고통이 너무 심해서 남자는 틀릭에
게 죽여달라고 했어. 죽여달라고 애걸을 했어. 결국 그 틀릭은
그 남자를 죽였어. 목을 잘랐지. 손톱을 한 번 그어서. 나는 유
충들이 살을 뚫고 나왔다가, 다시 먹으면서 안으로 파고드는
모습을 보았어."

그 말을 듣자 눈앞에 기생충이 기어 다니는 로마스의 살점
이 다시 떠올랐다. "왜 내게 말하지 않았어?" 나는 속삭였다.

형은 마치 내가 듣고 있다는 사실도 잊었던 것처럼 놀랐다.
"모르겠다."

"그 뒤로 도망치기 시작했구나. 그렇지?"

"그래. 멍청하지. 보호구역 안에서 도망쳐봤자, 우리 안에서 뛰는 꼴인데."

나는 고개를 설레설레 젓고, 오래전에 했어야 할 말을 했다. "트가토이는 형을 택하지 않아. 형은 걱정할 필요 없어."

"혹시 네게 무슨 일이 일어나면…… 그렇게 돼."

"아니야. 수안 호아 누나를 택하겠지. 누나는…… 원하니까." 누나도 남아서 로마스를 보았다면 그러지 않겠지만.

"그들은 여자를 택하지 않아." 형은 경멸조로 말했다.

"가끔은 해." 나는 형을 흘긋 보았다. "사실은 여자를 더 좋아하지. 자기들끼리 얘기할 때 주위에 있어봐서 알아. 여자에게 체지방이 많아서 유충을 보호하기 좋다고 했어. 그렇지만 보통 여자는 자식을 낳게 두고 남자를 택하지."

"숙주 동물의 다음 세대를 제공하라고 말이지." 형의 말투가 경멸에서 비통으로 변했다.

"그 이상의 의미가 있어!" 나는 반박했다. 그런데 정말로 그런가?

"나에게 그런 일이 일어난다면, 나라도 그 이상의 의미가 있다고 믿고 싶을 거야."

"실제로 그 이상이야." 어린아이가 된 기분이었다. 이런 멍청한 말다툼이라니.

"트가토이가 그 남자의 배 속에서 벌레를 끄집어낼 때도 그렇게 생각했냐?"

"원래는 그런 식으로 벌어질 일이 아니었어."

"그야 그렇지. 너는 그런 모습을 보게 되어 있지 않았어. 그게 다야. 그리고 트가토이가 아니라 그 남자의 틀릭이 했어야 했지. 틀릭이 침으로 마취해줬으면 수술이 그렇게 고통스럽지 않았겠지. 그래도 틀릭은 몸을 열고 유충을 꺼냈을 테고, 하나라도 놓쳤다면 그게 그 남자를 중독시키고 안에서부터 먹어치웠을 거야."

어머니는 형에게 존경심을 보이라고 하셨다. 하지만 나는 형을 미워하면서 그 곁을 떠났다. 형은 고소해하고 있었다. 자기는 안전하고 나는 안전하지 않으니까. 형을 때릴 수도 있었지만, 형이 마주 때리려고 하지 않으면, 그저 경멸과 동정이 담긴 눈으로 나를 본다면 참을 수 없을 것 같았다.

형은 내가 가버리게 놓아두지 않았다. 나보다 다리가 긴 형은 내 앞에서 몸을 빙글 돌려서, 마치 내가 형을 따라가고 있었던 것처럼 느끼게 만들었다.

"미안하다." 형이 말했다.

나는 화난 상태로 성큼성큼 걸었다.

"야, 너라면 그렇게 나쁘지는 않을 거야. 트가토이는 널 좋아하잖아. 조심하겠지."

나는 형에게서 도망치다시피 집 쪽으로 방향을 틀었다.

형은 쉽사리 따라붙으면서 물었다. "아직 안 했냐? 넌 착상시키기 딱 좋은 나이잖아. 트가토이가……."

나는 형을 때렸다. 당시에는 나도 몰랐지만, 아예 죽일 작정이었지 싶다. 형이 더 크고 강하지만 않았어도 죽여버렸을 것이다.

형은 나를 적당히 밀어내려 했지만, 결국에는 스스로를 방어해야 했다. 형은 나를 몇 번밖에 때리지 않았다. 그래도 꽤여러 번이었다. 내가 쓰러진 순간은 기억나지 않지만, 정신이들고 보니 형은 없었다. 형을 떼어낼 수 있다면 그 정도 아플가치는 있었다.

나는 일어서서 천천히 집 쪽으로 걸어갔다. 집 뒤쪽은 어두웠다. 부엌에는 아무도 없었다. 어머니와 누이들은 침실에서자고 있거나, 자는 척하고 있었다.

부엌에 들어가자 목소리를 들을 수 있었다. 옆방에서 틀릭과 테란이 이야기를 하고 있었다. 뭐라고 하는지는 알아들을수 없었고, 알아듣고 싶지도 않았다.

나는 어머니의 식탁에 앉아서, 조용해지기를 기다렸다. 반들반들하게 닳은 식탁은 육중했고 만듦새가 좋았다. 아버지가돌아가시기 직전에 어머니를 위해 만든 식탁이었다. 아버지가식탁을 만들 때 내가 발밑을 돌아다녔던 기억이 났다. 아버지는 신경 쓰지 않았다. 그 식탁에 몸을 기대고 앉으니 아버지가 그리웠다. 아버지에게라면 이야기할 수도 있었을 것이다. 아버지는 긴 일생 동안 그 일을 세 번이나 했다. 세 번 알을 품고, 세 번 절개하고 꿰맸다. 아버지는 어떻게 그랬을까? 다들 어떻게 그런 일을 할까?

나는 일어서서, 숨겨둔 장소에서 장총을 꺼낸 다음, 총을 들고 다시 앉았다. 청소하고 기름칠을 해야 할 상태였다.

나는 장전만 했다.

"간?"

트가토이는 맨바닥을 걸을 때 딸깍딸깍하는 소리를 많이 냈다. 모든 수족이 연이어 바닥을 건드리면서 내는 소리였다. 딸깍거리는 작은 소리의 물결.

트가토이는 식탁까지 와서 반신을 위로 들어 올리더니, 식탁 위로 밀려왔다. 가끔 트가토이는 진짜 물이 흐르는 것처럼 부드럽게 움직였다. 트가토이는 식탁 한가운데에 작은 언덕처럼 똬리를 틀고 나를 바라보았다.

"유감이구나." 트가토이는 부드럽게 말했다. "너는 보지 말아야 했어. 그런 식일 필요는 없었어."

"알아요."

"트콧기프는…… 이제는 츠콧기프Ch'Khotgif지만, 병으로 죽을 거야. 살아서 자식을 기르지 못해. 하지만 남은 자매가 아이들을, 그리고 브램 로마스를 부양할 거야." 붙임의 자매. 한

배에서 난 이들 중에서 가임 여성은 하나뿐이다. 집안을 이어 나갈 한 명. 그 자매는 로마스에게 평생 갚을 수 없을 만한 빚을 졌다.

"그럼 그 남자는 살겠군요?"

"그래."

"그 사람이 또 할지 모르겠어요."

"아무도 그 사람에게 또 해달라고 부탁하지 않아."

나는 그녀의 노란 눈을 들여다보며, 내가 그 눈에서 보고 이해하는 것은 얼마이며, 상상만 하는 것은 얼마일까 생각했다. "아무도 우리에게 부탁 같은 건 하지 않아요. 당신도 제게 부탁한 적은 없죠."

트가토이는 머리를 살짝 움직였다. "얼굴은 어떻게 된 거지?"

"아무것도 아니에요. 중요한 일은 아니죠." 인간의 눈이라면 어둠 속에서 부어오른 얼굴을 알아차리지 못했을 것이다. 조명이라고는 방 저편 창문으로 새어드는 위성 하나의 빛뿐이었다.

"그 소총으로 아크티를 쏘았니?"

"네."

"그리고 그걸로 날 쏠 작정이야?"

나는 트가토이를, 달빛에 윤곽만 보이는 우아하게 똬리를 튼 몸을 바라보았다. "테란의 피는 당신에게 어떤 맛이죠?"

트가토이는 아무 말도 하지 않았다.

나는 속삭였다. "당신은 무엇이죠? 우리는 당신에게 뭐죠?"

트가토이는 똬리 튼 몸 위에 머리를 얹고 가만히 있다가 조용히 대답했다. "너는 다른 누구보다도 나를 잘 알지. 네가 결정해야 해."

"제 얼굴도 딱 그래서 이렇게 됐어요." 나는 말했다.

"뭐라고?"

"퀴 형이 제가 무엇인가를 할 수밖에 없게 들들 볶았거든요. 그 결정은 썩 잘되지 않았죠." 나는 총을 살짝 움직여서 총구를 내 턱 밑에 대각선으로 놓았다. "그래도 그건 제가 내린 결정이긴 했어요."

"이것도 그럴 거야."

"부탁해보세요, 가토이."

"내 아이들의 삶을 위해서?"

트가토이는 그런 말을 하곤 했다. 트가토이는 테란이든, 틀릭이든 사람을 조종할 줄 알았다. 하지만 이번에는 아니었다.

"전 숙주 동물이 되고 싶지 않아요. 아무리 당신이라고 해도요."

이번에는 트가토이가 대답하는 데 오랜 시간이 걸렸다. "요즘 우리는 숙주 동물을 거의 쓰지 않아. 너도 알 텐데."

"대신 우리를 쓰죠."

"그렇지. 우리는 너희를 위해 긴 시간을 기다리고, 너희를 가르치고, 우리 집안과 너희 집안을 결합해." 트가토이는 몸을 들썩였다. "넌 너희가 우리에게 짐승이 아니라는 걸 알지."

나는 아무 말도 하지 않고 트가토이를 빤히 보았다.

트가토이는 조용히 말했다. "우리가 쓰던 짐승들은 너희 조상이 도착하기 오래전부터 착상 후에 우리의 알을 대부분 죽였지. 너는 이런 내용을 알아, 간. 우리는 너희가 도착한 덕분에 건강하고 번창해진다는 것이 어떤 의미인지 다시 배우고 있어. 그리고 고향에 그대로 남았다면 죽이거나 노예로 만들었을 이들에게서 도망친 너희 조상도 우리 덕분에 살아남았지. 우리는 너희 조상을 인간으로 보았고, 아직도 우리를 벌레로 보고 죽이려 드는 그들에게 보호구역을 줬어."

나는 '벌레'라는 말에 움찔했다. 나도 어쩔 수 없었고, 트가토이도 알아차릴 수밖에 없었다.

트가토이는 조용히 말했다. "알았다. 정말로 내 아이들을 낳느니 죽겠니, 간?"

나는 대답하지 않았다.

"수안 호아에게 갈까?"

"그래요!" 호아 누나는 원했다. 원하는 일을 하게 하자. 누나는 로마스를 보지 않았다. 누나라면 자랑스러워할 것이다…… 무서워하지 않고.

나는 트가토이가 식탁에서 바닥으로 흘러내려가자 소스라
치게 놀랐다.

"오늘 밤에는 호아의 방에서 자마. 그리고 오늘 밤이나 내일
아침쯤에 호아에게 말하겠다."

진행이 너무 빨랐다. 호아 누나는 어머니 못지않게 나를 키
워준 사람이었다. 나는 아직도 누나와 친했다. 퀴 형과는 달랐
다. 누나는 트가토이를 원하면서도 나를 사랑할 수 있었다.

"기다려요! 가토이!"

트가토이는 뒤를 돌아보더니, 반신을 바닥에서 들어 올리고
나를 마주했다. "이건 어른의 일이다, 간. 이건 내 삶이고, 내
가족이야!"

"하지만…… 우리 누나예요."

"난 네 요구대로 했다. 네게 부탁했어!"

"하지만……."

"호아에게는 더 쉬울 거다. 언제나 자기 안에 다른 생명을
담기를 기대했으니."

그건 인간의 생명이었다. 언젠가 누나의 혈관이 아니라 가
슴을 빨 인간 어린 아이였다.

나는 고개를 저었다. "누나에게 하지 마세요, 가토이." 나는
퀴 형이 아니었다. 하지만 형처럼 되기가 어렵지는 않아 보였
다. 나는 수안 호아 누나를 빙패믹이로 심을 수 있었다. 니 데

신 누나의 몸속에서 붉은 벌레들이 자라고 있다는 사실을 알면 마음이 더 편할까?

"누나에게 하지 말아요." 나는 되풀이해서 말했다.

트가토이는 꼼짝도 하지 않고 나를 응시했다.

나는 시선을 피했다가, 다시 돌렸다. "나에게 해요."

나는 턱 밑에서 총을 내렸고, 트가토이는 총을 받으려고 몸을 뻗었다.

"안 돼요." 내가 말했다.

"법이야." 트가토이가 말했다.

"가족을 위해 놔두세요. 언젠가는 가족 중 누군가가 이 총을 써서 내 목숨을 구할 수도 있어요."

트가토이가 총열을 잡았지만, 나는 놓지 않았다. 총을 당기는 힘 덕분에 끌려간 내 몸이 트가토이 위에 섰다.

"여기 두세요! 우리가 당신들에게 짐승이 아니라면, 이게 어른의 일이라면, 위험도 받아들여요. 파트너를 상대할 때는 위험 부담이 있는 법이에요, 가토이."

트가토이는 총을 놓기 힘들어했고, 온몸을 떨면서 고통스러운 듯 싯싯 소리를 냈다. 트가토이는 총이 무엇을 할 수 있는지 본 적이 있는 나이였다. 이제 자기 자식들과 이 총이 같은 집 안에 있게 될 터였다. 트가토이는 다른 총에 대해서는 알지 못했다. 이 다툼에서 다른 총은 문제가 아니었다.

내가 총을 치우는 동안 트가토이는 말했다. "오늘 밤에 첫 번째 알을 착상시킬 거야. 듣고 있니, 간?"

그런 이유가 아니라면 왜 나머지 가족 전체가 알 하나를 나눠먹는데 나에게 알 하나를 통째로 줬을까? 그런 이유가 아니라면 왜 어머니가 계속 나를 멀어져버릴 사람처럼, 따라갈 수 없는 곳으로 가버릴 사람처럼 지켜보았을까? 트가토이는 내가 몰랐다고 생각하는 걸까?

"듣고 있어요."

"지금이야!" 나는 순순히 트가토이에게 떠밀려서 부엌에서 나갔고, 침실로 앞장서서 걸어갔다. 트가토이의 목소리에 담긴 다급함은 진짜 같았다. "누나에게도 오늘 밤이었겠군요!" 나는 비난하듯 말했다.

"오늘 밤에 누군가에게 해야만 해."

나는 트가토이의 다급함에도 불구하고 걸음을 멈추고 앞을 막아섰다. "그게 누군지는 상관없나요?"

트가토이는 내 주위를 빙 돌아서 먼저 침실로 들어갔다. 들어가 보니 이미 그녀는 우리가 함께 쓰는 소파 위에서 기다리고 있었다. 호아 누나의 방에는 트가토이가 쓸 만한 소파가 없었다. 누나에게 했다면 바닥에서 했을 것이다. 누나에게 그런 짓을 하는 트가토이를 생각하자 전과 다른 방식으로 마음이 어지러웠고, 갑자기 화가 났다.

그래도 나는 옷을 벗고 트가토이 옆에 누웠다. 나는 무엇을 해야 하는지, 무엇을 기다려야 하는지 알았다. 평생 그 이야기를 들었다. 졸리고 조금은 기분 좋기도 한, 익숙한 침이 찔러 들어왔다. 그다음에는 트가토이의 산란관이 눈먼 탐침을 들이밀었다. 고통 없이, 수월하게 찌르고 들어왔다. 너무나 쉽게 들어왔다. 트가토이는 천천히 파도치듯 움직이면서 근육에 힘을 넣어 내 몸속으로 알을 밀어넣었다. 나는 트가토이의 수족 두 개를 붙잡고 있다가, 로마스가 그런 식으로 매달려 있었던 것이 생각나 손을 놓았고, 부주의하게 움직이다가 트가토이를 아프게 했다. 트가토이는 고통으로 낮은 비명을 냈고 나는 트가토이의 수족에 갇힐 줄로만 알았다. 그런 일이 일어나지 않자 나는 이상하게 부끄러워져 다시 트가토이에게 매달렸다.

"미안해요." 나는 속삭였다.

트가토이는 수족 네 개로 내 어깨를 문질렀다.

"상관이 있나요? 나라는 게 의미가 있어요?" 나는 물었다.

트가토이는 잠시 동안 대답하지 않다가, 마침내 말했다. "오늘 밤에 선택한 사람은 너야, 간. 나는 오래전에 선택했고."

"그래도 누나에게 갔겠죠?"

"그래. 어떻게 내 아이들을 미워하는 사람 손에 맡길 수 있겠니?"

"미움은…… 아니었어요."

"나는 그게 무엇이었는지 알아."

"무서웠어요."

침묵.

"아직도 무서워요." 지금, 여기에서는 인정할 수 있었다.

"그래도 넌 나에게 왔지…… 호아를 구하려고."

"그랬죠." 나는 트가토이에게 이마를 댔다. 그 몸은 서늘한 벨벳 같았고, 믿을 수 없을 만큼 부드러웠다. "그리고 당신을 계속 내 것으로 두려고요." 나는 말했다. 정말로 그랬다. 이해할 수는 없었지만, 그랬다.

트가토이는 부드럽게 만족의 소리를 냈다. "내가 너에게 그런 실수를 하다니 믿을 수 없었다. 나는 너를 선택했어. 너도 나를 선택하게끔 자라리라 믿었고."

"그랬어요, 다만……."

"로마스 때문이지."

"그래요."

"출산을 보고도 잘 받아들이는 테란은 본 적이 없어. 퀴는 한 번 보았지. 그렇지 않니?"

"맞아요."

"테란들이 보지 못하게 보호해야 해."

나는 그 말이 마음에 들지 않았다. 그리고 가능하리라 생각하지도 않았다. "보호하지 말아요. 보여줘요. 어린 아이였을 때 보여주고, 한 번 이상 보여줘요. 가토이, 어떤 테란도 제대로 이루어지는 출산을 보지 못해요. 우리가 보는 건 엔틀릭뿐이죠. 고통과 공포와 어쩌면 죽음까지요."

트가토이는 나를 내려다보았다. "출산은 은밀한 일이야. 언제나 은밀한 일이었지."

트가토이의 말투를 들으니, 그리고 혹시 트가토이가 마음을 바꾼다면 내가 첫 번째 공개 사례가 될 수도 있다는 사실을 알다 보니 계속 주장할 수는 없었다. 그래도 생각은 심어둔 셈이었다. 그 생각이 자라나서 결국에는 실험을 하게 될 가능성도 있었다.

"네가 그걸 다시 볼 일은 없을 거야. 네가 또 나를 쏘고 싶어지길 바라지는 않는다."

트가토이의 알과 함께 흘러들어온 소량의 액체 덕분에 무정란을 먹었을 때만큼 완벽하게 긴장이 풀린 나는 내 손에 잡혀 있던 소총과, 두려움과 혐오와 분노와 절망이 뒤섞였던 내 감정을 기억할 수 있었다. 그 감정들을 다시 경험하지 않고도 떠올릴 수 있었다. 그 감정들에 대해 말할 수 있었다.

"당신을 쏘지는 않았을 거예요. 당신은 아니에요." 트가토이는 아버지가 내 나이였을 때, 내 아버지의 살에서 태어났다.

"그럴 수도 있었어." 트가토이는 주장을 굽히지 않았다.

"당신은 아니에요." 트가토이는 자기 동포들과 우리 사이에서서, 우리를 지키고 우리를 하나로 엮어주는 존재였다.

"스스로 목숨을 끊으려 했니?"

나는 불편해져서 조심스럽게 움직였다. "그랬을 수도 있죠. 거의 그럴 뻔했어요. 그건 퀴 형의 '달아나기'였어요. 형이 아는지 모르겠지만."

"무슨 소리니?"

나는 대답하지 않았다.

"이제는 살 생각이지?"

"그래요."

'트가토이를 잘 돌보렴.'

어머니는 그렇게 말하곤 했다. 그랬다.

"나는 건강하고 젊어." 트가토이가 말했다. "나는 널 로마스처럼 혼자 남겨진 엔틀릭으로 만들지 않을 거야. 내가 널 돌볼 테니까."

후기

〈블러드차일드〉를 노예 이야기로 보는 사람들이 있다는 사실은 놀랍다. 이 소설은 노예 이야기가 아니다. 하지만 여러 가지 다른 것들에 대한 이야기다. 어떤 관점에서 이것은 아주 다른 두 존재 간의 사랑 이야기다. 또 어떤 관점에서는 소년이 충격적인 정보를 받아들이고 그 정보를 이용하여 남은 평생에 영향을 미칠 만한 결정을 내리는 성장 이야기다.

세 번째 관점에서, 〈블러드차일드〉는 남성 임신에 대한 이야기다. 나는 언제나 남자가 가장 믿기 힘든 그런 위치에 놓이게 되면 어떨지 탐색해보고 싶었다. 남자도 여자가 하는 일은 다 할 수 있다는 사실을 증명하려는 비뚤어진 경쟁심 때문이 아니고, 강요도 아니고, 호기심도 아닌 이유로 임신을 선택하는 이야기를 쓸 수 있을까 궁금했다. 나는 사랑의 행동으로 임신을 하게 되는 남자, 환경적인 어려움 때문만이 아니라 그런 어려움에도 불구하고 임신을 선택하는 남자에 대한 극적인 이야기를 쓸 수 있을지 알아보고 싶었다.

또한 〈블러드차일드〉는 내 오랜 두려움을 덜기 위한 노력이기도 했다. 나는 완전변이 세대를 다룬 책들(《새벽Dawn》,《성인식Adulthood Rites》,《이마고Imago》)을 위한 조사차 페루 아마존에 여행을 갈 작정이었는데, 그 지역 곤충에 대해 내가 보일지도 모르는 반응이 걱정스러웠다. 특히 말파리가 걱정이었다. 그 당시 나에게는 말파리가 공포영화에 나오는 곤충으로만 보였다. 내가 방문할 지역에는 말파리가 넘쳤다.

말파리는 다른 곤충에게 물리고 남은 상처에 알을 낳는다. 내 피부 밑에 살면서 성장하는 구더기, 자라면서 내 살을 먹는 구더기를 상상하면 참을 수 없었고, 그런 일이 내게 일어난다면 어떻게 견딜지 모르겠다 싶을 만큼 무서웠다. 사태를 악화시키듯, 내가 듣고 읽은 모든 내용에서 희생자들에게 미국으로 돌아와 의사에게 갈 때까지는 구더기를 제거하지 말라고 했다. 아니면 아예 말파리가 유충 시기를 끝내고 숙주에게서 기어나와서 날아가버릴 때까지 기다리라고.

정상적 반응처럼 보이는 일을 하면, 그러니까 구더기를 짓눌러 죽여서 던져버리면 감염이 일어날 수 있다는 사실이 문제였다. 구디기는 문자 그대로 숙주의 일부가 되고, 짓누르거나 잘라내 버리면 그 뒤에 일부분을 남기고 만다. 당연히 그 남은 일부분은 죽어서 썩으면서 감염을 일으킨다. 훌륭하게도.

나는 말파리처럼 나를 괴롭히는 무엇인가를 상대해야 할 때, 그 대상에 대해 글을 쓴다. 나는 글을 씀으로써 문제를 정리한다. 1963년 11월 22일, 고등학교 교실에서 공책을 움켜쥐고 존 케네디의 암살 소식에 대한 내 반응을 적어내려가던 기억이 떠오른다. 일기든, 수필이든, 단편소설이든, 내 문제를 엮어서 장편으로 만들든 간에 글쓰기는 내가 골치 아픈 문제를 돌파하고 삶을 유지하는 데 도움을 주었다. 〈블러드차일드〉를 쓴다고 말파리를 좋아하게 되지는 않았지만, 덕분에 한동안 말파리를 무시무시하다기보다는 흥미로운 존재로 볼 수 있었다.

내가 〈블러드차일드〉에서 시도한 것이 하나 더 있다. 나는 '집세'에 대한 이야기를 쓰려고 했다. 원래 거주민이 있는 태양계 밖 행성에 존재하는 고립된 인류 식민지에 대한 이야기 말이다. 증원이 오려면 평생은 걸릴 거리여야 했다. 우주로 나간 대영제국도 아니고, 〈스타트렉〉도 아니었다. 인류는 늦든 빠르든 그들의…… 음, 숙주에게 모종의 숙박료를 내야 할 것이었다. 이것은 특이한 숙박료가 될 가능성이 높았다. 원래 우리 것이 아닌 행성의 주인들이 인류가 가진 무엇을 거주 가능한 공간과 맞바꾸자고 할지, 누가 알겠는가?

저녁과 아침과 밤

The Evening and the Morning and the Night

열다섯 살이 되고, 규정식을 잘 챙겨먹지 않는 방식으로 내 독립성을 보여주려 하자, 부모님은 나를 듀리에-고드 질환 DGD, Duryea-Gode Disease 병동으로 데려갔다. 부모님은 내가 조심하지 않으면 어디로 갈지 보여주고 싶었다고 했다. 사실은 어차피 가게 될 곳이었다. 시기가 문제일 뿐이었다. 지금이냐, 나중이냐. 부모님은 후자에 표를 던진 모양이다.

그 병동에 대해 자세히 말하지는 않겠다. 부모님을 따라 집으로 와서 내가 손목을 그었다는 말로 충분하리라. 나는 욕조에 따뜻한 물을 채워놓고 제대로, 옛 로마식으로 손목을 그었다. 거의 성공할 뻔했다. 아버지는 욕실 문을 부수느라 어깨 관절이 빠졌다. 그날 일에 대해 아버지도 나도 결코 서로를 용서하시 않았나.

병은 거의 삼 년쯤 후에 아버지를 덮쳤다. 내가 대학으로 떠나기 직전이었다. 갑작스러웠다. 그런 식으로 발병하는 경우는 많지 않다. 대부분의 사람들은 '표류'한다는 사실을 서서히 깨닫거나 주위 사람들이 알아차리고, 선택한 시설에서 결말을 맞는다. 다른 사람들이 상황을 알아차렸는데 본인이 시설에 들어가기를 거부한다면 일주일 간 가둬두고 관찰할 수 있다. 나는 그 관찰 기간 때문에 산산조각 난 가족들이 있으리라는 점을 의심하지 않는다. 누군가를 시설에 보냈는데 그 판단이 잘못되었다는 사실이 밝혀진다면…… 당한 사람이 용서하거나 잊을 수 있을 만한 일은 아니다. 한편으로는 제때 보내지 못해도, 그러니까 신호를 놓친다거나 누군가가 아무 조짐도 없이 불쑥 폭발하는 경우도 환자에게 위험할 수밖에 없다. 그러나 우리 가족만큼 나쁘게 굴러간 경우에 대해서는 들어본 적이 없다. 보통 발병한 사람들은 자기 자신만 해친다. 필수 약물이나 구속장치 없이 환자를 다루려고 덤빌 만큼 멍청한 사람만 없다면 말이다.

그런데 우리 아버지는 어머니를 죽이고 스스로 목숨을 끊었다. 일이 터졌을 때 나는 집에 없었다. 평소보다 늦게까지 학교에 남아 졸업 행사 예행연습을 하고 있었다. 집에 도착했더니 사방이 경찰이었다. 구급차가 와 있었고, 구급대원 두 명이 누군가를 들것에 실어나오고 있었다. 보이지 않게 덮어서……

아니, 덮었다기보다는 봉투에 넣어서.

경찰은 나를 들여보내주지 않았다. 나는 정확히 무슨 일이 일어났는지 나중에서야 알았다. 차라리 영영 몰랐으면 좋았을 텐데. 아버지는 어머니를 죽인 다음, 피부를 모두 벗겼다. 적어도 내 희망으로는 그랬다…… 죽인 것이 먼저였기를 바란다는 뜻이다. 아버지는 어머니의 갈비뼈를 몇 대 부러뜨리고, 심장을 손상시켰다. 파고들면서.

그런 다음 아버지는 스스로를 찢고, 피부와 뼈를 파고들어 갔다. 죽기 전에 심장까지 도달하는 데 성공했다. 사람들이 우리를 두려워하게 만드는, 특별히 나쁜 사례였다. 이런 사건은 우리가 여드름을 짜거나 그저 백일몽에 빠지는 일조차 어렵게 만든다. 이런 사건은 규제법에 힘을 불어넣고, 일자리, 주거, 학교 문제를 만든다. DGD 재단은 세상에 우리 아빠 같은 사람들이 존재하지 않는다고 말하는 데 많은 돈을 썼다.

오랜 시간이 흐른 후, 최대한 자신을 추스른 난 대학에 갔다. 캘리포니아 남부대학에, 딜그 장학금을 받고 갔다. 딜그는 통제 불능이 된 DGD 친척을 보낼 만한 거처다. 나 같은, 생전의 우리 부모님 같은 통제력을 지닌 DGD들이 운영하는 곳인데, 어떻게 그런 걸 견디는지는 모를 일이다. 어쨌든, 딜그에 들어가고 싶어하는 대기자 줄은 몇 킬로미터에 달한다. 내가 자살을 시도한 후 우리 부모님도 내 이름을 대기자 명단에 넣었지만, 순서가 올 때쯤이면 내가 이미 죽었을 가능성이 높았다.

내가 왜 대학에 갔는지 묻는다면, 평생 학교에 다녔고 달리 무슨 일을 해야 할지 몰랐다는 것밖에 할 말이 없다. 특별한 희망을 안고 간 것은 아니다. 젠장, 나는 결국 내가 어떻게 될지 알고 있었다. 나는 그저 시간을 보내고 있었다. 무슨 일을 하든 시간 죽이기일 뿐이었다. 학교에 가서 시간을 때우기만 하면 기꺼이 돈을 주겠다는데, 그러지 않을 이유가 있겠는가?

이상한 것은 내가 열심히 공부해서 최고 학점을 받았다는 점이었다. 중요하지도 않은 일을 열심히 하면, 한동안은 중요한 일에 대해 잊을 수 있다.

가끔은 다시 자살을 시도할까 생각하기도 했다. 어떻게 열다섯 살에 있던 용기가 지금은 사라졌을까? DGD인 부모. 둘다 신앙심이 깊고, 둘다 자살과 낙태에 반대했다. 그래서 신을 믿고 현대 의학의 약속을 믿으며 아이를 낳았다. 하지만 그들에게 무슨 일이 일어났는지 본 내가 어떻게 뭔가를 믿을 수 있을까?

나는 생물학을 전공했다. DGD가 아닌 사람들은 우리가 이 병의 어떤 면 때문에 과학을 잘한다고 말한다. 유전학, 분자생물학, 생화학 같은 분야에서 그 어떤 면이란 강력한 두려움이다. 두려움과 모종의 절망이다. 우리 중 어떤 이들은 삐딱해져서 때가 이르기 전에 파괴적이 된다. 그렇다, 우리는 평균 이상의 범죄를 저질렀다. 그리고 우리 중 어떤 이들은 눈부시게 잘나가서 과학과 의학 역사에 자취를 남겼다. 이런 부류 덕분에 나머지 사람들에게 부분적이나마 문이 열리기도 했다. 그들은 유전학적 발견을 이루고, 몇 가지 희귀 질환의 치료법을 찾아내고, 그렇게 희귀하지는 않은 다른 질환에 대해서도 진전을 이뤄냈다. 얄궂게도 그중에는 일부 암도 포함되어 있었다. 하지만 그들도 스스로를 도울 방법은 찾아내지 못했다. 가장 최근에 있었던 규정식 개선 이후로는 아무것도 없었는데, 그 규정식은 내가 태어나기 직전에 나왔다. 원래의 규정식과 마찬가지로, 개선된 규정식도 더 많은 DGD들이 아이를 낳을 용기를 주었다. DGD는 이 규정식이 당뇨병 환자의 인슐린과 같은 효과가 있으리라 여겼다. 우리도 정상적인, 아니면 정상에 가까운 수명을 누릴 수 있다고 말이다. 하지만 내가 아는 사람 중에 그런 혜택을 누린 사람은 없었다.

생물학과도 언제나와 다를 게 없었다. 내가 다닌 모든 학교에서는 규정식을 '개 비스킷'이라는 별명으로 불렀다. 대학생이라고 해서 더 창의적인 건 아니었다. 어쨌든 비스킷 먹는 걸 보는 사람들의 눈길이 싫었던 나는 더는 공개적인 곳에서 식사를 하지 않았다. 내가 단 엠블럼을 보고 멀어지는 사람들의 모습도 싫었다. 나는 엠블럼을 목걸이에 달아서 블라우스 안으로 밀어넣었지만, 그래도 사람들은 알아차렸다. 사람들이 보는 곳에서 식사하지 않고, 물 이외에는 아무것도 마시지 않으며, 담배도 전혀 피우지 않는 사람들…… 그런 사람들은 의심스럽다. 혹은 다른 사람들의 의심을 부른다. 조만간 그 사람들 중 누군가는 내 손가락과 손목에 아무것도 없는 것을 알고 목걸이에 관심 있는 척할 것이다. 그러면 결국 알게 될 것이다. 그렇다고 엠블럼을 지갑에 숨길 수는 없었다. 무슨 사고라도 난다면, 의료진이 제때 그 엠블럼을 보아야 나에게 보통 사람들에게 쓰는 약을 주는 사태를 피할 것이다. 우리가 피해야 하는 건 평범한 음식만이 아니다.《의사 처방 참고 약전》에 실린, 널리 쓰이는 약물의 사분의 일 가까이를 피해야 한다. 가끔 엠블럼 지참을 그만둔 사람들에 대한 뉴스가 나온다. 아마도 평범한 척하려 했을 테지만, 그러다가 사고를 당한다. 뭔가 잘못됐다는 사실을 깨달을 때는 이미 너무 늦다. 그래서 나는 엠블럼을 걸고 다녔다. 그리고 어떤 식으로든 사람들은 내 엠블럼을 보거나, 내 엠블럼을 본 누군가에게 말을 전해 들었다. "걔 그거래!" 그래, 그렇다.

삼 학년이 시작되었을 때, 나는 다른 DGD 네 명과 함께 집을 빌리기로 했다. 우리 모두 하루 이십사 시간 배척받는 데 신물이 난 상태였다. 영문학 전공자가 하나 있었다. 그는 작가가 되어 내부에서 우리 이야기를 하고 싶어했다. 지금껏 서른 번인가 마흔 번 정도밖에 이루어지지 않은 일이었다. 장애인이라면 비장애인보다 기껍게 받아들여줄지도 모른다고 희망하는 특수교육 전공자가 한 명, 연구직으로 나갈 계획인 의학부 예과 학생이 한 명, 그리고 자기가 정말 무엇을 하고 싶은지 잘 모르는 화학 전공자 한 명이었다.

남자 둘에 여자 셋. 우리의 공통점은 우리의 질환, 그리고 자기가 하는 일에 대한 고집스러운 집중과 다른 모든 일에 대한 절망적인 냉소가 결합된 것이었다. 건강한 사람들은 아무도 DGD처럼 집중할 수 없다고들 한다. 건강한 사람들에게는 멍청한 일반화와 짧은 주의 집중만으로 살아도 넉넉한 시간이 있다.

우리는 각자 공부를 하고, 가끔 한숨을 돌리고, 비스킷을 먹고, 수업을 들었다. 유일한 문제점은 집 안 청소였다. 누가 어디를 언제 청소할지, 누가 마당을 맡을지 등에 대한 일정표를 짜기는 했다. 우리 모두 그 계획에 동의했다. 그런데 나만 빼고 모두 잊어버리는 것 같았다. 정신을 차려 보니 나는 사람들에게 청소기를 돌려라, 욕실을 치워라, 잔디를 깎아라 하고 말하며 다니고 있었다…… 조만간 모두가 나를 싫어하겠구나 싶었지만, 그렇다고 내가 그들의 하녀가 될 수는 없었고, 지저분한 집에서 살 생각도 없었다. 그런데 아무도 불평하지 않았다. 아무도 짜증내는 것 같지도 않았다. 다들 학문에 몰두해 있던 상태에서 빠져나와서 청소를 히고, 걸레질을 하고, 잔디를 깎은 다음 다시 공부를 시작할 뿐이었다. 나에게는 저녁때마다 돌아다니면서 사람들에게 할 일을 일깨우는 습관이 붙었다. 다른 사람들이 귀찮아 하지 않는다면 나도 귀찮지 않았다.

"어쩌다가 기숙사 사감이 된 거야?" 우리 집에 찾아온 DGD 한 명이 물었다.

나는 어깨를 으쓱였다. "아무려면 어때? 집이 돌아가는데." 실제로 그랬다. 집에 찾아왔던 그 새로운 남자가 들어오고 싶어할 만큼 잘 돌아갔다. 그는 나와 함께 사는 누군가의 친구였고, 의학부 예과 학생이었다. 외모도 나쁘지 않았다.

"그래서 나 들어오라는 거야, 말라는 거야?" 그가 물었다.

"내 생각을 묻는 거라면, 들어와." 나는 말했다. 나는 그의 친구가 했어야 할 일을 했다. 돌아다니면서 그를 소개하고, 그가 떠난 후에는 다른 사람들과 이야기해서 아무도 반대하지 않는다는 사실을 확인했다. 그는 우리와 잘 맞는 것 같았다. 다른 사람들과 마찬가지로 그 역시 화장실 청소나 잔디 깎기를 잊어버렸다. 그의 이름은 앨런 치였다. 나는 치가 중국 이름이라고 생각했고, 궁금했다. 그러나 그는 아버지가 나이지리아 사람이고 이보족 말로 '치'는 수호천사, 개인적인 수호신 같은 뜻이라고 했다. 두 명의 DGD 부모 밑에서 태어나게 놓아두었으니 자기 수호신이 일을 잘 하지는 못했다고도 했다. 앨런도 나와 같았다.

처음에 우리를 서로 끌어당긴 건 그런 비슷한 면 정도였다고 생각한다. 물론 그의 생김새가 마음에 들었지만, 나는 누군가의 외모에 끌렸다가도 그 남자가 내 정체를 알고 꽁무니가 빠져라 도망가는 일에 익숙했다. 앨런이 어디로도 가지 않는다는 사실에 익숙해지는 데 시간이 꽤 걸렸다.

나는 그에게 열다섯 살 때 DGD 병동에 갔던 일을 이야기했다. 그 후의 자살 시도에 대해서도. 누구에게도 한 적 없는 이야기였다. 그에게 말하고 나자 마음이 놓여서 스스로도 놀랐다. 그리고 왜인지 그의 반응에는 놀라지 않았다.

"왜 다시 시도하지 않았어?" 앨런은 그렇게 물었다. 우리 둘만 거실에 있었다.

"처음에는 부모님 때문에. 특히 아버지 때문이었지. 아버지에게 그런 짓을 다시 할 수는 없었어." 나는 말했다.

"그 후에는?"

"두려움. 관성."

앨런은 고개를 끄덕였다. "내가 자살할 때는 어중간하게 하지 않을 거야. 구출당하는 일도, 나중에 병원에서 깨어나는 일도 없어."

"자살하겠다는 뜻이야?"

"표류하기 시작한다고 깨닫는 날 바로. 경고라도 받으니 그나마 다행이지."

"꼭 그렇지는 않아."

"아니, 받아. 난 엄청나게 많이 읽었어. 의사 몇 명과 이야기도 해봤고. DGD가 아닌 사람이 만들어낸 소문은 믿지 마."

나는 고개를 돌리고, 상처투성이의 텅 빈 벽난로 안을 들여다보았다. 나는 그에게 내 아버지가 정확히 어떻게 죽었는지 말했다. 역시 한 번도 자진해서 누군가에게 말한 적 없는 이야기였다.

앨런은 한숨을 내쉬었다. "맙소사!"

우리는 서로 바라보았다.

"넌 어떻게 할 거야?" 그는 물었다.

"모르겠어."

앨런은 큼직한 검은 손을 뻗었고, 나는 그 손을 잡고 그에게 다가앉았다. 그는 체격이 떡 벌어진 검은 남자였다. 키는 나와 비슷했고, 몸무게는 내 1.5배였으며 군살이 없었다. 그는 가끔 무서울 정도로 신랄해졌다.

"어머니는 내가 세 살 때 표류하기 시작했지. 아버지는 그 후 몇 달밖에 버티지 못했어. 아버지는 병원에 들어가고 몇 년 후에 돌아가셨다더군. 두 분에게 조금이라도 생각이 있었다면, 어머니가 임신 사실을 깨달은 바로 그 순간에 나를 낙태했을 거야. 그러나 어머니는 어쨌든 아이를 원했지. 가톨릭 신자이기도 했고." 그는 고개를 저었다. "젠장, 그들은 우리를 불임으로 만드는 법을 통과시켜야 해."

"그들?"

"넌 아이를 원해?"

"아니. 하지만……."

"우리처럼 DGD 병동에서 손가락을 물어뜯는 이들만 늘어날 뿐이야."

"나는 아이를 원하지 않지만, 다른 사람이 나보고 아이를 가질 수 없다고 말하는 것도 달갑지는 않아."

앨런은 바보스럽고 방어적인 기분이 들 때까지 나를 빤히 쳐다보았다. 나는 그에게 거리를 두었다.

"넌 누군가가 네 몸을 두고 이래라저래라 해도 좋아?" 내가 물었다.

"그럴 필요도 없어. 웬만큼 나이가 들자마자 조치를 취했으니까." 그가 말했다.

이번에는 내가 그를 빤히 바라볼 차례였다. 나도 불임 수술에 대해 생각해보기는 했다. 어떤 DGD가 그러지 않겠는가? 하지만 우리 나이에 실제로 불임 수술을 단행한 사람을 알지는 못했다. 그것은 자신의 일부를 죽이는 느낌이었다. 아무리 사용할 생각이 없는 부분이라 해도 말이다. 이미 많은 부분이 죽어 있는데 일부를 또 죽이다니.

"그 저주받은 질병을 한 세대 만에 없애버릴 수도 있었어.

하지만 번식 문제 앞에서는 사람들은 여전히 짐승이 되지. 개나 고양이처럼, 아직도 생각 없이 충동에 따라 움직여."

충동에 따르자면 앨런을 자신의 비통함과 우울함 속에 혼자 내버려두고 일어나서 나가버리고 싶었다. 그러나 나는 그 자리에 남았다. 그는 나보다도 더 살고 싶어하지 않는 듯했다. 어떻게 지금까지 살아냈는지 궁금했다.

나는 캐물었다. "연구할 날을 기대하고 있어? 혹시 네가 발견할 수 있다고 믿는……."

"아니."

나는 눈을 깜박였다. 내가 그때까지 들어본 어떤 말보다 차갑고 죽은 느낌이 드는 대답이었다.

"나는 아무것도 믿지 않아." 그가 말했다.

나는 그를 침대로 데려갔다. 그는 나 말고 내가 만난 유일한 이중 DGD였고, 누군가 어떻게 해주지 않으면 오래가지 못할 상태였다. 그를 그냥 보낼 수 없었다. 우리는 한동안만이라도 서로 살아남을 이유가 되어줄 수 있을지도 몰랐다.

나와 같은 이유로, 그는 뛰어난 학생이었다. 그리고 시간이 흐르면서 자신의 괴로움을 어느 정도 덜어내는 듯 했다. 그와 함께하면서 나는, 왜 모든 온전한 판단에 반하여 두 DGD가 관계에 휘말려서 결혼 이야기를 시작하는지 이해할 수 있었다. 달리 누가 우리를 받아들이겠는가?

어차피 우리는 그렇게 오래가지 못할 터였다. 최근에는 대부분의 DGD가 마흔 살이 넘도록 살아남았다. 그러나 그들 대부분은 DGD 부모 사이에서 태어나지 않았다. 앨런이 아무리 똑똑하다 해도, 이중 유전 때문에 의학부 본과에는 들어가지 못할 것이었다. 물론 유전자 때문에 거절한다고 말하는 사람은 없겠지만, 우리 둘 다 앨런이 살아남을 가능성이 얼마인지 알고 있었다. 기왕이면 훈련 내용을 써먹을 수 있도록 오래 살 의사들을 훈련시키는 편이 나았다.

앨런의 어머니는 딜그에 들어갔다. 앨런은 어머니를 보지도 못했고, 집에 있는 동안 조부모에게서 어머니에 대한 어떤 정보도 얻을 수 없었다. 집을 떠나 대학에 올 무렵에는 질문을 그만두었다고 했다. 아마 앨런이 질문을 다시 시작한 것은 내 부모님에 대해 들었기 때문일 것이다. 그가 딜그에 전화를 걸었을 때 나는 그와 함께 있었다. 그 순간까지만 해도 그는 어머니가 아직 살아 있는지조차 알지 못했다. 놀랍게도, 그녀는 살아 있었다.

앨런이 전화를 끊자 나는 말했다. "딜그는 좋은 곳인가 봐. 사람들은 보통 그렇게…… 그러니까……."

"그래, 나도 알아. 일단 통제에서 벗어나면 보통 오래 살지 못하지. 딜그는 달라." 우리는 내 방으로 갔고, 앨런은 의자를 거꾸로 돌리고 앉았다. "문서자료를 믿을 수 있다면, 딜그는 다른 시설들이 따라가야 할 길이야."

나는 말했다. "딜그는 거대한 DGD 병동이야. 더 부유하고…… 아마 기부금을 더 잘 빨아들이는 거겠지. 그리고 결국에는 환자가 될 수 있는 사람들이 운영해. 그걸 빼면, 뭐가 다르지?"

"읽어본 적이 있어. 너도 읽어봐야 해. 그들에게는 새로운 치료법이 있어. 다른 시설처럼 그냥 죽지 못하게 가둬두는 곳이 아니야."

"그들을, 우리를 데리고 달리 무슨 일을 할 수 있지?"

"모르겠어. 모종의…… 보호장치를 갖춘 작업장이 있는 것 같던데. 그들은 환자들이 이런저런 일을 하게 해."

"자기 파괴를 통제하는 새로운 약물이라도 있대?"

"그건 아닐걸. 그랬다면 우리도 들었겠지."

"달리 가능한 방법이 있어?"

"알아봐야지. 같이 갈래?"

"어머니를 보러 가려는 거구나."

앨런은 거친 숨을 내쉬었다. "그래. 같이 가줄래?"

나는 창문으로 다가가서 잡초밭을 내다보았다. 우리는 뒷마당에 잡초가 자라게 놓아두고 있었다. 앞마당은 잔디를 깎을 때 잡초도 깎았다.

"DGD 병동에 갔을 때의 경험을 이야기했지?"

"넌 이제 열다섯 살이 아니야. 그리고 딜그는 동물원 같은 병동이 아니야."

"대중에게 뭐라고 말하든, 병동일 수밖에 없잖아. 그리고 내가 그걸 견딜 수 있을지 잘 모르겠어."

앨런은 일어나서 내 옆에 섰다. "시도는 해보지 않겠어?"

나는 아무 말도 하지 않았다. 나는 창문 유리에 비친 우리의 모습에 초점을 맞추었다. 함께 있는 우리. 그 모습은 옳아 보였고, 옳게 느껴졌다. 앨런이 나에게 팔을 둘렀고, 나는 그에게 몸을 기댔다. 우리가 함께하는 것은 앨런에게 좋아 보이는 만큼이나 나에게도 좋았다. 우리의 관계는 나에게 관성과 두려움 말고도 계속 살아갈 이유를 주었다. 나는 그와 함께 갈 수밖에 없었다. 그게 옳은 일 같았다.

"가서 내가 어떻게 반응할지는 장담 못해." 내가 말했다.

"내가 어떻게 반응할지도 장담할 수 없어." 앨런도 인정했다. "특히나…… 어머니를 보면."

앨런은 다음 토요일 오후로 약속을 잡았다. 정부 조사관이 아닌 한 딜그에 가려면 약속을 잡아야 했다. 그것이 관습이고, 딜그는 그런 관습을 준수했다.

우리는 토요일 아침 일찍 비를 맞으며 LA를 떠났다. 산타바버라까지 해안을 따라 올라가는 동안 비가 불규칙하게 내렸다 그지기를 반복했다. 딜그는 세녀제이에서 멀지 않은 산속에

숨겨져 있었다. I-5 고속도로를 탔으면 더 빨리 도착할 수 있었겠지만, 둘 다 그 길의 황량함을 감당할 기분이 아니었다. 그런 사정으로, 우리는 오후 1시에야 무장한 두 명의 정문 경비원을 만났다. 한 명이 본관에 전화해서 우리의 약속을 확인했다. 그리고 다른 한 명이 앨런에게 운전대를 넘겨받았다.

"죄송하지만, 안에서는 동행 없이 다니지 못하게 되어 있습니다. 차고에서 여러분의 안내인을 만날 겁니다."

나는 조금도 놀라지 않았다. 딜그는 환자들만이 아니라 직원 다수가 DGD인 곳이다. 최고로 경비가 삼엄한 감옥이라도 이 정도로 위험성이 높지는 않을 것이다. 한편으로, 나는 이곳에서 누가 다쳤다는 이야기를 들은 적이 없었다. 병원과 요양소에서는 사고가 일어난다. 딜그에서는 일어나지 않았다. 딜그는 아름답고 고색창연한 곳이었다. 요즘의 높은 세금 제도에서는 이치에 맞지 않는, 그런 땅 말이다. 이곳은 과거 딜그 집안의 소유였다. 석유, 화학, 제약업. 얄궂게도 딜그 집안은 아무도 그 죽음을 슬퍼하지 않는 고故 헤던 연구소의 일부를 소유하기도 했다. 그들은 잠시 헤던코의 수익성에 관심을 두었다. 마법의 탄환 헤던코, 세상에 존재하는 암의 상당수와 많은 심각한 바이러스 질환의 치료제이자, DGD의 원인. 부모 중 한쪽이 헤던코로 치료를 받고, 치료 후에 임신을 했다면 그 자식은 DGD를 갖고 태어났다. 그 사람에게 자식이 있으면 그들에게도 이어졌다. 모두가 동일하게 영향을 받지는 않았다. 모두가 자살을 하거나 살인을 하지는 않았지만, 가능하다면 누구나 어느 정도 스스로의 신체를 훼손했다. 그리고 모두가 표류했다. 자기만의 세계에 틀어박히고, 주위 환경에 대한 반응을 멈췄다.

어쨌든, 딜그 집안에서 당시 하나뿐이던 아들이 헤던코로 목숨을 구했다. 그 후 그는 케네스 듀리에 박사와 장 고드 박사가 이 문제에 대한 제대로 된 이해를 바탕으로 부분적 해결법인 규정식을 들고나오기 전까지 자식 넷의 죽음을 지켜보았다. 두 사람은 리처드 딜그에게 다음 두 자식을 살릴 방법을 제시했다. 그는 DGD를 위해 이 크고 거추장스러운 부동산을 기부했다.

그래서 본관은 정교하고 고풍스러운 저택이었다. 그 외에 새로 지은, 기관 건물이라기보다는 영빈관처럼 보이는 건물들이 있었다. 그리고 사방은 숲이 우거진 산이었다. 멋진 곳이었다. 녹색이었고, 바다가 가까웠다. 낡은 차고와 작은 주차장이 하나 있었고 그 주차장에서 키가 크고 나이가 지긋한 여인이 기다리고 있었다. 우리의 안내인은 그 여인 근처에 차를 세우고, 우리를 내려주더니 반쯤 빈 차고 안에 주차했다.

여인은 손을 내밀며 말했다. "안녕하세요. 비어트리스 알칸타라입니다." 서늘히고 건조하고 놀라울 정도로 억센 손이었다. 나는 그 여자가 DGD일 거라고 생각했지만, 그 나이는 충격이었다. 예순은 되어 보였는데, 그렇게 나이 많은 DGD를 본 적이 없었다. 왜 그녀가 DGD라고 생각했는지는 잘 알 수 없었다. 만약 그녀가 DGD라면 분명 최초로 살아남은 실험 모델일 것이다.

"박사님이라고 부를까요, 알칸타라 씨라고 부를까요?" 앨런이 물었다.

"비어트리스라고 부르세요. 박사이기는 합니다만, 이곳에서는 그런 호칭을 많이 쓰지 않지요."

나는 앨런을 슬쩍 보고, 앨런이 그 여자에게 미소를 짓는 모습에 놀랐다. 그는 좀처럼 미소를 보이지 않는 편이었다. 나도 비어트리스를 보았지만, 미소를 지을 만한 이유를 알 수 없었다. 서로 소개하면서, 내가 그 여자를 좋아하지 않는다는 점을 깨달았다. 그럴 이유 역시 없었지만, 내 기분은 내 기분이었다. 나는 그 여자가 마음에 들지 않았다.

"두 분 다 이곳에 와보신 적이 없겠지요." 비어트리스는 우리를 내려다보고 미소 지으며 말했다. 그녀는 키가 180센티미터는 되었고, 허리가 꼿꼿했다. 우리는 고개를 저었다. "그러면 앞으로 가시죠. 우리가 여기서 하는 일에 대해 설명해드릴게요. 병원에 왔다고 믿게 하고 싶지는 않군요."

나는 달리 어떻게 믿으라는 것인가 의아해하며 얼굴을 찌푸렸다. 딜그가 은신처라고 불리기는 하지만, 어떻게 부르든 무슨 차이가 있단 말인가?

가까이에서 본 저택은 옛날식 관공서 같은 인상이었다. 육중했고, 바로크식 정면에 돔 지붕을 얹은 탑 하나가 3층짜리 건물 위로 또 삼층 높이 정도 더 솟아 있었다. 탑 오른쪽과 왼쪽으로 부속건물이 상당한 거리에 걸쳐 뻗어나가다가, 모퉁이에서 꺾어져서 다시 두 배 길이로 이어졌다. 정문은 거대했는데 연철로 만든 문과 크고 무거운 나무 문으로 이중이었다. 어느 문도 잠겨 있지는 않은 듯 했다. 비어트리스는 철문을 당겨서 열고 나무 문을 민 다음 우리에게 들어오라고 손짓했다.

건물 안은 미술관이었다. 거대했고, 천장은 높았으며, 바닥에는 타일이 깔렸다. 대리석 기둥이 있었고, 벽감마다 조각이 놓이거나 그림이 걸렸다. 여기저기 또 다른 조각들도 전시되어 있었다. 전시실 한쪽 끝에 있는 널찍한 계단을 올라가면 전체 공간을 감싸는 화랑이 나왔고, 그곳에도 미술품이 있었다. 비어트리스가 말했다. "모두 이곳에서 만들어졌지요. 이곳에서 팔리기도 하고요. 대부분은 베이에어리어*나 LA 주변에 있는 화랑으로 갑니다. 우리의 유일한 문제점은 작품이 너무 많다는 거죠."

"환자들이 이걸 만든다는 건가요?" 내가 물었다.

---

* 샌프란시스코 만안 지역.

나이 든 여인은 고개를 끄덕였다. "이것 말고도 많지요. 이곳 사람들은 자기 몸을 찢거나 허공을 바라보는 대신 작업을 해요. 어떤 사람은 이곳을 보호하는 PV 잠금장치를 발명하기도 했지요. 그러지 않았더라면 좋았겠다 싶기도 하지만요. 그자물쇠 때문에 정부의 관심을 지나치게 끌었어요."

"어떤 잠금장치요?" 내가 물었다.

"설명이 부족해서 미안해요. PV는 장문Palmprint과 성문Voiceprint을 말해요. 최초이자 최고의 작품이죠. 우리에게 특허권이 있어요." 비어트리스는 앨런을 쳐다보았다. "어머님이 무슨 일을 하는지 보고 싶나요?"

"잠깐만요. 통제력을 잃은 DGD들이 미술품을 내놓고 발명을 한다는 겁니까?" 앨런이 말했다.

"그리고 그 잠금장치 말인데, 그런 건 들어본 적이 없어요. 잠금장치는 보이지도 않았고요." 내가 말했다.

"그 잠금장치는 신제품이에요. 뉴스 기사가 몇 개 나왔죠. 대부분의 사람들이 집에 쓰려고 살 만한 물건은 아닙니다. 너무 비싸거든요. 그래서 일부의 관심만 받고 있죠. 사람들은 딜그에서 만들어진 물건을, 천재 백치들의 공헌처럼 보는 경향이 있어요. 흥미롭고, 이해할 수 없지만, 정말로 중요하지는 않다고 보는 거죠. 이 잠금장치에 관심을 갖고 구입할 수 있는 이들은 그 점을 잘 압니다." 그녀는 심호흡을 하고, 다시 앨런을 마주했다. "아, 그래요. DGD들은 창조를 해요. 최소한 이곳에서는 그래요."

"통제 불능이 된 DGD들이요."

"네."

"전 기껏해야 바구니 짜기 같은 걸 하고 있을 줄 알았습니다. DGD 병동이 어떤지 알거든요."

"저도 압니다. 병원에 있는 사람들이 어떤지 알고, 이곳이 어떤지 알지요." 비어트리스는 그렇게 말하면서 내가 언젠가 보았던 오리온성운 사진처럼 생긴 추상화 쪽으로 한 손을 흔들었다. 거대한 빛과 색채의 구름이 암흑을 깨뜨리고 있었다. "이곳에서는 사람들이 자기 에너지를 다른 곳에 쏟도록 도와줄 수 있습니다. 사람들은 아름다운 것, 쓸모 있는 것을 창조할 수 있어요. 쓸모없는 것도 만들지만 어쨌든 다들 창조하지요. 파괴하지 않아요."

앨런이 물었다. "어째서요? 약물 때문일 리는 없습니다. 그랬다면 저희도 들었을 테지요."

"약물은 아닙니다."

"그렇다면 뭡니까? 왜 다른 병원에는 없는……?"

"앨런, 기다려요."

앨런은 그녀를 보고 얼굴을 찌푸렸다.

"어머니를 보고 싶나요?"

"물론 보고 싶습니다!"

"좋아요. 같이 가요. 저절로 정리가 될 거예요."

비어트리스를 따라 복도를 걷는 동안 보게 되는 사무실마다 사람들이 서로 이야기를 하고, 비어트리스에게 손을 흔들고, 컴퓨터로 일을 했다…… 어디에든 있을 수 있는 사람들이었다. 나는 그들 중 얼마나 많은 수가 통제된 DGD일지 궁금했다. 또 이 나이 든 여자가 아직 말하지 않은 비밀들로 무슨 게임을 하고 있는 것인지 궁금했다. 우리는 너무나 아름답고 완벽하게 보존된, 따라서 잘 쓰이지 않는 것이 분명한 방들을 통과했다. 그녀는 넓고 육중한 문 앞에서 우리를 멈춰 세웠다.

"계속 가면서 무엇이든 보고 싶은 대로 보세요. 하지만 무엇이든, 누구든 만지지는 마세요. 그리고 이제 보게 될 사람들 중 일부는 우리에게 오기 전에 이미 스스로를 해쳤다는 사실을 기억하세요. 그 사람들은 아직도 그때의 흉터를 간직하고 있습니다. 그중에는 보기 괴로운 흉터도 있을지 모르지만, 두 분은 전혀 위험하지 않아요. 그 점을 마음에 새겨두세요. 이곳에 있는 어느 누구도 당신들을 해치지 않습니다." 그녀는 문을 밀어 열고 들어오라고 손짓했다.

나는 흉터에 별로 신경 쓰지 않았다. 장애에도 신경 쓰지 않았다. 무서운 것은 자기 훼손 행위였다. 야생 짐승처럼 자기 팔을 물어뜯는 사람이었다. 자기 몸을 찢다가 구속되거나 투

약을 너무 오래 반복해서 이제는 알아볼 만한 사람의 형상도 거의 남지 않은, 그런데도 여전히 자기 살을 파고들어가려는 시도를 계속하는 사람이었다. 내가 열다섯 살 때 DGD 병동에서 본 것은 그런 것들이었다. 그때도 내가 미래의 거울 같은 것을 들여다보고 있다고 느끼지만 않았더라면 더 잘 견딜 수 있었으리라.

나에게는 그 문을 통과한다는 자각이 없었다. 내가 통과할 수 있으리라고 생각하지도 않았다. 그러나 비어트리스가 무슨 말인가를 했고, 나는 어느새 내가 문 반대편에 서 있고 문은 내 뒤에서 닫히고 있음을 깨달았다. 나는 몸을 돌려 그녀를 응시했다.

비어트리스는 내 팔에 손을 대고 조용히 말했다. "괜찮아요. 저 문은 많은 사람들에게 벽처럼 보이지요."

그 접촉에 혐오감을 느낀 나는 뒤로, 그 여자의 손이 닿지 않는 곳으로 물러섰다. 맙소사, 악수만으로도 충분했다.

나를 바라보는 비어트리스 안에서 무엇인가가 차려 자세를 취하는 것 같았다. 자세가 전보다 더 꼿꼿해졌다. 그녀는 일부러, 그러나 명백한 이유는 없이 앨런 쪽으로 다가가서 사람들이 가끔 스쳐 지나갈 때 그러듯이 앨런을 건드렸다. 촉각을 이용한 "실례합니다"랄까. 아무도 없는 넓은 복도에서는 전혀 필요 없는 동작이었다. 무슨 이유에서인지 그녀는 앨런을 건드리고, 나에게 그 모습을 보여주고 싶어했다. 자기가 무슨 짓을 하고 있다고 생각하는 걸까? 그 나이에 추파라도 던지는 건가? 나는 비어트리스를 노려보았고, 앨런에게서 그녀를 밀어내고 싶은 비이성적인 충동을 억눌렀다. 나는 그 충동에 담긴 폭력성에 놀랐다.

비어트리스는 미소 지으며 몸을 돌렸다. "이쪽이에요." 앨런은 나에게 팔을 두르고 앞장서서 따라가려고 했다.

"잠깐만요." 나는 움직이지 않고 말했다.

비어트리스가 뒤를 돌아보았다.

"방금 무슨 일이 일어난 거죠?" 나는 물었다. 나는 거짓말에 대비하고 있었다. 그 여자가 아무 일도 없었다고 대답하고, 내가 무슨 말을 하는지 모르는 척할 줄 알았다.

"의학 공부를 할 계획인가요?" 비어트리스가 물었다.

"뭐라고요? 그게 무슨……?"

"의학을 공부하세요. 당신은 좋은 일을 엄청나게 많이 할 수 있을지도 몰라요." 비어트리스는 성큼성큼, 우리가 서둘러 따라잡아야 할 만큼 넓은 보폭으로 걸어가버렸다. 우리는 그녀를 따라서 몇 사람은 컴퓨터 단말기 앞에서 일하고 몇 사람은 연필과 종이로 일을 하고 있는 방을 통과했다. 얼굴의 반이 망가졌거나 손이나 다리가 하나뿐이거나 또렷한 흉터가 남아 있는 사람들이라는 점만 빼면 평범한 장면이었다. 그러나 그들 모두 지금은 통제되어 있었다. 작업을 하고 있었다. 열중하고 있었지만, 자기 파괴에 대한 열중이 아니었다. 단 한 사람도 자기 살을 파고들거나 뜯어내고 있지 않았다. 우리가 그 방을 통과해서 작고 화려한 응접실에 들어갔을 때, 앨런은 비어트리스의 팔을 붙잡았다.

"뭡니까? 그들에게 뭘 하는 겁니까?" 앨런이 물었다.

비어트리스는 앨런의 손을 토닥여서 내 신경을 건드렸다. "말해줄게요. 나도 알려주고 싶어요. 하지만 우선 어머니부터 봤으면 해요." 놀랍게도 그는 고개를 끄덕이고, 더 말하지 않았다.

"잠시 앉아요."

우리는 그 말대로 잘 어울리는 천이 깔린 편안한 의자에 앉았다. 앨런은 상당히 느긋해 보였다. 도대체 이 나이 든 여인에게 깃든 무엇이 앨런은 느긋하게 만들면서 날 불안하게 만드는 걸까? 어쩌면 앨런은 그녀를 보고 할머니나 그런 사람을 떠올리는지도 몰랐다. 하지만 나는 아무도 떠오르지 않았다. 그리고 의학을 공부하라는 헛소리는 무엇이란 말인가?

"당신 어머니에 대해 이야기하기 전에, 그리고 당신들 둘에 대해 이야기하기 전에 적어도 작업장 하나는 통과해봤으면 했어요." 그녀는 나를 돌아보았다. "당신은 병원이나 요양소에서 좋지 않은 경험을 했지요?"

나는 그 일을 떠올리고 싶지 않아서 그녀를 외면했다. 저 가짜 사무실에 있던 사람들만으로도 기억을 되살리기에는 충분하지 않았나? 공포 영화에 나오는 사무실. 악몽의 사무실.

"괜찮아요. 자세히 되살릴 필요는 없어요. 그냥 간단하게만 말해줘요."

의지와는 달리 천천히 그 말에 복종했지만, 내가 왜 그러는지는 알 수 없었다.

비어트리스는 놀라지 않고 고개를 끄덕였다. "당신 부모님은 가혹하고 애정 어린 분들이었군요. 살아 계신가요?"

"아니요."

"양쪽 다 DGD였나요?"

"그래요, 하지만…… 그래요."

"그렇지요, 병원에서 선명하게 느꼈을 불쾌함과 미래에 대한 암시 외에, 병동에 있는 사람들에 대해서 어떤 인상을 받았나요?"

나는 어떻게 답해야 할지 몰랐다. 뭘 원하는 걸까? 왜 나에게 무엇인가를 원하는 걸까? 앨런과 앨런의 어머니에 대해서나 걱정해야 하지 않나.

"구속되지 않은 사람들을 보았나요?"

"네." 나는 속삭였다. "어떤 여자를 봤어요. 어쩌다 풀려났는지는 모르겠어요. 그 여자가 우리에게 달려와서 아버지를 들이받았지만, 덩치 큰 남자였던 아버지는 꿈쩍도 하지 않았죠. 그 여자는 튕겨나가서 쓰러졌다가…… 자기 몸을 잡아뜯기 시작했어요. 자기 팔을 물고…… 물어뜯은 살을 삼켰어요. 반대쪽 손톱으로 자기가 낸 상처를 쥐어뜯었어요. 그 여자는…… 난 그 여자에게 그만두라고 소리 질렀죠." 우리 발치에 누워서 피투성이로 자기 살을 먹던 그 젊은 여자를 떠올리며 나는 내 몸을 끌어안았다. 자기 살을 파고들어가던 그 여자. 파고들던. "그들은 정말 열심히 빠져나오려고 해요. 정말 열심히 싸우죠."

"뭘 빠져나와?" 앨런이 물었다.

나는 앨런을 보았지만, 제대로 볼 수 없었다.

앨런은 부드럽게 말했다. "린, 무엇에서 빠져나오느냐고."

나는 고개를 저었다. "그들의 구속에서, 그들의 질병에서, 그 병동에서, 그들의 몸에서……."

앨런은 비어트리스를 쳐다보고 다시 나에게 말을 걸었다. "그 여자가 말을 했어?"

"아니. 비명을 질렀어."

앨런은 불편한 듯 나에게서 몸을 돌리고 비어트리스에게 물었다. "이게 중요합니까?"

"아주요." 비어트리스가 대답했다.

"흠…… 제가 어머니를 보고 나서 이야기할 수 있을까요?"

"그때도 하고, 지금도 하죠." 비어트리스는 나에게 말했다.
"당신이 그만두라고 했을 때 그 여자가 하던 일을 멈췄나요?"

"잠시 후에 간호사들이 와서 데려갔으니 그건 중요하지 않았어요."

"중요했어요. 그 여자가 멈췄나요?"

"네."

"문헌에 따르면, 그들은 누구에게든 반응하는 일이 드뭅니다." 앨런이 말했다.

"사실이에요." 비어트리스는 앨런에게 서글픈 미소를 보였다. "하지만 당신 어머니는 당신에게 반응할지도 몰라요."

"그렇습니까……?" 그는 악몽 속에 나오는 것 같은 사무실을 돌아보았다. "어머니도 저 사람들처럼 통제되어 있나요?"

"그래요. 언제나 그랬던 건 아니지만요. 당신 어머니는 지금 진흙으로 작업을 하고 있어요. 형상과 질감을 좋아하고……."

"눈이 머셨군요." 앨런은 의심을 사실처럼 표현했다. 비어트리스의 말을 듣고 내 생각도 같은 방향으로 가고 있었다. 비어트리스는 머뭇거리다가 겨우 말했다. "그래요. 그리고…… 흔히 있는 이유에서지요. 당신을 천천히 준비시키고 싶었어요."

"전 많은 문헌을 읽었습니다."

나는 많이 읽지 않았지만, 흔한 이유가 무엇인지는 알았다. 그녀는 자기 눈을 찌르거나, 뜯어냈거나, 다른 식으로 파괴했을 것이다. 심한 흉터가 남았을 것이다. 나는 일어나서 앨런의 의자 팔걸이에 앉았다. 내가 어깨에 손을 올리자, 앨런도 손을 뻗어 내 손을 잡았다.

"이제 어머니를 볼 수 있나요?" 앨런이 물었다.

비어트리스가 일어섰다. "이쪽이에요."

우리는 다른 작업장을 통과했다. 사람들이 그림을 그리고, 기계장치를 조립하고, 나무와 돌로 조각을 하고, 심지어는 작곡과 연주를 하기도 했다. 거의 아무도 우리에게 주목하지 않았다. 그런 면에서 환자들은 자기 병에 충실했다. 우리를 무시하는 게 아니었다. 그들은 분명 우리가 존재한다는 사실을 몰랐다. 몇몇 통제 DGD 감시인들만이 비어트리스에게 손을 흔들거나 말을 걸어서 자신을 드러낼 뿐이었다. 나는 전기톱으로 빠르고 능숙하게 작업하는 여자를 지켜보았다. 그 여자는 자기 몸 주위를 확실히 이해하고 있었고, 주위와 심하게 단절된 나머지 스스로를 파고나가야 할 무엇인가에 갇힌 존재로 인지하지 않았다. 딜그가 이 사람들에게 다른 병원에서 하지 않는 어떤 일을 해준 걸까? 그렇다면 어떻게 딜그는 그 치료법을 다른 병원에 내어주지 않을 수 있나?

"우리가 먹는 규정식은 저쪽에서 직접 만들지요." 비어트리스는 창밖에 보이는 영빈관 쪽을 가리키면서 말했다. "우리는 다양성을 좀 더 허용하고, 시판 제품을 만드는 이들보다 실수를 덜 해요. 보통 사람은 우리처럼 일에 집중하지 못하죠."

나는 그녀를 돌아보았다. "무슨 말씀이죠? 편견쟁이들이 옳다는 건가요? 우리가 특별한 재능을 타고났다고요?"

"그래요. 썩 나쁜 특징은 아니지 않나요?"

"그건 우리 중 누군가가 뭔가 잘할 때마다 사람들이 하는 소리잖아요. 우리의 공로를 부정하고 싶을 때 쓰는 방법이죠."

"그래요. 하지만 사람들은 때로 틀린 이유로 옳은 결론에 도달하기도 하지요." 나는 그 문제로 논쟁하고 싶지 않아서 어깨만 으쓱였다.

"앨런?" 이름을 부르자 앨런이 그녀를 쳐다보았다.

"당신 어머니는 옆방에 있어요."

앨런은 침을 삼키고, 고개를 끄덕였다. 우리 둘 다 비어트리스를 따라 방 안으로 들어갔다.

나오미 치는 자그마한 여인이었다. 머리는 아직 검었고, 진흙을 빚는 손가락은 길고 가늘고 우아했다. 얼굴은 폐허였다. 눈만이 아니라 코 대부분과 한쪽 귀가 없었다. 남은 얼굴도 심하게 흉터가 졌다. 비어트리스가 말했다. "나오미의 부모는 가난했어요. 그분들이 앨런 당신에게 어느 정도 말해줬는지 모르겠지만, 그분들은 가진 돈을 다 쏟아서 나오미를 괜찮은 곳에 넣으려 했습니다. 나오미의 어머니는 심한 죄책감을 느꼈지요. 암에 걸려서 약을 쓴 장본인이었으니까요…… 결국 두

분은 나오미를 주 정부에서 인가한 구금식 보호시설에 넣어야 했어요. 어떤 곳인지 알 거예요. 한동안 정부는 그 정도 비용밖에 지불하지 않았어요. 그런 곳…… 음, 때로 환자들이 정말로 골칫거리가 되면, 특히 계속 도망을 치면…… 빈 방에 집어넣고 스스로를 끝내게 놓아두었어요. 그런 곳에서 그들을 돌보는 건 구더기와 바퀴벌레, 쥐뿐이죠."

나는 몸서리를 쳤다. "아직도 그런 곳이 있다고 들었어요."

"아직도 있지요. 탐욕과 무관심으로 유지되는 거죠." 비어트리스는 앨런을 쳐다보았다. "당신 어머니는 그런 곳에서 석 달을 살아남았어요. 내가 직접 데리고 나왔죠. 나중에는 내가 바로 그곳의 문을 닫는 데 중요한 역할을 했어요."

"당신이 데려갔다고요?" 내가 물었다.

"당시에 딜그는 존재하지 않았지만, 나는 LA에서 통제 DGD 한 무리와 함께 일하고 있었어요. 나오미의 부모가 우리에 대해 듣고 맡아달라고 부탁했죠. 당시에는 우리를 믿는 사람이 많지 않았어요. 우리 중에 의학적 훈련을 받은 사람도 몇 명 없었어요. 우리 모두가 젊고, 이상주의적인 데다가, 순진했지요. 우리는 지붕에서 비가 새는 낡은 목조 가옥에서 시작했어요. 나오미의 부모는 지푸라기라도 잡고 싶은 상태였죠. 우리도 그랬고. 그리고 우리는 순전한 행운으로 튼튼한 지푸라기를 잡았어요. 우리는 딜그 집안에 우리의 가치를 증명할 수 있었고, 이 시설을 넘겨받았죠."

"무엇을 증명했다는 거죠?" 내가 물었다.

비어트리스는 고개를 돌려 앨런과 그의 어머니를 보았다. 앨런은 나오미의 망가진 얼굴을, 기분 나쁘게 변색된 흉터 조직을 뚫어져라 보고 있었다. 나오미는 나이 든 여인과 두 아이의 모습을 빚고 있었다. 나이 든 여인의 수척하고 주름진 얼굴은 놀라울 정도로 선명했고, 눈먼 조각가로서는 불가능하다 싶을 만큼 세밀했다.

나오미는 우리를 알아차리지 못하는 듯 했다. 모든 관심을 작업에 집중하고 있었다. 앨런은 비어트리스가 했던 말을 잊고 그녀의 흉터투성이 얼굴을 만지려고 손을 뻗었다.

비어트리스는 막지 않았다. 나오미는 알아차리지 못하는 듯 했다. "내가 나오미의 관심을 당신에게 돌리면, 우리는 나오미의 일과를 깨뜨리게 됩니다. 그러고 나면 나오미가 스스로를 해치지 않고 일과로 돌아갈 때까지 함께 있어줘야 해요. 삼십 분 정도."

"어머니의 관심을 끌 수 있다고요?" 앨런이 물었다.

"그래요."

"어머니가……." 앨런은 침을 삼켰다. "이런 건 들어본 적도 없어요. 어머니가 대화를 할 수 있습니까?"

"그래요. 하지만 대화하지 않는 쪽을 택할 수도 있어요. 그리고 한다고 해도 아주 천천히 말할 거예요."

"하십시오. 관심을 끄세요."

"당신을 만지고 싶어할 거예요."

"괜찮습니다. 하세요."

비어트리스는 나오미의 손을 잡더니, 젖은 진흙에서 떼어내어 붙잡고 있었다. 나오미는 왜 손이 원하는 대로 움직이지 않는지 이해할 수 없다는 듯, 몇 초 동안 잡힌 손을 잡아당겼다.

비어트리스는 더 가까이 다가서서 조용히 말했다. "그만, 나오미." 그러자 나오미는 움직임을 멈추고, 주의를 기울이는 태도로 비어트리스에게 눈먼 얼굴을 돌리고 기다렸다. 완벽하게 집중한 기다림이었다.

"손님이에요, 나오미."

나오미는 몇 초 후에 말이 아닌 소리를 냈다.

비어트리스는 앨런을 옆으로 부르더니, 나오미에게 앨런의 손을 쥐여주었다. 이번에는 나도 비어트리스가 앨런을 만지는 데 신경이 쓰이지 않았다. 눈앞에서 일어나는 일에 대한 관심이 워낙 컸기 때문이었다. 나오미는 앨런의 손을 세심하게 만지더니, 팔을 따라 어깨, 목, 얼굴로 올라갔다. 그녀는 앨런의 얼굴을 두 손으로 감싸고 소리를 냈다. 말이었을지도 모르지만, 나는 뜻을 이해할 수 없었다. 나는 그 손이 지닌 위험밖에 생각할 수 없었다. 나는 내 아버지의 손을 생각했다.

"이 사람 이름은 앨런 치예요, 나오미. 당신 아들이죠." 몇 초가 지나갔다.

"아들?" 입술이 여기저기 찢어졌다가 엉망으로 나왔는데도, 이번에는 말이 꽤 또렷하게 나왔다. 나오미는 걱정스럽게 다시 말했다. "아들? 여기에?"

"이 사람은 괜찮아요, 나오미. 여기 방문한 거예요."

"어머니?" 앨런이 말했다.

나오미는 앨런의 얼굴을 다시 조사했다. 앨런은 그녀가 표류하기 시작했을 때 세 살이었다. 그의 얼굴에서 기억할 만한 부분을 찾기란 불가능해 보였다. 나는 나오미가 아들이 있다는 사실이나 기억할지 궁금했다.

"앨런?" 나오미가 말했다. 그녀는 앨런의 눈물을 알아차리고 그 자리에 멈췄다. 그녀는 자기 얼굴에서 눈이 있었어야 할 자리를 만져보더니, 다시 앨런의 눈을 향해 손을 뻗었다. 내가 그 손을 잡기 전에 비어트리스가 잡았다.

"안 돼요!" 비어트리스는 단호하게 말했다.

그 손은 나오미 옆으로 힘없이 떨어졌다. 나오미의 얼굴이 빙빙 도는 골동품 풍향계처럼 비어트리스 쪽으로 돌아갔다. 비어트리스가 머리를 쓸어주자 나오미는 내가 겨우 이해할 수 있을 듯한 말을 했다. 비어트리스는 얼굴을 찡그린 채 눈물을 닦아내고 있는 앨런을 쳐다보았다.

"아들을 안아줘요." 비어트리스가 부드럽게 말했다.

나오미는 더듬더듬 몸을 돌렸고, 앨런은 그녀를 오랫동안 꼭 끌어안았다. 그녀의 팔이 천천히 앨런을 감쌌다. 그녀는 망가진 입 때문에 발음이 뭉개졌지만 겨우 이해는 할 수 있는 단어들을 말했다.

"부모님? 우리 부모님이…… 널 돌봐줬니?" 앨런은 전혀 이해하지 못한 얼굴로 그녀를 바라보았다.

"할아버지 할머니가 당신을 돌봐줬는지 알고 싶어하셔." 내가 말했다.

앨런은 의심스러운 눈으로 나를 보고, 다시 비어트리스를 보았다.

"맞아요. 그분들이 당신을 돌봐줬는지 알고 싶은 것뿐이에요." 비어트리스가 말했다.

"그래요. 두 분은 어머니와 한 약속을 지켰어요, 어머니."

몇 초가 흘렀다. 나오미는 앨런조차도 울음소리란 걸 알 만한 소리를 냈고, 앨런은 그녀를 달래려 했다.

"또 누가 여기에 있니?" 마침내 나오미가 말했다.

이번에 앨런은 바로 나를 쳐다보았다. 나는 방금 들은 말을 그에게 전했다.

"이 친구 이름은 린 모티머예요. 저는……." 앨런은 어색해하며 말을 이었다. "린과 저는 결혼할 거예요."

잠시 후, 나오미는 앨런에게서 떨어지더니 내 이름을 불렀다. 나는 바로 그녀에게 가고 싶은 충동을 느꼈다. 이제는 나오미가 두렵지도 혐오스럽지도 않았다. 그러나 설명할 수 없는 이유로 나는 비어트리스를 바라보았다.

"가봐요. 하지만 당신과 나는 나중에 이야기를 해야 해요." 비어트리스가 말했다.

나는 나오미에게 가서 손을 잡았다.

"비어트리스?" 나오미가 말했다.

"전 린이에요." 나는 부드럽게 말했다.

나오미는 짧은 숨을 들이켜고는 말했다. "아니야. 아니야, 당신은⋯⋯."

"전 린이에요. 비어트리스를 원하세요? 비어트리스도 여기 있어요."

나오미는 아무 말도 하지 않았다. 그녀는 내 얼굴에 손을 올리고 천천히 탐색을 했다. 나는 그대로 두었다. 혹시 그녀가 폭력적이 되면 내가 멈출 수 있다는 자신이 있었다. 하지만 그녀는 처음에는 한 손, 그다음에는 두 손 다 동원해서 몹시 부드럽게 나를 훑었다.

"내 아들과 결혼할 건가요?" 마침내 나오미가 물었다.

"네."

"좋아요. 당신은 내 아들을 안전하게 지키겠죠."

우리는 최대한 서로를 안전하게 지킬 것이었다. "네." 나는 말했다.

"좋아요. 아무도 그 애를 스스로에게서 떨어뜨려 가두지 않을 거예요. 아무도 그 애를 묶거나 우리에 넣지 않을 거예요." 나오미의 손은 다시 자기 얼굴 위를 헤맸고, 손톱이 살짝 살을 파고들어갔다.

"안 돼요." 나는 그 손을 잡으면서 부드럽게 말했다. "전 당신도 안전하길 원해요."

입이 움직였다. 나는 그 움직임이 미소였다고 생각한다. "아들?" 나오미가 말했다.

앨런은 그 말을 이해하고 어머니의 손을 잡았다.

"진흙." 나오미가 말했다. 진흙으로 만든 린과 앨런. "비어트리스?"

"물론이죠. 인상은 충분히 받았나요?"

"아니요!" 이제까지 나오미가 한 대답 중에 가장 빨랐다. 그러더니 그녀는 어린아이처럼 속삭였다. "네."

비어트리스는 웃었다. "원한다면 다시 만져봐요, 나오미. 두 사람은 싫어하지 않아요."

싫지 않았다. 앨런은 나오미의 온화함을 믿고 눈을 감았다. 하지만 나는 그럴 수 없었다. 나오미의 손이 내 눈 가까이 온다 해도 이려움 없이 받아들일 수 있기는 했지만, 그렇다고 그녀에 대해 착각하지는 않았다. 그녀의 온화함은 한순간에 변할 수 있었다. 나오미의 손가락이 앨런의 눈 근처에서 경련했고, 나는 두려움에 바로 말했다.

"만지기만 해요, 나오미. 만지기만."

나오미는 얼어붙어서 질문하는 듯한 소리를 냈다.

"어머니는 괜찮아." 앨런이 말했다.

"나도 알아." 나는 그렇게 말했지만, 믿지는 않았다. 하지만 누군가가 나오미를 주의 깊게 지켜보면서, 어떤 위험한 충동이든 싹이 나기 전에 잘라내면 앨런에게는 아무 일도 없을 터였다.

"아들!" 나오미는 행복한 소유욕을 드러냈다. 앨런을 놓아준 그녀는 진흙을 달라고 했고, 이전에 만들던 나이 든 여인의 조소는 다시 건드리지 않았다. 비어트리스가 새 진흙을 가지러 간 사이에 우리는 나오미를 달래고 초조함을 덜어주어야 했다. 앨런은 금방이라도 일어날 듯한 파괴 행동의 조짐을 알아보기 시작했다. 그는 두 번이나 나오미의 손을 잡고 안 된다고 말했다. 그녀는 앨런에게서 벗어나려고 버둥거리다가 내가 말하면 멈췄다. 비어트리스가 돌아왔을 때 또 같은 일이 벌어졌고, 비어트리스가 말했다. "안 돼요, 나오미." 나오미는 고분고분 양손을 늘어뜨렸다.

"뭡니까?" 새로운 작업, 그러니까 앨런과 나의 진흙 조소 작품에 온전히 집중하여 안전해진 나오미를 두고 나와서 앨런이 물었다. "여자들 말만 듣는다거나 그런 겁니까?"

비어트리스는 우리를 다시 응접실로 데려가서 둘 다 앉혔지만, 본인은 앉지 않았다. 그녀는 창가로 다가가서 밖을 내다보았다. "나오미는 특정한 여자들의 말만 들어요. 그리고 때로는 그 반응조차 늦기도 하지요. 나오미는 대부분의 환자들보다 상태가 나빠요. 아마도 내가 데리러 가기 전에 자기 몸에 가한 손상 때문이겠지요." 비어트리스는 입술을 물며 찌푸린 얼굴로 우리를 돌아보았다. "이 이야기를 하는 건 오랜만이군요. 대부분의 DGD에게는 서로 결혼해 아이를 낳지 않을 분별력이 있어요. 두 분도 아이를 낳을 계획은 없었으면 좋겠군요…… 우리에게는 필요하다 해도요." 그녀는 숨을 깊이 들이마셨다. "페로몬이에요. 냄새. 그리고 성별과 관련이 있어요. 부친에게서 DGD를 이어받은 남자들에게는 그 냄새가 전혀 나지 않아요. 또 이런 남자들은 덜 힘든 시간을 보내는 편이죠. 하지만 이곳에서 직원으로 쓸 수는 없어요. 모친에게서 질환을 이어받은 경우, 남자들도 어느 정도는 냄새를 내죠. DGD들이 알아차릴 수는 있으니까, 이곳에서도 쓸모가 있을 수 있어요. 부친은 아니고 모친에게만 이어받은 여자들도 똑같아요. 무책임한 DGD 두 명이 결합해서 나나 린 같은 여자아이를 낳았을 때만 이런 시설에서 정말로 도움이 될 수 있어요." 그녀는 나를 쳐다보았다. "당신과 나, 우리는 정말로 희귀한 존재예요. 당신이 학업을 끝냈을 때는 아주 보수 좋은 직장이 기다리고 있을 거예요."

"여기 말인가요?" 내가 물었다.

"훈련을 위해서 여기로 올지도 모르지요. 그다음은 나도 몰라요. 이 나라 다른 곳에서 새로운 은거지의 출발을 도울지도 모르겠군요. 다른 곳들이 절실히 필요하니까요." 그녀는 농담기 없이 웃었다. "우리 같은 사람들은 서로 잘 어울리지 못해요. 당신이 나를 좋아하지 않는 만큼 나도 당신을 좋아하지 않는다는 걸 알아야 해요."

나는 침을 삼키고, 잠시 동안 일종의 안개 너머로 그녀를 보았다. 아무 생각 없이 그녀를 미워했다…… 아주 잠시 동안.

"등을 기대요. 몸의 긴장을 풀어요. 도움이 될 거예요."

나는 그 말에 따랐다. 사실은 그 말에 따르고 싶지 않았지만, 달리 어떻게 해야 할지 생각할 수 없었다. 아예 생각을 할 수 없었다.

"우리는 영역 보호 본능이 무척 강한 모양이에요. 나 같은 부류가 나 혼자일 때 딜그는 안식처죠. 하지만 나 혼자가 아니라면, 감옥이에요."

"그래서는 믿을 수 없을 만큼 일이 많을 텐데요." 앨런이 말했다.

비어트리스는 고개를 끄덕였다. "지나치게 많다고 할 수 있지요." 그녀는 혼자 미소를 지었다. "나는 처음으로 태어난 이중 DGD 가운데 하나였어요. 그 사실을 이해할 만큼 나이를 먹었을 때, 나는 시간이 별로 없다고 생각했지요. 처음에는 자살하려고 했어요. 자살에 실패하고 나서는 나에게 남았다고 생각한 얼마 안 되는 시간 속에 모든 삶을 욱여넣으려고 했지요. 이 프로젝트에 합류했을 때, 나는 표류하기 전에 프로젝트의 형태를 갖추려고 전력을 다했어요. 이제는 일을 하지 않으면 무엇을 해야 할지 모르게 되었네요."

"왜 당신은…… 표류하지 않았죠?" 내가 물었다.

"모르겠어요. 무엇이 정상인지 알기에는 우리 같은 족속이 많지 않아요."

"빠르든 늦든, DGD라면 표류하는 게 정상이에요."

"그렇다면 늦게 오는 거겠지요."

앨런이 물었다. "왜 그 냄새를 합성하지 않은 겁니까? 왜 아직도 강제수용소 같은 요양소와 병동이 있는 겁니까?"

"내가 무슨 일을 할 수 있는지 증명한 후부터 그 냄새를 합성하려는 사람들은 있었어요. 아직까지는 아무도 성공하지 못했지요. 우리가 할 수 있는 일이라고는 눈을 크게 뜨고 린 같은 사람을 찾는 것뿐이에요." 비어트리스는 나를 보고 말했다. "딜그 장학금을 받았지요?"

"네. 갑자기 제안을 받았어요."

"우리 쪽 사람들은 추적을 잘 하지요. 당신은 졸업하기 전에 연락을 받았을 거예요. 아니면 중퇴했을 경우라도."

그러자 앨런이 나를 바라보면서 말했다. "혹시 린이 이미 그러고 있을 수도 있습니까? 그 냄새를 이용해서…… 사람들에게 영향을 미치고 있을 수도?"

"당신에게 말인가요?" 비어트리스가 물었다.

"우리 모두에게요. DGD 한 무리입니다. 모두 같이 살지요. 물론 모두 통제된 DGD이지만……." 그러자 비어트리스가 미소 지었다. "학생들이 가득한데 그렇게 조용한 집은 아무도 본 적이 없겠군요."

나는 앨런을 보았고, 그는 내 시선을 피했다. "난 아무 짓도 하고 있지 않아. 사람들이 이미 하겠다고 약속한 일을 되짚어 줄 뿐이야."

비어트리스가 말했다. "당신은 그들을 편안하게 해줘요. 당신이 그곳에 있으니까요. 당신은…… 흠, 집 여기저기에 당신 냄새를 남기죠. 사람들에게 개별적으로 말을 걸고요. 그들은 어째서인지도 모르면서 무척 편안한 기분을 느끼겠지요. 그렇지 않나요, 앨런?"

"모르겠습니다. 분명히 그랬을 거예요. 전 그 집에 처음 가봤을 때 바로 들어가고 싶다고 생각했어요. 그리고 처음 린을 보았을 때⋯⋯." 앨런은 고개를 저었다. "우습군요. 저는 그게 전부 제 생각인 줄 알았는데."

"우리와 함께 일하겠어요, 앨런?"

"저요? 당신은 린을 원하잖아요."

"두 사람 다 원해요. 당신은 얼마나 많은 사람들이 여기에 와서 작업장 하나만 보고 몸을 돌려 도망치는지 몰라요. 당신 같은 젊은이들이 결국에는 딜그 같은 장소를 책임져야 할 거 예요."

"우리가 원하든, 원하지 않든 말이죠? 흠⋯⋯." 앨런이 비어트리스에게 말했다.

나는 겁이 나서 앨런의 손을 잡았지만, 그는 내 손을 밀어냈다. 나는 말했다. "앨런, 효과가 있어. 임시방편이기는 하지. 유전공학이 마지막 해답을 줄 수도 있겠지만, 맙소사, 이건 지금 당장 우리가 할 수 있는 일이야!"

"네가 할 수 있는 일이지. 일벌이 가득한 거처에서 여왕벌 노릇을 하면서. 난 일하지 않는 수벌이 되고 싶다는 야심은 가져본 적이 없어."

"의사가 수벌이 될 리는 없지요." 비어트리스가 말했다.

"당신이라면 당신 환자와 결혼하겠습니까? 린이 나와 결혼한다면 그런 꼴이 될 텐데요. 내가 의사가 되든 그러지 않든 말입니다."

비어트리스는 앨런을 외면하고 방 저편을 응시했다. 그녀는 조용히 말했다. "내 남편은 이곳에 있어요. 거의 십 년 가까이 이곳 환자로 있었죠. 때가 왔을 때…… 그이에게 더 나은 곳이 있었겠어요?"

"젠장!" 앨런이 중얼거리며 나를 보았다. "여기서 나가자!" 벌떡 일어난 앨런은 성큼성큼 방을 가로질러 가서 문을 잡아당긴 다음에야 문이 잠겨 있음을 깨달았다. 그는 몸을 돌려 비어트리스를 보았고, 몸짓으로 내보내달라고 요구했다. 비어트리스는 앨런에게 가서 그의 어깨를 잡고, 문 쪽으로 돌려세웠다. 그녀는 조용히 말했다. "한 번 더 시도해봐요. 부술 수 없어요. 시도해봐요."

놀랍게도, 앨런에게서 적개심이 일부 빠져나가는 것 같았다. "이게 그 PV 잠금장치인가요?"

"그래요."

나는 이를 악물고 외면했다. 지금은 비어트리스가 하게 두자. 그녀는 우리 둘 다 가지고 있는 이 능력을 쓸 줄 알았다. 그리고 그녀는 내 편이었다.

나는 앨런이 문을 잡고 용쓰는 소리를 들었다. 문은 덜컥거리지도 않았다. 비어트리스가 앨런의 손을 떼어내더니, 커다란 놋쇠 문고리처럼 보이는 곳에 손을 펴 갖다 대고 밀어서 문을 열었다.

"이 잠금장치를 만들어낸 남자는 특별한 사람이 아니에요. 특별히 지능지수가 높지도 않고, 대학을 졸업하지도 않았지요. 하지만 언젠가 손바닥 잠금장치가 나오는 과학소설을 읽은 거예요. 그 남자는 소설에 나오는 잠금장치를 개선해서 목소리나 손바닥에 반응하는 잠금장치를 만들었지요. 몇 년이 걸렸지만, 우리는 몇 년이든 줄 수 있었어요. 딜그에 있는 사람들은 문제 해결사들이에요, 앨런. 당신이 해결할 수 있는 문제들을 생각해봐요!"

앨런은 겨우 생각하고 이해하기 시작한 얼굴이었다. "어떻게 생물학 연구를 그런 식으로 할 수 있을지 모르겠군요. 모두가 혼자 연구하고, 다른 연구자와 다른 연구를 알아차리지도 못해서는……."

"지금도 생물학 연구는 이루어지고 있고, 혼자도 아니에요. 콜로라도에 있는 우리의 은거지에서 그쪽을 전문적으로 다루는데, 훈련받은 통제 DGD들이…… 가까스로이긴 하지만 충분히 있어서 아무도 홀로 일하지 않도록 해요. 우리 환자들은 여전히 읽고 쓸 수 있어요. 자기 몸을 심하게 해치지 않은 환자들은요. 그들이 이용할 수 있게 보고서를 만들어주기만 하면, 서로의 작업을 참작할 수 있어요. 그리고 외부에서 들어오는 자료도 읽을 수 있지요. 그들은 연구하고 있어요, 앨런. 우리의 병은 그들을 멈추지 못했고, 앞으로도 멈추지 못할 거예요." 앨런은 비어트리스의 열렬함에…… 혹은 그녀의 냄새에 사로잡힌 듯이 그녀를 응시했다. 그는 말하는 것이 힘든 사람처럼, 그 말이 목을 아프게 하는 것처럼 말했다. "난 꼭두각시가 되지 않겠어요. 저주받을 냄새에…… 조종당하진 않을 겁니다!"

"앨런……."

"어머니처럼 되느니 차라리 죽겠어요!"

"당신에겐 어머니처럼 될 이유가 없어요."

앨런은 불신이 역력한 얼굴로 주춤했다.

"당신 어머니는 뇌손상을 입었어요. 보호소라는 이름의 변소에서 보낸 석 달 때문이지요. 내가 처음 만났을 때는 언어능력이 아예 없었어요. 지금은 당신이 상상할 수 없을 만큼 좋아진 겁니다. 당신에게는 그런 일이 일어날 필요가 없어요. 우리와 함께 일한다면, 그런 일이 일어나지 않게 하겠어요."

앨런은 전보다 확신이 줄어든 듯 머뭇거렸다. 그에게 그 정도 유연성이 있다는 것만으로도 놀라웠다. "난 당신이나 린에게 지배당하게 되겠죠."

비어트리스는 고개를 저었다. "당신 어머니라고 해도 내가 지배하지는 않아요. 나오미는 나를 인지하지요. 나에게서 방향을 제시받을 수 있어요. 나오미는 눈먼 사람이 안내인을 믿듯 나를 믿어요."

"그 정도가 아닐 텐데요."

"이곳에서는 그렇지 않아요. 우리의 어떤 은거지에서도 그렇지 않아요."

"당신 말을 믿지 않습니다."

"당신은 이곳 사람들이 개성을 얼마나 유지하고 있는지 이해 못 하는 거예요. 이곳에 있는 사람들은 도움이 필요하다는 사실을 알지만, 독자적인 생각도 갖고 있어요. 당신이 걱정하는 권력 남용을 보고 싶다면 DGD 병동에 가보세요."

"당신들이 낫다는 건 인정합니다. 지옥이라도 DGD 병동보다는 낫겠죠. 그래도……."

"그런데도 당신은 우리를 믿지 않는다고요."

앨런은 어깨를 으쓱였다.

"사실 당신은 믿고 있어요." 비어트리스는 미소 지었다. "믿고 싶지 않지만 믿지요. 그래서 당신이 걱정하는 거고, 그래서 당신에게 할 일이 있기도 해요. 내가 말한 내용을 찾아봐요. 직접 확인해요. 우리는 DGD들에게 자기들이 중요하다고 판단한 일을 하면서 살 기회를 제공해요. 현실적으로 그보다 나은 길이 무엇이 있을 수 있나요?"

침묵. "어떻게 생각해야 할지 모르겠습니다." 앨런은 한참 만에 말했다.

"집에 가세요. 가서 생각을 정해요. 평생 동안 당신이 내릴 가장 중요한 결정이 될 거예요."

앨런은 나를 쳐다보았다. 그가 어떻게 반응할지 확신하지 못한 채, 그가 어떤 결정을 내리든 나를 원할지 확신하지 못한 채 그에게 갔다.

"넌 어떻게 할 거야?" 앨런이 물었다.

그 질문에 깜짝 놀랐다. "너에겐 선택권이 있지만, 나에게는 없어. 비어트리스 말이 옳다면…… 내가 어떻게 은거지 운영을 마다할 수 있겠어?"

"운영하고 싶어?"

나는 침을 꿀꺽 삼켰다. 나는 아직 그 질문을 제대로 마주하지 않았다. 기본적으로는 세련된 DGD 병동이나 다름없는 곳에서 평생을 보내고 싶으냐고? "아니!"

"하지만 할 거지?"

"……그래." 나는 잠시 생각하면서 정확한 말을 골랐다. "너도 그랬을 거잖아."

"뭐?"

"그 페로몬이 남성에게만 있는 거였다면, 너도 했을걸."

다시 침묵이 찾아왔다. 앨런은 잠시 후에 내 손을 잡았고, 우리는 비어트리스를 따라서 자동차가 있는 곳으로 나왔다. 우리가 경비의 호위를 받으며 차에 오르기 전, 비어트리스가 내 팔을 잡았다. 나는 반사적으로 그 손을 뿌리쳤다. 정신을 차리고 동작을 멈췄을 때, 나는 그녀를 칠 것처럼 몸을 돌리고 있었다. 젠장, 정말로 때릴 작정이었지만 아슬아슬하게 스스로를 멈출 수 있었다. "죄송합니다." 나는 굳이 진정성을 담으려고 하지도 않고 말했다.

비어트리스는 명함을 내밀었고, 내가 받아들자 말했다. "내 개인 번호예요. 보통 일곱 시 전이나 아홉 시 이후에 받죠. 당신과 나는 전화로 소통하는 편이 제일 좋을 거예요."

나는 그 명함을 던져버리고 싶은 충동을 눌렀다. 맙소사, 비어트리스는 내 안에 있는 어린아이를 끄집어냈다.

차 안에서 앨런이 경비원에게 무슨 말인가를 했다. 내용은 들을 수 없었지만, 앨런의 목소리를 듣자 비어트리스에게 맞서던 그의 모습이 떠올랐다. 그녀의 논리와, 그녀의 냄새와 맞서던 모습 말이다. 그녀는 나를 위해 앨런을 설득한 셈이었건만, 차마 감사를 표할 수도 없었다. 나는 작은 소리로 말했다.

"사실 앨런에게는 기회도 없었던 거죠. 그렇지 않나요?"

비어트리스는 놀란 얼굴이었다. "그건 당신에게 달렸지요. 당신은 앨런을 잡을 수도, 쫓을 수도 있어요. 장담하는데, 당신이 떠나게 만들 수도 있어요."

"어떻게요?"

"앨런에게 기회가 없다고 생각해서요." 그녀는 희미하게 웃었다. "당신 영역에서 전화해요. 할 말이 아주 많은데, 우리가 서로 적인 채로는 말하지 않는 편이 더 좋겠네요."

　비어트리스는 몇 십 년 동안 나 같은 사람들을 만나면서 살아왔다. 그녀는 통제력이 뛰어났다. 반면 나는 통제력을 잃기 직전이었다. 내가 할 수 있는 일이라고는 얼른 차 안에 들어가서 경비원이 정문까지 차를 모는 동안 가상의 가속 페달을 밟아대는 것뿐이었다. 나는 비어트리스를 돌아볼 수 없었다. 그 집에서 한참 떨어지기 전까지는, 경비원을 정문에 남겨두고 그 땅을 떠나기 전까지는 감히 돌아볼 수 없었다. 이성이 돌아올 때까지 긴 시간 동안 나는 왠지 뒤를 돌아보면 그곳에 늙어서 머리가 센 내가 서 있는 모습을, 작아지다가 저 멀리 사라지는 내 모습을 보게 되리라고 믿고 있었다.

후기

〈저녁과 아침과 밤〉은 내가 늘 생물학, 의학, 그리고 개인적 책임이라는 소재에 사로잡혀 있다 보니 자라난 이야기이다.

나는 우리가 하는 일 중 어느 정도를 우리의 유전이 부추기거나, 좌절시키거나, 다른 식으로 인도하는지에 대한 궁금증으로 이야기를 시작했다. 이것은 내가 무척 좋아하는 질문 중 하나로, 장편 몇 권을 낳게 한 질문이기도 하다. 또 이것은 위험한 질문일 수 있다. 이런 질문을 던질 때 사람들은 너무나 자주, 누가 자기들이 바람직하다고 여기는 요소를 가장 크거나 많이 갖고 있는지, 또는 누가 달갑지 않은 요소를 가장 작거나 적게 갖고 있는지를 묻는다. 유전을 보드 게임으로, 더 나쁜 경우에는 몇 년에 한 번씩 인기를 끄는 사회적 다윈주의에 대한 변명으로 보는 것이다. 고약한 습관이다.

그럼에도 질문 자체는 매혹적이다. 그리고 암울하기는 해도 질병은 그 대답을 탐구하는 한 가지 방법이다. 특히 유전 질환은 우리가 누구이며 무엇인지를 많이 가르쳐줄 수 있다.

나는 세 가지 유전 질환의 요소를 가지고 듀리에-고드 질환을 만들었다. 첫 번째는 헌팅턴 병*이다. 유전되고, 우성이므로 부모 중 한 명에게 헌팅턴 유전자가 있으면 피할 수 없다. 이 병은 단 하나의 비정상 유전자에 기인한다. 또 헌팅턴 병은 환자가 중년에 이르기 전에는 드러나지 않는다.

나는 헌팅턴 병에 더하여 페닐케톤뇨증PKU를 이용했다. 유아가 특별한 규정식을 먹지 않으면 심각한 지적 장애를 유발하는 열성 유전 질환이다.

마지막으로는 지적 장애와 자해 행위를 유발하는 레슈-니한 질환Lesch-Nyhan Disease을 이용했다.

나는 이 세 질환의 요소에 나만의 특별한 비틀기를 추가했다. 페로몬에 대한 민감성, 그리고 자기가 몸 안에 갇혀 있으며 그 살덩이는 진정한 자기가 아니라고 생각하는 환자의 지속적인 환각이 그것이다. 마지막 부분은 우리 모두에게 익숙한, 많은 종교와 철학에 나타나는 생각을 차용해서 극단으로 밀어붙였다.

우리는 수십억 개의 세포 각각의 세포핵에 오만 개의 다른

---

* 서른 살 이후 발현하는 유전병의 일종. 환각, 치매, 무도병을 동반한다.

유전자를 신고 있다. 그 오만 개 중 하나의 유전자가, 예를 들어 헌팅턴 병 유전자 하나가 우리의 삶을 그토록 크게 바꿔놓을 수 있다면…… 우리가 무엇을 할 수 있는지, 우리가 무엇이 될 수 있는지를 그 유전자 하나가 규정할 수 있다면, 대체 우리는 무엇인가?

정말로, 무엇이란 말인가?

이 질문을 나만큼 매혹적으로 받아들이는 독자를 위해 짧고 독특한 참고도서 목록을 붙인다. 제인 구달의 《곰베의 침팬지: 행동의 패턴The Chimpanzees of Gombe: Patterns of Behavior》, 주디스 L. 라포포트의 《씻기를 멈출 수 없었던 소년: 강박 장애의 치료법The Boy Who Couldn't Stop Washing: The Experience and Treatment of Obsessive-Compulsive Disorder》, 버튼 루쉐의 《의학 탐정들Medical Detectives》, 올리버 색스의 《화성의 인류학자》와 《아내를 모자로 착각한 남자》이다.

부디 즐기시길!

가까운 친척

Near of Kin

"네 엄마는 널 원했어." 외삼촌이 말했다. "굳이 낳을 필요
는 없었지. 아무리 이십이 년 전이라 해도 말이야."

"알아요." 나는 어머니의 아파트 거실에서, 외삼촌 맞은편에
놓인 편안한 나무 흔들의자에 앉아 있었다. 내 발치에 놓인 커
다란 마분지 상자에는 종이가 꽉 차 있었다. 묶음이 풀린 종이
와 귀퉁이가 접힌 종이, 다 펴진 종이와 봉투에 담긴 종이, 중
요한 종이와 사소한 종이가 한데 뒤섞여 있었다. 여기에는 어
머니의 혼인 증명서, 오리건에 소유한 부동산 증서, 세월의 때
가 묻은, 싸구려 종이로 만든 수제 카드가 있었다. 그 카드에
는 초록색과 빨간색 크레용으로 이렇게 적혀 있었다. "엄마에
게. 메리 크리스마스." 내가 여섯 살 때 만든, 그때까지 엄마라
고 부르던 할머니에게 드린 카드였다. 지금 나는 할머니가 어

머니에게 그 카드를 넘겨주면서 상냥한 거짓말을 곁들였을지 궁금했다.

외삼촌이 말했다. "네 엄마는 네가 태어나기 직전에 남편을 잃었지. 그저 혼자서 아이를 돌보는 일을 받아들일 수 없었던 거야."

"다른 사람들은 그렇게 하는데요."

"네 엄마는 '다른 사람들'이 아니었다. 자기 자신이었지. 그 애는 자기가 뭘 감당할 수 있고 뭘 감당할 수 없는지 알았어. 네가 할머니와 잘 살 줄 알았던 거야."

나는 왜 이렇게까지 어머니를 옹호하는 걸까 생각하며 외삼촌을 쳐다보았다. 이제 와서 내가 어머니에 대해 어떻게 느끼든…… 또는 느끼지 않든 무슨 차이가 있다고. 나는 말했다. "막 여덟 살이 되었을 때 일이 기억나요. 어머니가 절 보러 왔는데, 제가 한동안 어머니와 같이 지내도 되냐고 물었죠. 어머니는 안 된다면서 할 일도 있고, 방도 없고, 돈도 부족하다고 했어요. 전 저에게 신경 쓰기 싫다는 메시지로 이해했죠. 그래서 진짜 우리 엄마 맞느냐고, 혹시 난 입양아냐고 물었어요."

외삼촌은 얼굴을 찌푸렸다. "그랬더니 뭐라던?"

"아무 말도요. 절 때렸어요."

그는 한숨을 내쉬었다. "성질하고는. 그 애는 너무 예민하고 쉽게 흥분했지. 널 할머니에게 맡긴 이유 중 하나야."

"다른 이유는 뭔데요?"

"네가 방금 열거한 것 같구나. 부족한 돈, 공간, 시간……."

"인내심, 사랑……."

그는 어깨를 으쓱였다. "나에게 하고 싶은 이야기가 그거였니? 네가 엄마를 싫어하는 온갖 이유?"

"아뇨."

"그럼?"

나는 바닥에 놓인 상자를 응시했다. 어머니의 옷장에서 들고 나올 때, 종이 무게 때문에 상자 바닥이 찢어졌다. 아파트 어딘가에 테이프가 있을지도 몰랐다. 나는 외삼촌이 나의 침묵에 지쳐서 떠날지도 모른다고 생각하며 테이프를 찾으러 일어섰다. 외삼촌은 가끔 그랬다. 그만의 조용한 조바심의 표현이었다. 어렸을 때는 그런 모습에 겁을 먹곤 했다. 지금 나는 거의 그 모습을 반길 지경이었다. 가버리면 그에게 하고 싶은 말을 하지 않아도 될 테니까…… 아직은. 그는 나에게 친척일 뿐 아니라 친구이기도 했다. 어머니의 다섯 살 위 오빠이자, 할머니를 제외하고 나에게 지나가는 관심 이상을 기울여준 유일한 친척. 그는 가끔 나와 할머니 집에서 이야기를 나누곤 했다. 그는 나를 작은 어른처럼 대했는데, 결혼한 형제자매가 그렇게 많은 아이를 낳았어도 그에게 아이들은 작은 어른이 아니라고 믿게 만든 사람은 없었기 때문이다. 그래서 미처 깨달지 못한 채 나에게 압박감을 주었지만, 그래도 나는 다른 이모와 외삼촌들보다, 할머니의 친구들보다, 머리를 쓰다듬으며 착한 아이가 되라고 말한 그 누구보다 그가 좋았다. 나는 어머니보다 그와 더 잘 지냈고, 그래서 지금도…… 아니 특히 지금은 더욱 그를 잃고 싶지 않았다.

부엌 서랍에서 테이프를 찾아 돌아왔을 때에도 그는 그 자리에 있었다. 상자 안에서 종이 한 장을 꺼냈을 뿐, 조금도 움직이지 않았다. 내가 겨우겨우 상자에 테이프를 붙이는 동안 그는 그 종이를 읽고 있었다. 힘들었지만, 부탁하지 않는 한 그가 나를 도우리라고 생각하지 않았다. 다른 남자 어른이라면 몰라도, 그는 아니었다.

"그건 뭐예요?" 나는 종이를 흘긋 보고 물었다.

"네 오 학년 때 성적표구나. 끔찍한데."

"이런 맙소사. 버려요."

"왜 네 엄마가 이걸 간직했는지 궁금하지 않니?"

"아뇨. 어머니는…… 전 어머니를 조금은 이해할 것 같아요. 어머니는 아이를 갖는 게 좋았던 거겠죠. 모르겠어요, 자신의 여성스러움을 증명하기 위해서였는지, 자기가 뭘 낳을 수 있는지 보려고 그랬는지. 하지만 일단 낳고 나자 기르는 데 시간을 허비하고 싶지는 않았던 거겠죠."

"알겠지만 네 엄마는 너를 낳기 전에 네 번이나 유산했어."

"직접 들었어요."

"그리고 네 엄마는 너에게 관심이 있었어."

"가끔은 그랬죠. 제가 그런 끔찍한 성적표를 받을 때마다 와서 소리를 질러댔죠."

"그래서 그런 성적을 받았니? 엄마를 화나게 하려고?"

"성적이 나빴던 건 아무래도 상관없었기 때문이에요. 외삼촌이 와서 눈물이 쏙 빠지게 혼내기 전까지는요. 그때부터는 신경 쓰기 시작했죠."

"잠깐만, 나도 기억한다. 네게 겁을 주려고 한 게 아니었어. 그저 넌 머리가 좋은데 쓰지 않는다고 생각했고, 그래서 그렇게 말했지."

"그랬죠. 화가 나고 혐오스럽다는 얼굴로 앉아 있는 외삼촌을 보니 절 포기해버릴까 봐 겁이 났어요." 나는 그를 흘긋 보았다. "아시겠어요? 제가 입양아가 아니라고 해도, 외삼촌에게는 그랬어요. 전 외삼촌에게 매달려 있어야 했어요."

그 말은 그에게서 볼 수 있는 가장 큰 미소를 불러냈고, 그렇게 미소 짓자 몇 년은 젊어 보였다. 그는 이제 쉰일곱이었고, 호리호리하고 뼈대가 가늘었으며 여전히 잘생겼다. 외가 사람들은 다 그랬다. 작고, 부서지기 쉽다는 느낌마저 드는 외모였다. 여자들에게는 그런 특성이 매력으로 작용했다. 나는 남자들도 매력적이라고 생각했지만, 그 특성 때문에 남자 사촌들이 싸우고 허세를 부리면서 자기들이 남자라는 사실을 증명하려 하는 데 너무 많은 시간을 보내야 했다는 사실도 알고 있었다. 그들은 외모 때문에 화를 잘 내고 자기 방어적으로 굴었다. 눈앞에 있는 외삼촌도 어렸을 때는 어땠는지 모르지만, 지금은 방어적이지 않았다. 그는 화가 나면 얼음장같이 날카로운 독설을 돌려줄 수 있었다. 그것으로 충분하지 않으면 싸울 수도 있었지만(어쨌든 젊었을 때는), 먼저 문제를 일으키는 모습은 본 적이 없었다. 사촌들은 그를 싫어했고, 화가 나지 않았을 때도 얼음처럼 차가운 사람이라고 했다. 내가 그렇지 않다고 하자 그들은 나도 차갑다고 말했다. 그래서 뭐가 달라진단 말인가? 우리 둘은 편안하게 잘 어울렸다.

"유품은 어떻게 할래?"

"팔고, 구세군에 기증하고…… 모르겠어요. 원하시는 물건 있어요?"

그는 일어서서 침실로 들어갔다. 세월도 어쩌지 못한 부드럽고 빠르고 우아한 움직임이었다. 그리고 어머니의 화장대에 놓여 있던 사진 한 장을 들고 돌아왔다. 내가 열두 살이 되기 직전에 노츠베리 팜에서, 외삼촌이 직접 찍은 나와 어머니와 할머니를 확대한 사진이었다. 왜 그랬는지 모르겠지만 외삼촌은 우리 셋을 한자리에 모아 식사를 대접하겠다고 데리고 나갔다. 내가 알기로 우리 셋이 함께 찍힌 유일한 사진이었다.

"외삼촌도 같이 찍었으면 좋았을 텐데요. 지나가는 사람에게 찍어달라고 하지 그랬어요."

"아니, 세 사람이 같이 있는 게 딱이었어. 삼대가 함께 있는 장면이지. 너 정말 이 사진을 간직하고 싶지 않은 거니? 따로 뽑아줄까?"

나는 고개를 저었다. "그 사진은 외삼촌 거예요. 원하시는 건 또 없나요?"

"없다. 오리건 부동산은 어떻게 할래? 애리조나에도 있었던 것 같다만."

"여기만 빼고 어디에나 있군요." 나는 중얼거렸다. "어머니가 이곳에 집을 사는 데 돈을 썼다면 저도 어머니 집에 들어갔을지 모르는데 말이에요. 그런데 그 돈이 다 어디서 난 거예요? 어머니는 빌어먹게 가난한 거 아니었어요?"

외삼촌은 담담하게 말했다. "네 엄마는 죽었다. 엄마한테 화내는 데 얼마나 많은 시간과 에너지를 더 쓸 참이지?"

"최대한 적게요. 그렇다고 수도꼭지처럼 잠글 수 있는 게 아니라서요."

"내가 있을 때는 잠그렴. 네 엄마는 내 동생이고, 너는 아니었다 해도 나는 그 애를 사랑했다." 그는 아주 조용하고 부드럽게 말했다.

"알았어요."

이모가 도착할 때까지 침묵이 이어졌다. 나는 이모가 나를 끌어안고 울게 그냥 두었다. 어머니의 언니란 이유로 이모를 참아냈다. 이모는 할머니에게 찾아와 자기 아이들이 얼마나 뛰어난지 떠들어대면서 내 머리를 쓰다듬고 나를 집안의 멍청이 취급하던 성가신 여자였다.

"스티븐." 이모가 외삼촌에게 아는 척을 했다. 그는 자기 이름을 싫어했다. "뭘 들고 있니? 사진이구나. 참 좋지 않니. 바버라가 이때는 참 예뻤어. 그 애는 언제나 미인이었지. 장례식에서도 어찌나 자연스럽던지……."

이모는 침실로 들어가서 어머니의 물건들을 헤집기 시작했다. 옷장 앞에서 이모는 한숨을 쉬었다. 두 사람이 같은 사이즈였던 때도 기억나지만, 지금 이모는 어머니보다 10킬로그램은 더 나갔다.

이모가 물었다. "이 사랑스러운 물건들은 다 어떻게 할 작정이니? 일부는 기념으로 간직해야지."

"그래야 하나요?" 물론 나는 최대한 빨리 어머니의 물건을 다 치울 작정이었다. 대충 싸서 구세군에 보내버릴 생각이었다. 그러나 몇 년 동안 어머니가 어머니답지 않다며 독선적으로 비난하던 이모는 이제 내가 유품에 대해 감상적이지 않은 모습을 보이면 화를 낼 터였다.

"스티븐, 내가 도와주고 있니?" 이모가 물었다.

"아니." 그는 부드럽게 대답했다.

"그냥 곁에 있어주는 거로구나? 다정하기도 해라. 내가 도울 일이 있을까?"

"없어." 외삼촌이 말했다. 그 질문은 분명히 나에게 날아온 것이었으니, 이상한 일이었다. 이모는 조금 놀란 얼굴로 그를 보았고, 그는 무표정한 얼굴로 마주 보았다.

"음…… 혹시라도 내가 필요하거든 꼭 부르렴." 이모는 어머니의 장신구를 몇 개 그러모아 들고 있었는데, 이제는 작은 흑백텔레비전을 잡았다. "내가 가져가도 괜찮겠지? 어린 애들이 텔레비전을 두고 좀 싸워대야 말이지……." 이모는 떠났다.

외삼촌은 이모의 뒷모습을 보며 고개를 저었다.

"저분과도 남매시잖아요." 나는 웃으면서 말했다.

"만약 누나가…… 아니, 신경 쓰지 마라."

"뭔데요?"

"아무것도 아니야." 다시 그 부드러운 경고의 목소리였다. 나는 무시했다.

"알아요. 이모는 위선자죠…… 다른 것도 있지만요. 아마 이모는 저만큼이나 어머니를 좋아하지 않았을 거예요."

"왜 물건을 가져가게 놔뒀지?"

나는 그를 바라보다. "그야 전 이 아파트에 무슨 일이 일어나든 상관없으니까요. 그냥, 상관없어요."

"흠……." 그는 숨을 깊이 들이마셨다. "적어도 너는 위선자는 아니구나. 네 엄마가 유언장을 남겼다."

"유언장요?"

"아까 말한 부동산은 꽤 가치가 있다. 그걸 너에게 남겼어."

"그걸 어떻게 아세요?"

"나에게 유언장 사본이 있다. 바버라는 누가 자기 물건들 속에서 유언장을 찾아낼 거라 믿지 않았거든." 외삼촌은 마분지 상자 쪽으로 손을 흔들었다. "그 애의 서류 정리는 그다지 믿을 만하지 못했지."

나는 비참한 기분으로 고개를 끄덕였다. "확실히 그랬네요. 어머니가 여기에 뭘 넣어놨는지 전혀 모르겠어요. 혹시 외삼촌이 그 부동산을 받을 방법은 없나요? 전 받고 싶지 않은데요."

"바버라는 너를 위해 뭔가 하고 싶어했어. 그러게 해주렴."

"하지만……."

"그러게 해줘."

나는 숨을 깊이 들이마셨다가 뱉었다. "삼촌에게도 뭔가 남겼나요?"

"아니."

"그건 옳지 않아 보이는데요."

"나는 불만 없다. 네가 유산을 받으면 만족해. 돈도 조금 있난다."

저축을 하는 어머니의 모습을 상상할 수 없었던 나는 얼굴을 찌푸렸다. 부동산에 대해서도 어머니의 물건들을 살펴보기 시작한 다음에야 알았는데, 돈까지 있다니 조금 과했다. 하지만 벼르던 말을 꺼내기에 마침 좋은 기회였다. 나는 물었다. "어머니 돈인가요, 외삼촌 돈인가요?"

그는 잠시 멈칫하더니 말했다. "바버라의 유언장에 있어." 그러나 그 말투에는 뭔가 이상한 구석이 있었다. 내가 약간이나마 외삼촌의 허를 찌른 것 같았다.

나는 미소 지었지만, 내 웃음에 불편해하는 것 같아서 그만두었다. 그를 불편하게 만들고 싶지는 않았다. 어차피 불편하게 만들 것이었고 그래야 했지만, 그 과정을 기대하거나 그 과정에서 즐거움을 느낄 생각은 없었다.

나는 말했다. "외삼촌은 남을 잘 못 속여요. 겉보기에는 그럴 수 있을 것 같은데 말이죠. 비밀스럽고 아주 조심스러워 보이는데."

"내가 어떻게 보이는지는 어떻게 할 수 없는 일이지."

"사람들은 저도 그렇게 보인다고 해요."

"아니야, 너는 네 엄마를 닮았어."

"아닐걸요. 전 아버지를 닮았다고 생각해요."

그는 아무 말도 하지 않고, 그저 얼굴을 찌푸리고 나를 응시하기만 했다. 나는 상자 안에 든 귀퉁이 접힌 종이 몇 장을 만지작거렸다. "그래도 제가 그 돈을 받아야 할까요?"

그는 대답하지 않았다. 그저 사람들이 차갑다고 말하는 그 눈빛으로 나를 바라볼 뿐이었다. 그건 차가운 눈빛이 아니었다. 나는 그가 정말로 차가워질 때 어떤지 알고 있었다. 지금은 오히려 고통스러워하는 듯한, 나 때문에 괴로워하는 듯한 느낌이었다. 아마 내가 괴롭히고 있는 게 사실이겠지만, 나는 멈출 수 없었다. 멈추기에는 너무 늦었다. 나는 종이 더미 속에 불안하게 손가락을 끼워넣었다가 갑자기 화가 나서 잠시 그 종이들을 내려다보았다. 왜 나는 대학에 남아서 이 종이 더미나 다른 모든 것을 친척들에게 떠넘기지 않은 걸까? 어머니가 언제나 나를 다른 친척에게 떠넘기던 방식대로 말이다. 아니면 책임감 있는 딸처럼 어머니 문제를 마무리 지으러 왔으면서 왜 그냥 일만 하고 입을 다물고 있지 못했을까? 이제 그는 어떻게 할까? 떠날까? 나는 외삼촌까지 잃는 걸까?

나는 그를 보지 않고 말했다. "전 상관없어요. 그런 건 중요하지 않아요. 사랑해요." 이전에도 그에게 수십 번쯤, 애매하게 말하기는 했었다. 그러나 정확히 그 단어를 쓴 적은 없었다. 마치 허락을 구하는 듯한 기분이었다. 당신을 사랑해도 괜찮을까요?

"그 상자 안에 뭘 쥐고 있는 거냐?" 그는 부드럽게 물었다.

나는 잠시 이해하지 못하고 얼굴을 찡그렸다. 그러다가 그가 불안해하는 나를 보고 무슨 생각을 하는지 깨달았다. "이 문제에 관련된 건 없어요. 적어도 제가 알기로는 없어요. 걱정 마세요, 어머니가 뭔가 적어놨을 거라고 생각하진 않아요."

"그러면 어떻게 알았지?"

"몰랐어요. 짐작했죠. 오래전에 짐작했어요."

"어떻게?"

나는 상자를 걷어찼다. "단서는 많았어요. 제일 쉽게 설명하는 방법은 우리의 생김새일 거예요. 할머니가 갖고 계신 외삼촌의 젊었을 때 사진을 지금 제 얼굴과 비교해보세요. 쌍둥이라고 해도 될 정도예요. 어머니는 아름다웠죠. 어머니의 남편은, 사진을 보면 덩치 크고 잘생긴 남자였고요. 저는…… 저는 그냥 외삼촌처럼 생겼어요."

"그게 무슨 의미가 있어야 하는 건 아니야."

"알아요. 하지만 저한테는 많은 의미가 있었어요. 다른 덜 실질적인 증거들과 함께요."

"짐작이었단 말이지." 그는 씁쓸하게 말하고 몸을 앞으로 기울였다. "난 정말로 거짓말을 못하는구나, 그렇지?" 그는 일어서서 문 쪽으로 향했다. 나는 얼른 일어나서 앞을 막아섰다. 우리는 키가 정확히 똑같았다.

"제발 가지 마세요. 제발."

그는 부드럽게 날 밀어내려고 했지만, 난 움직이지 않았다.

나는 열심히 말했다. "두 번 다시 묻지도 않고, 말하지도 않을게요. 어머니는 돌아가셨어요. 더는 어머니에게 해가 될 수 없어요." 나는 머뭇거렸다. "제발 제 곁을 떠나지 마세요."

그는 한숨을 내쉬고, 잠시 동안 바닥을 보다가, 나를 보았다. "그래." 그는 부드럽게 말했다.

그를 놓아준 나는 안도감에 거의 울 지경이었다. 그러니까 나에게는 아버지가 있었다. 어머니는 있었다고 느낀 적도 없었지만, 아버지는 있었다. "고마워요." 나는 속삭였다.

"아무도 몰라. 네 할머니도, 다른 어느 친척도."

"누구도 저에게 들을 일은 없어요."

"그렇겠지. 네가 다른 사람에게 말할까 걱정하지는 않는다. 다른 사람에 대해 걱정한 적도 없어. 바버라와 너에게 가져올 고통만 아니라면…… 그리고 네가…… 알고 나서 느낄지도 모르는 고통만 아니라면."

"전 고통스럽지 않아요."

"그렇구나." 그는 놀란 듯한 눈으로 나를 보았고, 나는 그 역시 나만큼이나 두려워하고 있었음을 깨달았다.

"어떻게 제 출생증명서에 어머니 남편 이름을 넣은 거죠?"

"거짓말로. 믿을 만한 거짓말이었지. 네가 잉태되었을 때 바버라의 남편은 살아 있었어. 바버라를 떠난 후였지만, 가족은 나중까지 그런 사실을 몰랐고, 떠난 시점은 영영 몰랐지."

"외삼촌 때문에 떠난 건가요?"

"아니야. 다른 사람을 찾았기 때문에 떠났지. 유산하지 않고 살아 있는 아이를 낳아준 누군가를 말이다. 바버라는 남편이 떠났을 때 나에게 왔다. 이야기하러, 울러, 자기 감정을 풀러……." 그는 어깨를 으쓱였다. "우리는 언제나 가까웠지. 지나치게 가까웠어." 그는 다시 어깨를 으쓱였다. "우리는 서로 사랑했다. 가능하기만 했다면 나는 바버라와 결혼했을 거야. 어떻게 들리든 상관없어. 결혼했을 거야. 현실에서는, 바버라가 임신했다는 사실을 알았을 때 우리 둘 다 겁을 먹었지만, 바버라는 너를 원했어. 그 점에는 어떤 의문도 없었지."

나는 그 말을 믿지 않았다. 나는 이전에 말한 대로 믿었다. 어머니는 자기가 아이를 낳을 만큼 여성적이라는 사실을 증명하기 위해 아이를 원했다고 말이다. 일단 증명한 후 어머니는 다른 일들로 넘어갔다. 하지만 그는 어머니를 사랑했고 나는 그를 사랑했다. 그래서 나는 아무 말도 하지 않았다.

"바버라는 언제나 네가 알아낼까 두려워했어. 그래서 너를 데리고 살 엄두를 내지 못했지."

"절 부끄러워했군요."

"스스로를 부끄러워했지."

나는 읽기 힘든 그의 얼굴을 읽어보려 했다. "외삼촌도요?"

그는 고개를 끄덕였다. "나 자신에 대해서는 그랬다. 너에 대해서는 결코 아니었어."

"하지만 외삼촌은 어머니처럼 절 그냥 내던지지 않았어요."

"네 엄마도 그러지 않았어. 그럴 수 없었지. 네가 입양아냐고 물었을 때 바버라가 왜 그렇게 당황했다고 생각하니?"

나는 고개를 저었다. "어머니는 절 믿어야 했어요. 어머니도 더 외삼촌 같아야 했어요."

"바버라는 최선을 다했어."

"전 어머니를 사랑했을 거예요. 그런 거 상관하지 않았을 거예요."

"나야 너를 아니까, 상관하지 않았을 수 있다고 생각하지. 하지만 바버라는 그렇게 믿을 수 없었어. 그런 위험을 감수할 수 없었어."

"절 사랑하세요?"

"그래. 네 엄마도 너를 사랑했다. 너는 믿지 않겠지만."

"어머니와 난…… 우리는 서로를 알았어야 했어요. 한 번도 제대로 알지 못했죠."

"그랬지." 침묵이 내려앉았고, 그는 종이 더미가 담긴 상자를 건너다보았다. "그 속에서 네가 감당할 수 없는 것이 나오거든 나에게 가져오려무나."

"알았어요."

"유언장에 대해서는 전화하마. 학교로 돌아갈 거니?"

"네."

그는 엷은 미소를 던졌다. "그렇다면 그 돈이 필요하겠구나. 그렇지? 받지 않겠다는 말도 안 되는 소리는 더 듣고 싶지 않아." 그는 나가면서 등 뒤로 조용히 문을 닫았다.

후기

우선, 이 단편 〈가까운 친척〉은 내 장편소설 《킨Kindred》과 아무 관련이 없다. 이 단편을 앤솔러지에 받아준 편집자에게도 이렇게 말했지만, 그 편집자는 내가 제목에 비슷한 단어가 들어간 작품을 두 개 썼고, 그러므로 두 작품은 연관이 있는 게 분명하다고만 기억했다. 전혀 그렇지 않다.

〈가까운 친척〉은 침례교도였던 나의 어린 시절과, 관심사가 어디로든 흘러가게 내버려두던 내 습관에서 자라났다. 착한 침례교 신자였던 나는 성경을 처음에는 어떻게 믿고 어떻게 행동해야 하느냐에 대한 일련의 교육지침으로, 그다음에는 외워야 하는 내용으로, 그다음에는 상호연결된 흥미로운 이야기들로 읽었다.

그 이야기들은 나를 사로잡았다. 충돌, 배신, 고문, 살인, 추

방, 그리고 근친상간에 대한 이야기들. 나는 열심히 그 이야기들을 읽었다. 물론 어머니가 나에게 성경을 읽으라고 독려했을 때 원하던 결과는 아니었을 것이다. 그럼에도 나는 거기에 매료되었고, 글을 쓰기 시작했을 때 내 이야기들 속에서 이런 주제들을 탐구했다. 〈가까운 친척〉은 이런 흥미에서 나온 다소 이상한 결과물 중 하나다. 대학 시절, 이 이야기를 쓰려다가 실패했던 기억이 난다. 아이디어는 내 곁에 남아서, 써내기를 종용했다. 근친상간에 공감하는 이야기를 쓰라고 말이다. 내가 예시로 삼은 것은 롯의 딸들, 아브라함의 누이이자 아내, 그리고 아담의 아들들과 이브의 딸들이었다.

말과 소리
Speech Sounds

워싱턴 대로 버스에서 소동이 일어났다. 라이는 여행중에 언젠가는 말썽이 있을 줄 예상하고 있었다. 고독과 절망에 내몰릴 때까지 미루고 미루다가 출발한 길이었다. 친척 중 누군가는 살아 있을지도 모른다고 믿었다. 30킬로미터 떨어진 패서디나에 오빠와 두 조카가 있었다. 운이 좋다면 편도로 하루 걸리는 여행이었다. 라이가 버지니아 도로에 있는 집을 떠날 때 예기치 않게 도착한 버스는 행운처럼 보였다. 말썽이 일어나기 전까지는 말이다.

두 청년이 모종의 의견 차이, 아니 의견 차이라기보다는 오해에 휘말렸다. 두 사람은 구멍 많은 도로를 지나느라 휘청거리는 버스 안 통로에서 불안정한 T자 자세를 취하며 서로에게 으르렁거리고 손짓을 해댔다. 운전사는 두 사람의 균형을 무너뜨리려고 노력하는 것 같았다. 그래도 그들의 몸짓은 접촉 직전에서 멈췄다. 주먹으로 치는 시늉, 잃어버린 욕설들을 대신하는 위협적인 손짓들…….

사람들은 그 둘을 지켜보다가, 서로를 보면서 작게 불안해하는 소리를 냈다. 어린아이 둘이 낑낑거렸다.

라이는 그 두 사람에게서 몇 발자국 뒤, 뒷문 건너편에 앉아 있었다. 그녀는 누군가의 신경이 끊어지거나, 누군가의 손이 미끄러지거나, 누군가가 한정된 의사소통 능력의 한계에 다다르면 싸움이 시작되리라는 사실을 알기에 두 사람을 주의 깊게 지켜보았다. 이런 일들은 언제든 일어날 수 있었다.

버스가 특히 큰 구덩이를 지나면서 일이 벌어졌다. 키 작은 남자를 비웃던 키 크고 마른 남자가 상대 쪽으로 넘어진 것이다.

그 즉시 키 작은 남자는 비웃음이 허물어지는 상대의 얼굴에 왼 주먹을 꽂아넣었다. 그는 왼 주먹 외에는 어떤 무기도 없고 필요하지도 않다는 듯 덩치 큰 적수를 두들겼다. 키 큰 남자가 균형을 되찾거나, 한 번이라도 되받아칠 겨를도 없이 빠르고 강하게 상대를 때려눕혔다.

사람들은 공포에 질려서 비명을 지르거나 꽥꽥거렸다. 근처에 있는 사람들은 자리를 피하려고 허둥댔다. 다른 젊은 남자 세 명이 흥분해서 고함을 지르며 거친 몸짓을 했다. 그러더니 그 세 명 중에 두 명 사이에서 두 번째 다툼이 터졌다. 아마도 한 명이 무심코 다른 한 명을 건드리거나 때린 모양이었다.

두 번째 싸움 때문에 겁에 질린 승객들이 흩어지는 가운데, 한 여자가 운전사의 어깨를 흔들고 끙끙거리며 싸움판 쪽을 가리켰다.

운전사는 이를 드러내고 마주 끙끙거렸다. 겁에 질린 여자는 물러났다.

버스 운전사들이 어떤 방법을 쓰는지 아는 라이는 마음의 준비를 하고 앞 의자 가로대에 매달렸다. 운전사가 브레이크를 밟았을 때, 라이는 준비가 되어 있었지만 싸우던 남자들은 그렇지 않았다. 그들은 좌석 위로, 비명을 지르는 승객들 위로 쓰러져서 더 큰 혼란을 자아냈다. 적어도 하나 이상의 싸움이 더 일어났다.

라이는 버스가 완전히 멈춰 서자마자 일어서서 뒷문을 밀었다. 두 번째로 밀었을 때 문이 열렸고, 라이는 한 팔에 가방을 건 채 뛰어내렸다. 몇 사람이 뒤따라 내렸지만, 몇 사람은 버스 안에 남았다. 요즘은 버스가 워낙 귀하고 불규칙해서, 사람들은 무슨 일이 일어나더라도 버스를 타려고 했다. 오늘, 어쩌면 내일까지 다른 버스가 없을 수도 있었다. 사람들은 걸어다니다가 버스를 보면 신호를 보내 세우곤 했다. LA에서 패서디나로 가는 라이처럼 다른 도시로 여행하는 사람들은 아영 게

획을 세우거나, 강도나 살해의 위험을 무릅쓰고 그 동네 사람들에게 피신처를 구했다.

라이는 움직이지 않는 버스에서 멀리 떨어졌다. 소동이 끝날 때까지 기다렸다가 다시 탈 생각이었지만, 혹시 누가 총을 쏜다면 나무를 보호물로 삼고 싶었다. 그래서 거리 반대편으로 달려온 낡은 파란색 포드가 유턴을 해서 버스 앞에 멈춰 섰을 때 그녀는 연석 근처에 있었다. 최근에는 자동차가 드물었다. 연료가 부족하고 손상이 심하지 않은 정비공이 심하게 부족해서였다. 아직 달리는 자동차들은 운송수단으로 기능하는 만큼이나 무기로도 쓰였다. 따라서 포드 운전사가 라이를 손짓해 불렀을 때, 그녀는 경계하며 물러섰다. 차에서 내린 운전사는 덩치가 크고, 젊고, 색이 짙고 무성한 턱수염을 깔끔하게 다듬은 남자였다. 그는 긴 외투를 입고 라이 못지않게 경계하는 표정을 짓고 있었다. 라이는 몇 발짝 떨어진 곳에 서서 그 남자가 무슨 짓을 할지 기다렸다. 이윽고 남자는 안에서 벌어지는 싸움 때문에 덜컹거리는 버스를 쳐다보고, 버스에서 내린 승객들 무리를 보았다. 그리고 결국 라이를 다시 보았다.

라이는 재킷 속에 감춘, 오래된 45구경 자동권총을 또렷이 의식하며 그 시선을 맞받았다. 그녀는 남자의 손을 보았다.

남자는 왼손으로 버스 쪽을 가리켰다. 어둡게 칠한 창문 때문에 안에서 무슨 일이 벌어지는지 보이지 않았다.

라이는 그 뻔한 질문보다 남자가 왼손을 썼다는 데 흥미를 느꼈다. 왼손잡이들은 손상이 덜한 편이었고, 더 합리적이고 이해력이 있었으며, 좌절과 혼란과 분노에 덜 휘둘리는 경향이 있었다.

라이는 그의 몸짓을 흉내 내어 왼손으로 버스를 가리킨 다음, 두 주먹으로 허공을 때렸다.

남자는 외투를 벗고, 경찰봉과 권총까지 완벽하게 갖춘 LA 경찰 제복을 드러냈다.

라이는 한 걸음 더 물러섰다. 이제 LA 경찰국은 없었다. 어떤 대규모 조직도 없었다. 정부 조직이든, 사조직이든. 동네 순찰대와 무장한 개인만 있을 뿐이었다. 그게 다였다.

남자는 외투 주머니에서 뭘 꺼내더니, 외투를 차 안에 던져넣었다. 그리고 라이에게 뒤로 오라고, 버스 뒤쪽을 향해 오라고 손짓했다. 남자는 손에 플라스틱으로 만든 물건을 들고 있었다. 라이는 버스 뒷문으로 간 남자가 그녀에게 그 자리에 서라고 손짓할 때까지 그가 무엇을 원하는지 이해하지 못했다. 라이는 순전히 호기심 때문에 남자의 뜻에 따랐다. 경찰이든 아니든, 남자가 멍청한 싸움을 멈출 수 있을지도 몰랐다.

남자는 버스 앞쪽으로, 운전사 옆으로 거리를 향해 열려 있는 창문 쪽으로 걸어갔다. 그곳에서 라이는 남자가 버스 안으로 무엇인가를 던져넣는 모습을 본 것 같았다. 라이가 이두운 유리 속을 들여다보려고 애쓰는 사이에 사람들이 켁켁거리고 눈물을 흘리며 뒷문으로 굴러나오기 시작했다. 가스였다.

라이는 쓰러지는 늙은 여자를 붙잡고, 넘어져서 짓밟힐 위험에 처한 어린아이 둘을 들어서 내렸다. 턱수염 남자가 앞문에서 사람들을 돕는 모습이 보였다. 라이는 싸우던 남자들 중 하나에게 떠밀려나온 여윈 노인을 잡았다. 노인의 무게 때문에 비틀거리던 그녀는 마지막 청년이 밀고 나올 때 가까스로 그 앞에서 벗어날 수 있었다. 코와 입에서 피를 흘리던 청년은 비틀거리다가 다른 청년에게 부딪쳤고, 그들은 가스 때문에 울면서도 마구잡이로 엉겨 붙었다.

턱수염 남자는 앞문으로 나오는 버스 운전사를 도왔지만, 운전사는 고마워하지 않는 듯 했다. 잠시 동안 라이는 또 싸움이 나는 줄 알았다. 턱수염 남자는 위협적인 몸짓을 하며 말이 아닌 분노의 소리만 질러대는 운전사를 물러서서 지켜보았다.

턱수염 남자는 아무 소리도 내지 않고 가만히 서서, 딱 봐도 모욕적인 손짓에 반응하기를 거부했다. 가장 손상이 덜한 사람들이 하는 행동이었다. 물리적인 위협이 없는 한 뒤로 물러서서, 통제력이 부족한 사람들이 소리를 지르고 뛰어다니게 놓아두는 것이다. 마치 이해력이 부족한 사람들처럼 화를 내는 것은 자신에게 걸맞지 않는 행동이라고 느끼는 것 같았다. 우월함을 드러내는 태도였고, 버스 운전사 같은 사람들도 그것을 인지했다. 그런 '우월함'은 구타로, 심지어는 죽음으로까지 처벌받는 경우가 많았다. 라이도 그런 위기를 몇 번 겪었다. 그래서 라이는 절대 무장 없이는 다니지 않았다. 유일한 공통 언어 비슷한 것이 몸짓 언어인 이 세상에서는 무장하고 다니기만 해도 충분할 때가 많았다. 총을 뽑을 필요는 거의 없었다. 드러낼 필요조차 없었다.

턱수염 남자의 권총은 쭉 드러나 있었다. 보아하니 운전사에게는 그것만으로도 충분한 듯했다. 운전사는 혐오스럽다는 듯 침을 뱉고, 턱수염 남자를 잠시 노려보더니 가스가 가득한 자기 버스로 성큼성큼 걸어갔다. 운전사는 딱 봐도 올라타고 싶은 눈치로 얼마간 버스를 바라보았지만, 남은 가스가 너무 짙었다. 열려 있는 창문은 운전석 옆에 있는 작은 창문뿐이었다. 앞문은 열려 있었지만, 뒷문은 누가 잡고 있지 않으면 닫혀버렸다. 물론 에어컨은 오래전에 고장 났다. 그 버스는 운전사의 재산이자 생계수단이었다. 그는 버스 양쪽에 요금으로 받는 물건들을 뜻하는 오래된 잡지 사진들을 붙여두었다. 그리고 요금으로 받은 물건들을 모아서 가족을 먹이거나 거래를 했다. 버스가 달리지 않으면, 운전사도 먹을 수 없었다. 다른 한편으로는, 어리석은 싸움 때문에 버스 내부가 망가져도 잘 먹지 못할 터였다. 운전사는 이 사실을 인지하지 못하는 듯 했다. 그는 버스를 다시 쓸 수 있을 때까지 시간이 걸린다는 사실밖에 알지 못했다. 그는 턱수염 남자에게 주먹을 흔들며 고함을 쳤다. 그 고함 소리에는 언어가 섞여 있는 듯 했지만, 라이는 무슨 말인지 이해할 수 없었다. 그것이 운전사 탓인지, 자기 탓인지도 알지 못했다. 지난 삼 년 동안 논리적인 말을 들은 경험이 너무 적어서, 이제는 언어를 얼마나 잘 알아들을 수 있는지도 확신하지 못했고 자신의 손상 정도에 대해서도 확신하지 못했다.

턱수염 남자는 한숨을 쉬었다. 그는 자기 차를 홀긋 보더니, 라이에게 오라고 손짓했다. 그는 떠날 태세를 갖췄지만, 먼저 그녀에게 무엇인가를 원했다. 아니다. 그는 라이가 같이 떠나기를 원했다. 제복이야 어쨌든 법과 질서가 없는 시대에…… 심지어 언어조차 없는 시대에 그의 차에 오른다는 것은 위험한 일이었다.

라이는 보편적으로 싫다고 이해되는 몸짓으로 고개를 저었지만, 남자는 계속 그녀를 손짓해 불렀다.

라이는 가라는 뜻으로 손을 내저었다. 그 남자는 덜 손상된 사람들이 잘 하지 않는 행동을 하고 있었다. 그런 사람들에게 부정적일 수 있는 관심을 끌고 있었다. 버스에서 내린 사람들이 라이를 쳐다보기 시작했다.

싸우던 남자들 중 하나가 다른 남자의 팔을 두드리더니, 턱수염 남자와 라이를 가리킨 다음, 마지막으로 보이스카우트

경례 비슷하게 오른손 첫 번째와 두 번째 손가락을 들어 올렸다. 무척이나 빠른 몸짓이었고, 멀리서도 의미가 분명하게 전해졌다. 라이는 턱수염 남자와 하나로 묶였다. 이제 어쩐다?

몸짓을 한 남자가 그녀에게 다가오기 시작했다.

왜 그랬는지 모르겠지만 라이는 자리를 고수했다. 그 남자는 라이보다 15센티미터쯤 컸고 나이는 열 살쯤 젊었다. 그녀는 남자보다 빨리 달릴 수 있다고 생각하지 않았다. 도움이 필요할 경우에 누가 도와주리라 기대하지도 않았다. 주위에는 낯선 이들뿐이었다.

라이는 손짓을 한 번 했다. 확실히 멈추라는 뜻이 담긴 동작이었다. 같은 동작을 반복할 생각은 없었다. 다행히 남자는 그녀의 뜻에 따랐다. 남자가 외설스러운 몸짓을 하자 다른 남자들 몇 명이 웃음을 터뜨렸다. 구두 언어의 상실은 새로운 외설적 몸짓 한 세트를 낳았다. 남자는 단순하기 그지없는 몸짓으로 그녀가 턱수염 남자와 성교를 했다고 비난하고, 다른 남자들과도 하라고 제안했다. 자신을 시작으로 말이다.

라이는 조심스럽게 청년을 보았다. 그 청년이 그녀를 강간하려고 하면, 사람들은 자리에 서서 구경만 할 가능성이 높았다. 그녀가 청년을 쏴버린다 해도 사람들은 서서 구경만 할 터였다. 청년이 그 정도까지 밀어붙일까?

그러지는 않았다. 청년은 더 가까이 접근하지 않고 일련의 외설스러운 몸짓만 한 후에 업신여기듯 몸을 돌리고 걸어가 버렸다.

턱수염 남자는 아직 기다리고 있었다. 그는 지급용 권총을 총집에 넣어 벗어 보이고 빈손으로 다시 라이를 손짓해 불렀다. 총은 차 안에 있어 마음만 먹으면 쉽게 잡을 수 있겠지만, 그래도 총을 벗어 던졌다는 사실은 인상적이었다. 어쩌면 이 남자는 괜찮을지도 몰랐다. 그냥 외로운 것인지도 몰랐다. 라이도 삼 년을 혼자 지냈다. 질병은 아이들을 하나씩 죽이고, 남편을, 여동생을, 부모를 죽여서 그녀의 모든 것을 빼앗았다.

그 병은…… 실제로 병인지는 모르겠지만, 살아남은 사람들도 서로 단절시켰다. 병이 나라를 휩쓸었을 때, 사람들에게는 소련을(그들 역시 나머지 세계와 함께 침묵에 빠졌지만), 새로운 바이러스를, 새로운 오염을, 방사능을, 신의 징벌을 탓할 시간마저 없었다. 그 병은 뇌졸중처럼 사람들을 쓰러뜨렸다. 일부 증상은 뇌졸중과 비슷했지만 주요 증상은 대단히 독특했다. 대부분 언어 능력이 상실되거나 심각하게 손상되어 다시는 회복되지 않았다. 마비, 지적 장애, 죽음도 흔한 일이었다.

라이는 두 청년의 휘파람과 박수 소리, 그들이 턱수염 남자에게 양쪽 엄지손가락을 들어 보이는 모습을 무시하고 남자에게 걸어갔다. 턱수염 남자가 청년들에게 미소를 짓거나 어떤 식으로든 아는 척을 했다면 마음을 바꿨을 것이다. 낯선 사람의 자동차에 타서 생길 수 있는 치명적 결과들을 생각했다면 역시 마음을 바꿨을 것이다. 그러나 그녀는 맞은편 집에 사는 남자를 생각했다. 그 남자는 한바탕 병을 겪은 이후로 거의 씻지 않았다. 그리고 아무 데서나 오줌을 누는 습관이 생겼다. 그에게는 이미 여자가 둘 있어서 커다란 앞마당과 뒷마당의 정원을 가졌다. 둘은 그의 보호를 받는 대신 그를 참아냈다. 그는 라이를 세 번째 여자로 삼고 싶다는 뜻을 분명히 드러냈다.

라이가 차에 타자 턱수염 남자는 문을 닫았다. 그녀는 남자가 운전석 쪽으로 돌아가는 모습을 지켜보았다. 그의 안전을 위해서였다. 그의 총은 그녀의 옆자리에 놓여 있었고, 버스 운전사와 두 청년은 몇 발짝 가까이 다가와 있었다. 그러나 그들은 턱수염 남자가 차에 탈 때까지 아무 짓도 하지 않았다. 남자가 차에 오르자 한 청년이 돌을 던졌다. 다른 사람들도 따라 했고, 차가 달려가는 동안 돌멩이 몇 개가 부딪쳐 튕겨나갔지만 해를 끼칠 정도는 아니었다.

버스가 꽤 멀어지고 나자 라이는 이마에 맺힌 땀을 닦았고, 긴장을 풀고 싶어졌다. 그 버스는 패서디나까지 절반 이상 데려다줄 예정이었다. 그러면 15킬로미터만 걸으면 되었다. 라이는 이제 얼마나 걸어야 할까 생각했다. 그리고 지금 문제가 먼 길을 걷는 것뿐일까 생각했다.

턱수염 남자는 버스가 보통 좌회전하는 피구로아와 워싱턴 교차로에서 차를 멈추더니, 라이를 보고 방향을 고르라는 몸짓을 했다. 라이가 왼쪽을 가리키고 그가 정말로 왼쪽으로 차를 틀었을 때, 그녀는 긴장을 조금 풀었다. 그녀가 가려는 곳으로 가준다면 이 남자는 안전할지도 몰랐다.

몇 블록에 걸쳐 불타고 버려진 건물들, 텅 빈 주차장들, 그리고 망가지거나 분해된 자동차들을 지나치면서 남자는 금목걸이를 머리 위로 벗겨내 라이에게 건넸다. 목걸이에 붙은 펜던트는 유리처럼 매끈한 검은 돌이었다. 흑요석, 옵시디안이었다. 그의 이름이 돌이라는 의미의 록Rock일 수도, 피터이거나 블랙일 수도 있었지만 라이는 옵시디안이라고 생각하기로 했다. 때로 쓸모없는 기억력이었지만 옵시디안 같은 이름은 잊지 않았다.

라이는 자신의 이름 상징물을 건넸다. 커다란 금색 밀 한줄기의 형태로 만들어진 핀이었다. 병이 돌고 침묵이 시작되기 훨씬 전에 산 물건이었다. 그녀는 라이*에 제일 가까운 물건이라 생각하며 그 핀을 꽂고 다녔다. 옵시디안처럼 이전에 그녀를 알지 못하던 사람들은 위트**라고 생각할지도 몰랐다. 상관없었다. 다시는 이름 부르는 소리를 듣지 못할 테니까.

옵시디안은 핀을 돌려주었다. 그리고 핀을 받으려고 뻗은

---

* Rye, 호밀.
** Wheat, 밀.

라이의 손을 잡고, 엄지손가락으로 그녀의 피부를 문질렀다.

그는 1번가에 멈춰서 다시 어느 쪽인지 물었다. 그리고 라이가 가리킨 대로 우회전한 다음, 뮤직센터 근처에 차를 세웠다. 그러고는 계기반에서 접힌 종이를 하나 꺼내어 폈다. 라이는 그 종이가 도로 지도임을 알아보았지만, 종이에 적힌 글씨는 그녀에게 아무 의미가 없었다. 그는 지도를 펴고, 라이의 손을 다시 잡더니 어느 지점에 그녀의 집게손가락을 가져갔다. 그는 그녀를 건드리고, 자신을 건드리더니 바닥을 가리켰다. '우리는 여기에 있다'라는 뜻이었다. 그는 라이가 어디로 가려고 하는지 알고 싶어했다. 라이도 말해주고 싶었지만, 서글프게 고개를 저을 수밖에 없었다. 라이는 읽고 쓰는 능력을 잃었다. 그것이 라이의 가장 심각한 손상이자, 가장 고통스러운 손상이었다. 그녀는 예전에 UCLA에서 역사를 가르쳤고 프리랜서로 글을 썼다. 하지만 지금은 직접 쓴 원고도 읽을 수 없었다. 집 안 가득 책이 있었는데 읽을 수도, 그렇다고 연료로 쓸 수도 없었다. 그리고 그녀의 기억력으로는 이전에 읽은 내용을 많이 되살릴 수도 없었다.

라이는 지도를 응시하며 계산을 해보려고 했다. 그녀는 패서디나에서 태어났고, 십오 년 동안 LA에서 살았다. 지금 그녀는 LA 시빅센터 근처에 있었다. 그녀는 두 도시의 상대적인 위치를 알고, 거리와 방향을 알았으며, 망가진 차와 파괴된 고가도로에 막혔을 가능성이 높은 간선도로를 피할 줄도 알았다. 그러니 단어를 알아볼 수 없다 해도 패서디나를 가리킬 방법을 알아야 했다.

라이는 머뭇거리며 지도 오른쪽 위편의 오렌지색 땅에 손을 가져갔다. 그쪽이 맞아야 했다. 패서디나.

옵시디안은 그녀의 손을 들어 올리고 그 밑을 보더니, 지도를 접어서 계기반에 다시 끼워넣었다. 그녀는 뒤늦게 그가 읽을 수 있다는 사실을 깨달았다. 아마 쓸 수도 있겠지. 그녀는 돌연 남자가 미워졌다. 깊고 쓰라린 미움이었다. 남자에게 읽고 쓰는 능력이 무슨 의미가 있을까? 다 커서 경찰 놀이나 하는 남자에게! 하지만 그는 읽고 쓸 수 있었고 그녀는 아니었다. 영영 읽지도 쓰지도 못할 것이다. 그녀는 미움과 좌절과 질투에 속이 쓰렸다. 그녀의 손에서 몇 센티미터 떨어지지 않은 곳에 장전된 총이 있었다.

라이는 움직이지 않고 가만히 그를 바라보았다. 그의 피가 눈에 보일 지경이었다. 그러나 분노는 최고조에 달했다가 사그라들었고, 라이는 아무 짓도 하지 않았다.

옵시디안은 머뭇거리면서도 친근하게 그녀의 손을 잡았다. 라이는 그를 쳐다보았다. 그녀의 얼굴에는 이미 너무 많은 것이 드러나 있었다. 아직 남아 있는 인간 사회에 살고 있는 사람이라면 그 표정을, 그 질투를 못 알아볼 수 없었다.

라이는 지친 기분으로 눈을 감고 심호흡을 했다. 과거에 대한 갈망도 경험해보았고, 현재에 대한 미움도, 점점 더해가는 절망과 무의미함도 경험해보았지만 다른 사람을 죽이고 싶다는 충동을 그렇게 강하게 경험해본 적은 없었다. 그녀가 결국 집을 떠난 것은 점점 자살할 것 같아졌기 때문이었다. 그녀는 살아남을 이유를 찾아내지 못했다. 어쩌면 그래서 옵시디안의 차에 탔는지도 몰랐다. 예전에 그녀라면 절대로 하지 않았을 일이다.

그는 그녀의 입을 건드리고 엄지와 나머지 손가락으로 재잘거리는 흉내를 냈다. 말할 수 있냐고?

라이는 고개를 끄덕이고 옵시디안이 그녀보다 온화한 질투를 경험하는 모습을 보았다. 이제는 둘 다 받아들이기 위험한 사실을 받아들였고, 그래도 폭력 사태는 없었다. 그는 자기 입과 이마를 두드리고 고개를 저었다. 그는 말을 하지도, 말로 한 언어를 이해하지도 못했다. 그녀는 질병이 그들을 가지고 놀면서 각자가 가장 귀하게 여기는 능력을 빼앗아간 게 아닐까 의심스러웠다.

라이는 왜 그 남자가 남은 능력으로 혼자 LA 경찰국을 유지하기로 했는지 궁금해하며 그의 소매를 잡아당겼다. 다른 면에서 그 남자는 충분히 제정신이었다. 왜 집에서 옥수수와 토끼와 아이들을 기르지 않는 걸까? 하지만 그녀는 물어볼 방법을 몰랐다. 그때 남자가 그녀의 허벅지에 손을 올렸고, 그녀는 다른 질문을 해결해야 했다.

라이는 고개를 저었다. 질병, 임신, 무력하고 외로운 고통…… 그런 건 싫다.

그는 그녀의 허벅지를 부드럽게 주무르며 못 믿겠다는 미소를 지었다.

삼 년 동안 라이를 건드린 사람은 아무도 없었다. 라이도 누가 건드리기를 바라지 않았다. 설령 아이 아버지가 남아서 육아를 도울 작정이라 해도, 이런 세상에서 어떻게 아이를 낳는 위험을 무릅쓰겠는가? 그러나 정말 안타까운 일이었다. 옵시디안은 자기가 얼마나 매력적인지 모를 것이다. 젊고…… 아마도 라이보다 젊을 터이고, 깨끗하고, 자기가 원하는 바를 요구하지 않고 요청할 줄 아는 남자라니. 하지만 그래도 별 수 없었다. 평생에 걸친 결과를 생각한다면 몇 분의 즐거움이 뭐란 말인가?

옵시디안은 라이를 가까이 끌어당겼고 그녀는 잠시 동안 그 친밀함을 즐겼다. 그에게서 좋은 냄새가 났다. 남성적이고 좋은 냄새였다. 그녀는 마지못해 몸을 떼어냈다.

그는 한숨을 쉬더니 글로브박스에 손을 뻗었다. 라이는 무엇이 나올지 몰라 몸을 굳혔지만, 그가 꺼낸 것은 작은 상자일 뿐이었다. 상자에 적힌 글씨는 그녀에게 아무 의미도 없었다.

그녀는 남자가 봉인을 뜯고, 상자를 열어서 콘돔을 꺼내고 나서야 이해했다. 그는 그녀를 바라보았고, 그녀는 처음에는 놀라서 시선을 피했다가, 키득거렸다. 언제 마지막으로 웃었는지 기억할 수 없었다.

그는 씩 웃으면서 뒷좌석을 가리켰고, 라이는 큰 소리로 웃었다. 그녀는 십대 시절에도 자동차 뒷좌석을 싫어했다. 하지만 그녀는 텅 빈 거리와 망가진 건물들을 둘러보고, 내려서 뒷좌석으로 들어갔다. 그는 그녀가 콘돔을 씌우게 놓아두었고, 그녀의 열성에 놀라는 것 같았다.

얼마 후, 그들은 남자의 외투를 덮고 나란히 앉아 있었다. 아직은 다시 옷을 걸치고 낯선 사이로 돌아가고 싶지 않았다. 그는 아기를 팔에 안고 흔드는 몸짓을 한 뒤 질문하듯 그녀를 보았다.

라이는 침을 삼키고 고개를 저었다. 그녀는 아이들이 죽었다는 말을 어떻게 해야 할지 몰랐다.

그는 그녀의 손을 잡고 집게손가락으로 십자가를 그린 다음, 다시 아기를 어르는 동작을 흉내 냈다.

라이는 고개를 끄덕이고, 세 손가락을 들어 보인 다음, 갑작스럽게 쏟아지는 기억을 닫아 잠그려 애쓰며 고개를 돌렸다. 그녀는 스스로에게 지금 자라는 아이들은 안타까울 뿐이라고 말하고 지내왔다. 그들은 선물이 어땠는지, 자기들이 이렇게 변했는지에 대한 기억도 없이 시내 협곡을 뛰어다녔다. 오늘날 아이들은 땔감으로 태우려고 나무뿐만 아니라 책도 모았다. 아이들은 길거리에서 서로 쫓아다니면서 침팬지처럼 우우 소리를 냈다. 그들에게는 미래가 없었다. 지금 상태에서 한 치도 나아지지 않을 터였다.

그가 그녀의 어깨에 손을 올렸고 그녀는 갑자기 몸을 돌리고, 그의 작은 상자를 더듬어 찾으면서 다시 한 번 사랑을 나누자고 부추겼다. 그는 그녀에게 망각과 쾌락을 줄 수 있었다. 지금까지는 그 무엇도 그러지 못했다. 지금까지는, 하루하루 지날수록 집을 떠났을 때 피하려 했던 순간에 가까워질 뿐이었다. 입에 총구를 넣고 방아쇠를 당기는 순간에.

라이는 옵시디안에게 함께 집에 가서 같이 있어주겠냐고 물었다.

그는 뜻을 이해하고는 놀라고 즐거워하는 표정을 지었다. 하지만 바로 대답하지는 않았다. 그는 한참 만에 고개를 저었다. 그녀가 두려워한 대로였다. 그는 경찰 놀이를 하고 여자들을 건지는 생활을 즐기는지도 몰랐다.

라이는 소리 없는 실망 속에서 옷을 입었다. 그에게 화가 나지는 않았다. 어쩌면 그에게는 이미 아내와 집이 있을지도 몰랐다. 그럴 가능성이 높았다. 질병은 여자들보다 남자들에게 더 가혹했다. 남자가 더 많이 죽었고, 살아남은 남자들은 여자들보다 더 손상이 심했다. 옵시디안 같은 남자는 드물었다. 여자들은 그보다 모자란 남자에게 정착하거나, 혼자 남았다. 그런 여자들이 옵시디안을 발견했다면, 그를 붙들어두기 위해 할 수 있는 일은 다 했을 것이다. 라이는 그에게 더 젊고 더 예쁜 여자가 있으리라 의심했다.

그는 총을 메는 그녀를 건드리더니, 일련의 복잡한 몸짓으로 그 총이 장전되어 있는지 물었다.

라이는 음울하게 고개를 끄덕였다.

그는 그녀의 팔을 쓰다듬었다.

라이는 다시 한 번 그에게 같이 집에 가겠냐고, 이번에는 다른 몸짓들을 써서 물었다. 그는 망설이는 것 같았다. 어쩌면 꾀어낼 수 있을지도 몰랐다.

그는 대답 없이 내려서 앞좌석으로 들어갔다.

라이는 다시 앞좌석으로 들어가서 그를 지켜보았다. 이번에는 그가 자기 제복을 잡아당기더니 그녀를 보았다. 무엇인가를 묻고 있다는 생각은 들었지만, 뭘 묻는 건지 알 수 없었다.

그는 배지를 떼어내더니 한 손가락으로 톡톡 두드리고, 자기 가슴팍을 톡톡 두드렸다. 그렇지.

라이는 그의 손에서 배지를 받아들고 밀 줄기 핀을 배지에 꽂았다. 경찰 놀이가 그의 유일한 미친 짓이라면, 얼마든지 하게 두자. 그녀는 제복까지 포함해서 그를 받아들일 것이다. 결국에는 그녀가 그를 만난 것과 똑같은 방식으로 다른 누군가에게 그를 빼앗길 수 있다는 생각이 떠올랐지만, 그래도 한동안은 그를 차지할 수 있을 것이었다.

그는 도로 지도를 다시 꺼내어 두드리더니, 애매하게 북동쪽 패서디나 방향을 가리킨 다음 그녀를 보았다.

라이는 어깨를 으쓱이고, 그의 어깨를 두드린 다음, 자기 어깨를 두드리고, 집게손가락과 가운데 손가락을 딱 붙여서 들어 올렸다. 확인하기 위해서였다.

그는 그 두 손가락을 쥐고 고개를 끄덕였다. 같이 가겠다는 뜻이었다.

라이는 지도를 빼앗아서 계기반 위로 던졌다. 그리고 남서쪽을, 집으로 돌아가는 방향을 가리켰다. 이제는 패서디나에 갈 필요가 없었다. 그저 패서디나에 남자 형제와 두 조카가 살고 있다고, 오른손잡이 남자 세 명이 있다고 생각하고 살면 그만이었다. 이제 혹시 혼자 남은 게 아닐까 하는 두려움을 확인하러 갈 필요가 없었다. 이제 그녀는 혼자가 아니었다.

옵시디안은 힐 가에서 남쪽으로, 워싱턴 가에서 서쪽으로 방향을 틀었고 라이는 다시 누군가와 함께하면 어떤 기분일까 생각하며 뒤로 기대앉았다. 그녀가 쓰레기 더미를 뒤져서 모아둔 것과 보관해둔 것들에 키우는 것까지 합하면 두 사람이 먹을 식량은 충분했다. 침실 네 개짜리 집이니 공간도 충분했다. 그의 소유물도 옮겨올 수 있을 것이다. 무엇보다도 길 건너편에 사는 짐승이 물러설 테니 그놈을 죽일 일이 없어지리라는 점이 제일 좋았다.

라이는 옵시디안이 끌어당기는 대로 그의 어깨에 머리를 기대고 있다가 갑자기 그가 브레이크를 세게 밟는 바람에 자리에서 튕겨나갈 뻔했다. 시야 가장자리로 차 앞을 가로질러 길을 달려간 누군가가 보였다. 거리에 차라고는 한 대 뿐인데 그 앞을 달려가다니.

자세를 바로잡고 보니 달려간 사람은 여자였다. 그 여자는 목조 가옥에서 판자에 막힌 가게 앞으로 도망쳤다. 여자는 소리 없이 달렸지만, 잠시 뒤에 그녀를 쫓아온 남자는 의미를 알 수 없는 고함을 질러대면서 달렸다. 그자는 손에 무엇인가를 들고 있었다. 총이 아니었다. 칼인 듯했다.

여자는 가게 문을 열어보더니 잠겨 있음을 알고 필사적으로 주위를 둘러보다가, 결국 가게 앞 창문에서 깨어져나온 유리 조각을 집었다. 그녀는 유리조각을 들고 추적자를 맞이하러 몸을 돌렸다. 라이는 그 여자가 유리조각으로 다른 사람을 해치기보다는 자기 손을 벨 것 같다고 생각했다.

옵시디안이 고함을 지르며 차에서 뛰어내렸다. 라이가 처음 듣는 그의 목소리였다. 굵고 낮았으며 쓰지 않아서 쉬어 있었다. 그는 언어가 없는 사람들이 "다, 다, 다!" 할 때처럼 똑같은 소리를 반복, 또 반복했다.

옵시디안이 두 사람 쪽으로 달려가는 동안 라이도 차에서 내렸다. 옵시디안은 총을 뽑아들고 있었다. 두려움에 사로잡힌 라이도 총을 빼어 안전장치를 풀었다. 라이는 또 누가 이 상황에 이끌려오지 않나 주위를 둘러보았다. 라이는 남자가 옵시디안을 보더니 갑자기 여자에게 달려드는 모습을 보았다. 여자는 유리 조각으로 남자의 얼굴을 찔렀지만, 남자는 여자의 팔을 잡고 옵시디안이 쏘기 전에 그 여자를 두 번 찔렀다.

총에 맞은 남자는 몸을 반으로 꺾더니, 배를 움켜쥐고 고꾸라졌다. 옵시디안은 고함을 질렀고, 라이에게 와서 여자를 도와주라는 몸짓을 했다.

라이는 짐 속에 붕대와 소독제 정도밖에 없다는 사실을 떠올리면서 여자 곁으로 갔다. 하지만 여자는 이미 어떻게 할 수 없는 상태였다. 여자는 길고 가느다란, 뼈 바르는 칼에 찔렸다.

라이는 여자가 죽었음을 알려주려고 옵시디안을 건드렸다. 그는 가만히 누워서 죽은 듯 보이는 남자를 확인하려고 허리를 굽히고 있었다. 옵시디안이 라이가 무엇을 원하는지 보려고 시선을 돌렸을 때, 다친 남자가 눈을 떴다. 그 남자는 일그러진 얼굴로 옵시디안이 막 총집에 넣은 권총을 움켜쥐더니 방아쇠를 당겼다. 총알은 옵시디안의 관자놀이를 관통했고 그는 쓰러졌다.

일은 그렇게 간단하게, 순식간에 일어났다. 다음 순간 라이는, 상처 입은 채로 총구를 자신에게 돌리는 남자를 쏘았다.

그리고 라이 혼자 남았다. 세 구의 시신과 함께.

라이는 메마른 눈과 찌푸린 얼굴로, 왜 갑자기 모든 것이 달라졌는지 이해하려고 애쓰며 옵시디안 옆에 무릎을 꿇었다. 옵시디안은 가버렸다. 죽어서 그녀를 떠났다. 다른 모두와 마찬가지로.

남자와 여자가 뛰쳐나왔던 집에서 아주 작은 어린아이 둘이 나왔다. 세 살쯤 되어 보이는 남자아이와 여자아이였다. 두 아이는 손을 잡고 길을 건너 라이 쪽으로 걸어왔다. 두 아이는 라이를 빤히 보더니 옆으로 돌아서 죽은 여자에게 갔다. 여자아이가 잠에서 깨우려는 듯이 여자의 팔을 흔들었다.

이건 너무 심했다. 라이는 슬픔과 분노로 메스꺼운 속을 안고 일어섰다. 아이들이 울기라도 하면 토할 것 같았다.

두 아이는 자기들끼리 남았다. 그만하면 쓰레기를 뒤질 나이는 되었다. 라이에게 더 이상 슬픔은 필요하지 않았다. 털 없는 침팬지로 자랄 남의 아이들도 필요 없었다.

라이는 차로 돌아갔다. 그래도 집까지 운전해갈 수는 있었다. 그녀는 운전하는 방법을 기억하고 있었다.

차에 도착하기 전에 옵시디안을 묻어줘야 한다는 생각이 떠올라, 그녀는 토했다.

라이는 그 남자를 찾아내고 너무 순식간에 잃어버렸다. 마치 편안하고 안전하게 있던 그녀를 누가 확 잡아채어 이유도 모르게 두들겨팬 듯한 기분이었다. 머리가 맑아지지 않았다. 생각을 할 수 없었다.

라이는 옵시디안에게 돌아가서 그를 보았다. 무릎을 꿇은 기억이 없는데 정신을 차려 보니 그 옆에 무릎을 꿇고 앉아 있었다. 그녀는 그의 얼굴과 턱수염을 쓰다듬었다. 어린아이 하나가 소리를 냈고, 그녀는 아이들을, 그리고 아마 아이들의 어머니일 여자를 보았다. 아이들은 확연히 겁에 질린 얼굴로 그녀를 마주 보았다. 마침내 그녀에게 와서 닿은 것은 아마 그들의 두려움이었을 것이다.

라이는 그 아이들을 버려두고 차를 몰아 떠나려고 했다. 거의 그럴 뻔했다. 아장거리는 아이 둘이 죽게 내버려둘 뻔했다. 하지만 죽음은 이미 충분했다. 그 아이들을 집으로 데려가야 했다. 다른 결정을 내리고 멀쩡히 살아갈 수는 없었다. 그녀는 시신 세 구를 묻을 만한 곳이 있나 주위를 둘러보았다. 또는 두 구를. 그녀는 살인자가 아이들의 아버지일까 생각했다. 이 모든 침묵이 찾아오기 전, 경찰은 언제나 가정불화 신고가 제일 위험하다고 했었다. 옵시디안도 알고 있었을 것이다. 하지만 그 사실을 안다고 해서 차 안에 남아 있지는 않았을 것이다. 그녀도 마찬가지였을 것이다. 여자가 살해당하는 장면을 보면서 아무것도 하지 않을 수는 없었다.

라이는 옵시디안을 차 쪽으로 끌고 갔다. 땅을 팔 도구가 없었고, 땅을 파는 동안 지켜줄 사람도 없었다. 차라리 시신을 가져가서 남편과 아이들 옆에 묻어주는 편이 나았다. 옵시디안은 결국 그녀와 함께 집에 가는 셈이었다.

옵시디안을 뒷좌석 바닥에 실은 라이는 여자를 옮기러 돌아갔다. 마르고, 지저분하고, 침울한 여자아이가 일어서더니 자기도 모르게 라이에게 선물을 안겼다. 라이가 여자의 겨드랑이에 손을 넣고 끌고 가기 시작하자 여자아이가 빽 소리를 지른 것이다. "안 돼!"

라이는 여자 시신을 떨어뜨리고 아이를 응시했다.

"안 돼!" 여자아이가 되풀이해서 말했다. 아이는 죽은 여자 옆에 서서 라이에게 말했다. "가버려!"

"말하지 마." 남자아이가 여자아이에게 말했다. 뭉개지지도, 혼란스럽지도 않은 소리였다. 두 아이 다 말을 했고, 라이는 그 말을 이해했다. 남자아이는 죽은 살인자를 보더니 그에게서 멀찍이 물러섰다. 그 아이는 여자아이의 손을 잡고 속삭였다. "조용히 해."

유창한 말이라니! 그 여자도 말을 할 수 있어서, 아이들에게 말을 가르쳐서 죽은 걸까? 남편의 분노가 곪아 터져서 살해당한 것일까, 아니면 낯선 사람의 질투어린 분노로 살해당한 것일까? 그리고 아이들…… 분명히 이 아이들은 침묵 이후에 태어났다. 그렇다면 질병이 사라진 것인가? 아니면 단순히 이 아이들에게 면역이 있나? 확실히 그 아이들 나이 정도면 이미 병 때문에 언어를 잃고도 남았다. 라이의 마음이 마구 달려나갔다. 만약 세 살이나 그 이하의 아이들이 안전하고 언어를 배울 수 있다면? 만약 그 아이들에게는 교사가 필요할 뿐이라면? 교사와 보호자가.

라이는 죽은 살인자를 흘낏 보았다. 부끄럽게도 그 남자를 내몬 격정을 일부 이해할 수 있을 것 같았다. 그 남자가 누구든 말이다. 분노, 좌절, 절망, 정신 나간 질투심…… 바깥에 그와 같은 사람이 얼마나 더 있을까. 자기들이 가질 수 없는 것을 파괴하려 드는 사람들이.

옵시디안은 보호자였다. 아무도 알 수 없는 이유로 그 역할을 택했다. 어쩌면 쓸모없어진 제복을 입고 텅 빈 거리를 순찰하는 것이 입에 권총을 밀어넣는 대신 할 수 있는 유일한 일이었는지도 모른다. 그리고 보호할 가치가 있는 것이 나타난 지금, 그는 죽어버렸다.

라이는 원래 교사였다. 훌륭한 교사였다. 보호자이기도 했다. 자기 자신만을 보호하기는 했지만 말이다. 그녀는 살아야 할 이유도 없으면서 자신을 살려두었다. 질병이 이 아이들을 비껴간다면, 그녀가 이 아이들을 살게 할 수 있었다.

라이는 용케 죽은 여자를 안아 올려 자동차 뒷좌석에 넣었다. 아이들이 울기 시작했지만, 그녀는 깨진 보도에 무릎을 꿇고 앉아서, 오랫동안 쓰지 않아서 거칠어진 목소리가 아이들에게 겁을 주지 않을까 두려워하며 속삭였다.

"괜찮아. 너희도 우리와 같이 가는 거야. 가자." 라이는 두 아이를 한 팔에 한 명씩 안아 들었다. 너무 가벼웠다. 충분히 먹고 지내기는 한 걸까?

남자아이가 손으로 그녀의 입을 막았지만, 라이는 그 손에서 얼굴을 떼어내고 말했다. "말해도 괜찮아. 주위에 아무도 없으면 괜찮단다." 라이는 남자아이를 자동차 앞좌석에 내려놓았고, 아이는 시키지 않아도 옆으로 움직여 여자아이가 앉을 공간을 만들었다. 둘 다 차에 타자 라이는 창문에 몸을 기대고 두 아이를 바라보았다. 이제는 둘 다 아까보다 덜 무서워했고, 무서움 못지않게 호기심을 품고 그녀를 보고 있었다.

라이는 한마디 한마디를 음미하며 말했다. "난 발레리 라이란다. 나에게는 말해도 괜찮아."

후기

〈말과 소리〉는 피로와 우울과 슬픔에서 잉태되었다. 나는 인류에 대해 희망도 애정도 없다는 기분으로 단편을 시작했지만, 결말에 이를 때쯤에는 희망이 돌아와 있었다. 언제나 그런 식인 것 같다.

〈말과 소리〉의 배경 이야기는 다음과 같다.

1980년대 초, 나의 좋은 친구 하나가 다발성 골수종으로 죽어가고 있음을 알게 되었다. 특히 위험하고 고통스러운 암이었다. 나는 그전에도 손위 친척과 가족의 친구를 잃은 적이 있었지만, 친구를 잃은 적은 없었다. 상대적으로 젊은 사람이 질병 때문에 천천히 고통스럽게 죽어가는 모습을 지켜본 적은 없었다. 그 친구가 죽기까지 일 년이 걸렸고, 나는 토요일마다 쓰던 소설의 최신 챕터를 들고 친구에게 찾아가는 습관이 들었다. 그 소설이 《진흙 방주Clay's Ark》[*]였다. 질병과 죽음에 대한 이야기였기에 그 상황에 더없이 부적절했다. 그러나 그 친구는 언제나 내 소설을 읽었고, 이번에도 읽고 싶다는 뜻을 굽히지 않았다. 우리 둘 다 그 친구가 완성된 소설을 읽을 수 있으리라 믿지 않았다. 물론 서로 그런 이야기는 하지 않았지만 말이다.

나는 친구를 만나러 가기가 싫었다. 친구는 좋은 사람이었고, 나는 친구를 사랑했지만, 그녀가 죽어가는 모습을 보기가 싫었다. 그래도 나는 토요일마다 버스를 타고(나는 운전을 하지 않는다) 병실이나 아파트에 갔다. 친구는 점점 더 마르고 약해졌으며 통증 때문에 짜증을 냈다. 나는 점점 더 우울해졌다.

어느 토요일, 사람 많고 냄새나는 버스에 앉아서 사람들이 살 속으로 파고든 내 발톱을 밟지 못하게 하려고 애쓰면서, 끔찍한 일들을 생각하지 않으려고 노력하던 나는 바로 맞은편에서 소동이 일어나고 있음을 알아차렸다. 어떤 남자가 다른 남자가 자기를 쳐다보는 모양새가 마음에 들지 않는다고 생각한 것이다. 마음에 들지 않는다고! 만원 버스에 끼어 있을 때는 어디를 보아야 할지 알기가 힘든 법인데 말이다.

사람들 사이에 끼어 있던 상대 남자는 자신은 아무 잘못도 저지르지 않았다고 항변했다. 실제로 그에게는 아무 잘못도

---

[*] 옥타비아 버틀러의 '도안가patternist 시리즈' 3부. 출간 순서상으로는 시리즈 마지막 소설.

없었다. 그는 나빠질 가능성이 있는 상황에서 빠져나가고 싶다는 듯 내리는 문을 향해 조금 움직였다. 그러다가 몸을 돌리더니 다시 말다툼에 뛰어들었다. 아마 자존심이 문제였을 것이다. 대체 왜 자기가 달아나야 하냐고 생각했겠지.

처음에 시비를 건 남자는 이번에는 상대가 자기 옆에 앉아 있던 여자친구를 부적절한 눈으로 보고 있다고 했다. 그리고 공격했다.

싸움은 짧았고 유혈이 낭자했다. 나머지 우리, 다른 승객들은 몸을 피하고 고함을 지르고 얻어맞는 사태를 피하려고 노력했다. 결국 공격한 남자와 그의 여자친구는 운전사가 경찰을 부를지도 모른다는 두려움에 사로잡혀 사람들을 헤치고 버스 밖으로 나갔다. 그리고 자존심을 지키려던 남자는 피투성이에 멍한 얼굴로 축 늘어져서, 방금 무슨 일이 일어났는지 잘 모르겠다는 듯이 주위를 둘러보았다.

나는 그 어느 때보다 더 우울해져서, 그 가망 없고 어리석은 일 전체를 증오하면서, 인류가 어떤 형태로든 주먹을 쓰지 않고 의사소통을 하는 방법을 익힐 만큼 성장하는 날이 오기는 할까 생각하면서 앉아 있었다.

그리고 단편소설이 될 만한 이야기의 첫 줄이 떠올랐다. "워싱턴 대로 버스에서 소동이 일어났다."

넘어감

Crossover

그날 일터에서는 그녀에게 J9 커넥터를 벨트에 납땜하는 일을 맡겼고, 그녀가 다른 사람의 두 배는 일하기를 기대했다. 물론 그녀는 그렇게 했지만, 보상이라고는 그녀 때문에 자기들이 못하는 걸로 보인다는 손 느린 여자들의 분노뿐이었다. 점심시간에 몇 명이 그녀가 혼자 앉는 구석 테이블에 오더니 속도를 늦추라고 말했다. 그런 식이었다. 일을 잘하면, 다른 노동자들이 그녀에게 화를 내고 십장은 그녀를 무시했다. 일이 느려지면, 다른 노동자들은 그녀를 무시했고 십장은 작업 검토서에 '태도 나쁨'이라고 적었다. 그녀는 이 년 동안 봉급 인상을 받지 못했다. 이곳보다 더 나쁜 사람들이 있을지도 모를 새로운 장소에서 처음부터 다시 시작하기가 두렵지만 않았어도 오래선에 그만뒀을 것이다.

그날 오후 내내 그녀는 그저 아스피린 두세 알을 먹고 자고 싶을 뿐이었다. 석 달 동안 두통이 없었는데, 이번 두통에는 겁이 났다.

그래도 늘 그렇듯 하루 일을 끝낼 수 있었다. 퇴근할 때는 배가 고파져서 저녁으로 먹을 통조림을 사러 가게에 들를 생각마저 들었다. 그러나 두통이 그녀를 식료품점 대신 더 거리가 가까운 주류 판매점으로 이끌었다. 두통이 문제였다.

주류 판매점은 그녀가 일하는 곳에서 두 블록밖에 떨어지지 않은 길모퉁이에 있었다. 당구장과 술집 맞은편이었고 싸구려 호텔과 가까웠다. 덕분에 특정한 부류의 사람들이 모이는 곳이기도 했다.

그녀가 도착했을 때 모퉁이에는 사람들이 잔뜩 있었다. 늘 보이는 술꾼과 창녀들 말고도 십대 남자아이들이 한 무리 있었는데, 그녀를 무시하기엔 너무 지루했던 모양이었다. 그들은 잠시 낄낄거리면서 서로 속삭이다가, 그녀가 옆으로 지나가자 외쳐댔다.

"어이, 제프리, 저기 너희 엄마 가신다!"

"아줌마, 자동차가 얼굴을 뭉개고 가게 하진 말았어야지!"

"어이, 아줌마. 이 녀석이 덤비겠대!"

주정뱅이 부랑자 하나가 쭈뼛거리며 다가왔다. "이봐, 아가씨, 나랑 같이 내 방으로 올라가지."

그녀는 그 남자를 에워싼 알코올 구름을 뿌리치고 가게 안으로 들어갔다. 주류 판매점의 점원은 그녀에게 무례했는데, 원래 모두에게 무례한 사람이라서 그랬다. 아무래도 상관없었다. 가게를 나서자 주정뱅이가 그녀의 팔을 잡으려 했다.

"에이, 나랑 얘기도 못할 만큼 바쁘진 않을 텐데……." 그녀는 혐오감을 가까스로 누르면서 그자에게서 도망치다시피 멀어졌다. 주정뱅이는 길 한가운데 서서 살짝 비틀거리며 그녀의 뒷모습을 응시했다.

호텔로 다가가던 그녀는 좁은 출입구에 누가 서 있음을 알아차렸다. 얼굴이 어딘가 이상한 남자였다. 어딘가…… 그녀는 거의 몸을 돌려 주정뱅이에게 돌아갈 뻔했다. 그러나 망설이는 사이에 그 남자가 그녀에게 다가왔다. 그녀는 공포로 눈을 크게 뜨고 잽싸게 주위를 둘러보았다. 아무도 그녀에게 관심을 기울이지 않았다. 아까 그 주정뱅이마저 다른 곳으로 가버린 뒤였다.

남자가 말했다. "무시한다고 내가 없어지진 않아." 그의 얼굴 왼쪽에는 눈부터 턱까지 쭉 이어지는 흉터가 있었다. 그가 말을 하거나 웃거나 찡그릴 때면 흉터가 움직였고 그녀는 그 흉터를 바라보며 다른 모든 것을 무시할 수 있었다. 심지어 그의 말을 듣지 않을 수도 있었다. 그녀는 흉터를 바라보며 재빨리 생각했다.

"나왔다는 거네." 그녀의 목소리에는 쓰라림만이 깃들어 있었다.

그가 웃자 흉터가 벌레처럼 휘어졌다. "오늘 아침에. 당신이 마중 나오길 기대했는데."

"아니, 아닐걸. 석 달 전에 난 당신이 영원히 갇혀 있어도 된다고 말했잖아."

"그때 당신도 본심으로 한 말은 아니었지. 구십 일도 긴 시간이야."

"그런 생각은 싸움에 뛰어들기 전에 했어야지."

"그래. 사내놈이 날 때리고 칼을 뽑는데, 당신이 내가 싸우는 걸 싫어한다는 사실을 기억할 시간이야 넘치게 있었지." 그는 잠시 사이를 두고 말했다. "이봐, 내가 들어가 있는 동안 한 번만이라도 보러올 수 있었잖아."

"미안." 단조롭게. 거짓임을 숨기려는 시도조차 하지 않고 거짓되게.

그는 역겨워하는 소리를 냈다. "당신이 무엇인가를 미안해하는 날은……."

"좋아, 미안하지 않아. 사실 전혀 관심 없어." 그녀는 눈을 가늘게 뜨고 그에게 한마디 한마디를 던졌다. "다음에 잡혀갔을 때 당신을 만나러 가줄 여자를 찾아보는 게 어때?"

그는 흉터를 거의 움직이지 않고 말했다. "석 달 동안 상황이 그렇게 많이 달라졌나?"

"많이 달라졌지."

"당신도 날 잊는 데 도움이 될 만한 누군가를 찾았고?"

그녀는 웃었다. 한 번, 절대적인 비통함을 담아서. "하나가 아니야, 자기, 수십 명이지! 모퉁이에서 걔네들 다 못 봤어? 날 어떻게 하고 싶어서 안달 난 놈들인데!"

조용하게 "알았어. 알았어, 조용히 해"라고 말한 뒤, 그는 그녀에게 팔을 두르고 함께 그녀의 아파트로 걸어갔다.

시간이 흘러, 식사를 하고 사랑을 나눈 후에 그녀는 턱을 고이고 앉아 그가 말을 하는 동안 생각을 하지 않으려고 했다. 그녀는 아무 관심도 기울이지 않았지만, 그가 대답하고 싶어지는 질문을 던지자 반응할 수밖에 없었다.

"멀쩡하게 생긴 남자가 와서 당신을 그 공장에서, 지금 살고 있는 이 쓰레기통에서…… 그리고 나한테서 빼내주길 바란 적 한 번도 없어?"

"멀쩡하게 생긴 남자가 나한테 무슨 볼일이 있겠어?"

그는 대답 대신 말했다. "아직도 약장에 그 수면제 병 갖고 있어?"

그녀가 대답하지 않자 그는 직접 보러 갔다. 그는 돌아와서 말했다. "이젠 처방전 없는 약이군. 다른 약병들은 어쩌고."

"변기에 흘려버렸어."

"왜?"

이번에도 그녀는 대답하지 않았다.

그는 잠시 후에 좀 더 부드럽게 물었다. "언제?"

"당신이 감옥에 들어갔을 때."

"그러면서 날 다시는 보지 않을 줄 알았다는 듯이 굴었군."

그녀는 고개를 저었다. "다시 보지 않을 거라 생각했어."

"나도 당신만큼이나 죽기 싫어."

그녀는 화들짝 놀라서 그를 쳐다보았다. 그는 그렇게 말할 만큼 바보가 아니었다. 그녀에게 상처를 주려고 한 말이었다. 그것뿐이었다.

그녀는 말했다. "석 달 전에 그만둔 데서부터 다시 시작하느니 차라리 죽겠어."

"그렇다면 왜 약을 다 버렸지?"

"그래야 살 테니까. 당신 없이."

그는 미소 지었다. "나 없이는 살 수 없다는 결론을 내린 게 언제야?"

그녀는 무거운 유리 재떨이를 침대 옆으로 집어던졌다. 재떨이는 그를 한참 비껴 날아가서, 그의 뒤편 벽에 구멍을 내고 세 조각으로 깨어졌다.

그는 깨진 재떨이를 보다가 그녀를 보았다. "나를 맞추려고 했다면 그 주장이 더 그럴싸하게 들렸을 텐데 말이야."

그녀는 울기 시작했고, 자신도 깨닫지 못하는 사이에 그 울음은 비명이 되었다. "나가! 날 좀 가만 내버려둬! 날 내버려두라고!"

그는 움직이지 않았다.

이웃 사람이 이게 다 무슨 소리인가 알아보려고 문을 두드렸다. 그녀는 마음을 가라앉히고 문을 열었지만, 아무 일도 없고 괜찮다고 이웃집 여자를 안심시키는 동안 그가 다가와서 뒤에 섰다. 그녀는 돌아보지 않고도 그가 뒤에 있음을 알았다. 그래도 그녀는 자제력을 잃지 않았다. 이웃 사람이 이렇게 말할 때까지만 해도. "혼자만 있으니 외롭겠죠. 우리 집에 건너와서 잠시 이야기나 나눌래요?"

마치 이웃집 여자가 멍청하고 어린아이 같은 농담을 하고 있는 것 같았다. 분명히 농담이어야 했다. 그녀는 용케 무너지지 않고 이웃집 여자를 쫓아버렸다.

그러고 나서 그녀는 몸을 돌려 남자를 응시했다. 한 번도 잘생겼던 적 없는, 흉터로 망가진 얼굴을. 그녀는 고개를 내저으면서 다시 울었지만, 그 눈물에 아무 신경도 쓰지 않았다. 그는 그녀를 건드리지 않는 편이 좋다는 사실을 아는 듯했다.

한참 후에 그녀는 외투를 가지고 문으로 향했다.

"같이 갈게."

그녀가 그에게 던진 시선에는 그날 축적된 모든 불쾌감이 다 담겨 있었다. "당신 좋을 대로 해." 그녀는 그의 눈 속에서 처음으로 두려움을 보았다.

"어디 가는 거야?"

그녀는 말했다. "당신은 오늘 길거리에서 날 만날 필요가 없었어. 지금 문으로 올 필요도 없었어. 그런 말을 할 필요도……."

"제인, 어디로 가는 거야?"

그녀가 자기 이름보다 싫어하는 것은 몇 가지 없었다. 함께한 모든 시간을 통틀어, 그가 제인이라는 이름을 쓴 건 두 번을 넘지 않을 것이다. 그녀는 그의 면전에서 문을 쾅 닫았다.

"그래도 당신을 필요로 한다니 난 어떻게 돼먹은 걸까." 그녀는 그에게 이 말을 해줬으면 좋겠다고 생각했지만, 상관없었다. 그저 그녀가 해낼 엄두를 내지 못하는 또 한 가지 일일 뿐이었다. 외로움을 받아들이는 일이나 죽어버리는 일처럼…….

그녀는 왔던 길을 되짚어 주류 판매점으로 돌아갔다. 십대 아이들은 없어졌지만, 술주정뱅이는 여전히 전봇대에 기대서서 술병 모양이 드러나는 봉투를 쥐고 있었다.

"그래, 다시 왔구먼?" 그는 거리를 두고 이야기할 줄을 몰라, 그녀에게 얼굴을 바짝 들이밀었다. 그녀는 토하지 않기 위해 의지력을 발휘해야 했다.

그는 그녀에게 봉투를 내밀었다. "원한다면 조금 마셔도 돼. 내 방에 더 있거든⋯⋯."

그녀는 잠시 동안 술병을 응시하다가, 거의 낚아채듯이 받아들었다. 그러고는 맛을 느끼거나 생각하거나 구역질할 시간을 주지 않고 들이켰다. 그녀는 거의 평생을 주정뱅이들 주위에서 살았다. 술을 충분히 마시면 아무래도 좋아진다는 사실을 알고 있었다.

그녀는 주정뱅이에게 이끌려 호텔로 향했다. 한 블록 저편에서 얼굴에 흉터 있는 남자가 그들을 향해 다가오고 있었다. 그녀는 술을 또 한 모금 마시고 그 남자가 사라지기를 기다렸다.

내가 끔찍하고 하찮은 일자리를 얻던 공장, 창고, 식품가공
장, 사무실, 소매점에는 언제나 정말 괴상한 사람이 한두 명씩
은 있는 것 같았다. 모두가 그 사람에 대해 알았다. 그런 사람
은 때로 정말 약물치료를 받기도 했고, 그렇지 않기도 했다.
하지만 치료를 받든 받지 않든 그들에게는 누구나 알 수 있는
심각한 문제가 있었다.

나는 그런 사람들의 대열에 합류할지도 모른다는 공포 속에
서 살았다. 그런 끝도 없이 지루한 일자리들이라면 누구라도
미치게 만들 수 있다고 생각했다. 나와 같이 일한 사람들 대부
분은 이미 나를 꽤 이상하게 여겼을 것이다. 나는 글을 쓰면서
휴식 시간을 보내거나, 집에서 글을 쓰려고 아침 일찍 일어난
탓에 피곤하고 날카로웠다.

〈넘어감〉은 그런 시간에서 나왔을 뿐 아니라, 그 시절에 쓰이기도 했다. 이 단편은 1970년 여름의 '클라리온 SF&판타지 작가 워크숍' 기간에 썼다. 클라리온에 참여했을 때 나는 소설을 하나도 팔아보지 못한 상태였다. 당시 클라리온의 책임자였던 로빈 스콧 윌슨이 〈넘어감〉을 샀고 할런 엘리슨이 다른 단편을 샀다. 나는 기쁨에 넘쳤다. 작가의 길에 들어섰다고 생각했다. 실패와 쓸모없는 일들은 이제 안녕이었다. 그러나 실제로는 거절 편지와 끔찍하고 하찮은 일자리들로 채워진 시간을 오 년 더 보내고서야 다른 글을 팔 수 있었다.

〈넘어감〉의 주인공처럼 환각을 보거나 술에 의지하지는 않았지만, 나는 일하는 곳마다 계속 이상한 사람들에게 주목했고, 그 사람들은 내가 방황할 때마다 무서움에 타자기 앞으로 돌아가게 만들어주었다.

특사

Amnesty

낯선 커뮤니티가 통역사 노아 캐넌의 고용주가 소유한 넓은 식품 생산지의 희미한 조명 아래로 미끄러져 들어왔다. 높이와 너비가 3.5미터를 가뿐히 넘는 공 모양의 낯선 커뮤니티는 몸집에 어울리지 않게 빠르고 우아했고, 손상되기 쉬운 식용 균류의 배양판을 스치는 일도 없이 길만 따라왔다. 노아는 그 모습이 불규칙하게 돋은 잎사귀와 텁수룩한 이끼와 뒤틀린 덩굴로 뒤덮여 빛조차 투과되지 않는, 거대하고 검은 이끼투성이 덤불을 조금 닮았다고 생각했다. 본체에서 아무것도 달리지 않은 굵은 가지가 몇 개 튀어나와 균형을 깨뜨린 덕분에 그 커뮤니티는 가지치기가 필요한 나무처럼 보였다.

그 커뮤니티를 보고, 그보다 조금 작고 더 잘 손질한 빽빽한 검은 덤불처럼 보이는 자신의 고용주가 물러나는 모습을 보면서 노아는 이전에 요청받은 새로운 일자리가 주어졌음을 알았다.

낯선 커뮤니티는 아래쪽을 평평하게 만들어서 자리를 잡고, 이동 조직이 위쪽으로 이동하여 쉴 수 있게 허락했다. 낯선 커뮤니티는 노아에게 관심을 집중하더니 넓고 캄캄한 몸 안에서 지그재그로 번쩍이는 전기 신호를 보였다. 노아는 그 전기 신호가 언어라는 것을 알았지만 무슨 말인지 읽을 수는 없었다. 커뮤니티들은 자기들끼리, 그리고 자기들 내부에서 이런 식으로 대화를 했지만 너무나 빨리 움직이는 그 빛은 노아로서는 배울 엄두도 낼 수 없는 언어였다. 그러나 노아가 그 빛을 보고 있다는 사실은 낯선 커뮤니티의 의사소통체가 노아에게 말을 걸고 있다는 뜻이었다. 커뮤니티들은 일시적으로 활동을 중지한 조직을 이용, 말을 거는 대상 외에는 의사전달이 되지 않게 막았다.

고용주를 보니 노아에게서 주의를 돌리고 있었다. 고용주에게 뚜렷한 눈 같은 것은 없었지만, 그녀가 볼 수 있든 없든 고용주의 시각독립체는 기능을 아주 잘 수행했다. 고용주는 한데 모여서 덤불이라기보다는 가시 돋친 돌 같은 형태를 취하고 있었다. 커뮤니티들은 다른 이의 사생활을 지켜주고 싶을 때나 그저 사업상 거래에 거리를 두고 싶을 때 그런 형태를 취했다. 노아의 고용주는 이번 일이 인간들이 늘 보이는 적개심 때문만이 아니라, 같이 일하게 될 외주 계약자가 까다롭기 때문에도 불편할 수 있음을 같이 경고했다. 이 계약자는 인간과 접촉한 경험이 별로 없었다. 고통스러운 과정을 거쳐 만들어진, 인간과 커뮤니티들이 서로 대화할 수 있도록 해주는 공통 언어의 어휘력도 기껏해야 초보적 수준이었고, 인간의 능력과 한계에 대한 이해도 마찬가지라고 했다. 통역하자면, 이 계약자는 우연히든 의도적으로든 그녀를 아프게 할 것이었다. 노아의 고용주는 이 일을 꼭 받아들이지 않아도 된다고, 이 계약자를 위해 일하지 않겠다면 자기가 그 결정을 뒷받침하겠노라고 했다. 어쨌든 시도해보겠다는 그녀의 결정에도 전적으로 찬성하지는 않았다. 지금 고용주가 보이는 무관심은 예의나 사생활 존중이라기보다는 이 거래에 관여하지 않겠다는 뜻에 가까웠다. "너는 혼자다." 고용주의 자세는 그렇게 말하고 있었고, 노아는 미소 지었다. 아마 고용주가 옆으로 비켜서서 그녀가 직접 결정을 내리게 해주지 못하는 존재였다면 그녀는 결코 그 커뮤니티를 위해 일할 수 없었을 것이다. 고용주는 그렇다고 그녀를 낯선 존재와 혼자 내버려두고 자기 일을 보러 가지도 않았다. 기다렸다.

그리고 이제 외주 계약자가 번갯불로 그녀에게 신호를 보내고 있었다.

노아는 고분고분 계약자에게 가서, 이끼에 덮인 바깥 가지처럼 보이는 말단 부위들이 그녀의 맨살을 건드릴 수 있게 가까이 섰다. 그녀는 반바지와 홀터톱만 입고 있었다. 커뮤니티들은 그녀가 벌거벗고 있는 쪽을 더 좋아했고, 오랜 감금 기간 동안에는 다른 선택의 여지가 없었다. 내내 벌거벗고 있을 수밖에 없었다. 이제 그녀는 감금된 포로가 아니었고, 최소한 기본적인 옷은 입어야겠다고 주장했다. 그녀의 고용주는 이 주장을 받아들였고, 그녀가 옷을 입을 권리를 거부하는 외주 계약자들에게는 그녀를 빌려주지 않았다.

외주 계약자는 즉시 그녀를 감싸고 위쪽으로, 수많은 자신들 안으로 끌어 올렸다. 처음에는 다양한 조작체를 이용해서 끌어 올리다가 나중에는 이끼처럼 보이는 부분으로 단단히 감싸 쥐었다. 커뮤니티는 식물이 아니었지만, 대부분의 커뮤니티는 거의 언제나 정말 식물처럼 보였기에 그런 용어들로 생각하는 편이 쉬웠다.

커뮤니티 안에 감싸인 노아는 아무것도 볼 수 없었다. 그녀는 무언가 보려 하거나 무엇이 보이는지 상상하는 데서 오는 혼란을 피하기 위해 눈을 감았다. 길고 건조한 섬유질과 잎사귀들, 다양한 크기의 둥그런 과일처럼 느껴지는 것들, 그리고 뭐라고 해야 할지 모를 감각을 선사하는 다른 것들에 에워싸인 느낌이었다. 커뮤니티는 노아가 고용될 때마다 기대 이상의 편안하고 평화로운 방식으로 그녀를 만지고, 쓰다듬고, 어루만지고, 압박했다. 무게가 나가지 않는 것처럼 그녀를 돌리고 옮겼다. 사실 몇 분이 지나자 노아 스스로도 무게가 없어진 느낌을 받았다. 방향 감각을 완전히 잃었지만, 사람의 수족과는 조금도 닮지 않은 것들에게 안겨서 더할 나위 없이 안전한 느낌을 받았다. 왜 이 행위가 기분 좋은지는 전혀 이해할 수 없었지만, 포로로 잡혀 있던 십이 년 동안 이 행위는 그녀가 유일하게 믿을 수 있는 위안이었다. 이 포옹 행위가 자주 있었기에 그녀는 자신에게 가해지는 다른 일을 모두 견뎌낼 수 있었다.

다행히도, 커뮤니티들 역시 이 행위에서 위안을 받았다. 심지어 노아보다 더.

잠시 후, 노아는 등을 통해서 빠르게 경고하는 압력의 리듬을 느꼈다. 커뮤니티들은 인간의 등이 제공하는 넓게 퍼진 피부를 좋아했다.

그녀는 오른손을 들어 부르는 동작을 취함으로써 자신이 커뮤니티에게 집중하고 있다는 사실을 알렸다.

커뮤니티 계약자는 그녀의 등에 가하는 압력으로 신호를 보내왔다. 새로 도착한 지원자가 여섯 명 있다. 네가 그들을 가르친다.

그러죠. 그녀는 손과 팔만 써서 신호를 보냈다. 커뮤니티들은 그녀를 감싸고 있을 때는 그녀가 작고 한정된 몸짓만 취하는 쪽을 좋아했고, 그녀가 바깥에 있어 커뮤니티와 닿아 있지 않을 때는 손과 팔을 크게 휘두르고 온몸을 쓰는 쪽을 좋아했다. 처음에는 그들이 잘 볼 수 없기 때문에 그런 줄 알았다. 하지만 이제는 그들이 그녀보다 훨씬 잘 볼 수 있다는 사실을 알고 있다. 그들은 전문화된 시각독립체로 아주 먼 거리까지 볼 수 있었고, 대부분의 박테리아와 일부 바이러스까지 볼 수 있었으며, 자외선에서 적외선까지 아우르는 색채를 볼 수 있었다.

사실 누군가를 차고 때리는 경우만 아니라면, 그들은 사람의 큰 몸짓을 지켜보기를 좋아했다. 그저 움직임이 좋다는, 단순하고 이상한 이유에서였다. 사실 커뮤니티들은 인간의 춤 공연과 몇 가지 운동 경기를 정말로 좋아하게 되기도 했다. 특히 체육관 안에서 벌어지는 개별적인 곡예와 아이스 스케이트를 좋아했다.

외주 계약자는 말했다. 지원자들은 불안해한다. 서로에게 위험할 수도 있다. 차분하게 진정시켜라.

노아는 말했다. 시도해보죠. 그들의 질문에 대답하고 무서워할 것 없다고 안심시키겠습니다. 속으로는 무서움보다는 미움이 더 강한 감정일 수도 있다는 의심이 들었지만, 외주 계약자가 그런 사실을 모른다면 말해줄 생각은 없었다.

진정시켜라. 계약자는 되풀이해서 말했다. 그리고 노아는 그

것이 문자 그대로, "그들을 불안한 사람들에서 차분하고 의욕적인 일꾼으로 바꿔라"라는 뜻임을 알았다. 커뮤니티들은 독립체 몇을 교환하기만 해도 서로를 바꿀 수 있었다. 커뮤니티 양쪽이 자진해서 교환하기만 한다면 말이다. 너무나 많은 커뮤니티들이 인간도 그런 일을 할 수 있으리라 간주했다. 따라서 그렇게 하지 않으면 고집을 부릴 뿐이라고 여겼다.

노아는 대답을 반복했다. 그들의 질문에 대답하고 무서워할 것 없다고 안심시키겠습니다. 제가 할 수 있는 건 그게 다예요.

그들이 차분해질까?

노아는 곧 아픔이 찾아오리라는 사실을 알고 심호흡을 했다. 비틀리거나 잡아 뜯기거나, 어딘가 부러지거나 충격을 받게 될 것이다. 많은 커뮤니티들이 명령 불복종(그들은 그렇게 여겼다)보다 거짓말로 여겨지는 행위에 더 가혹한 징벌을 내렸다. 사실 그런 징벌들은 인간이 어떤 능력과 지성과 지각력을 지녔는지 불확실한 포로였던 시절의 잔재였다. 사람들은 더 이상 벌을 받지 않아야 했으나, 실제로는 징벌이 이어졌다. 지금 노아는 어떤 징벌이든 바로 받고 끝내는 편이 최선이라고 생각했다. 도망칠 수 없었다. 그녀는 단호하게 손짓했다. 몇 사람은 제 말을 믿고 차분해질 겁니다. 다른 사람들까지 차분해지려면 시간과 경험이 필요할 겁니다.

그러자마자 주위가 고통스러울 정도로 꽉 조여들었다. 커뮤니티들은 이것을 '세게 잡는다'라고 표현했는데, 그녀가 고통에 몸부림치다가 어느 독립체에게 해를 입히는 것을 막기 위해 팔도 움직이지 못하도록 고정하는 작업이었다. 그녀가 압박 때문에 상처를 입기 직전에, 밀려들던 압력이 멈췄다.

노아는 갑작스러운 전기 충격을 받고 경련했다. 숨이 빠져나가면서 목쉰 비명이 나왔다. 눈을 꼭 감고 있는데도 섬광이 보였다. 자극받은 근육이 갑작스럽고 고통스럽게 뒤틀렸다.

그들을 진정시켜라. 커뮤니티는 다시 한 번 강하게 말했다.

처음에는 대답을 할 수 없었다. 아프고 떨리는 몸을 통제하고 커뮤니티가 한 말을 이해하기까지는 시간이 조금 걸렸다. 다시 자유로워진 손과 팔을 굽혔다 펴고, 겨우 대답을 구성하기까지는 시간이 더 걸렸다. 어떤 대가를 치르더라도 가능한 대답은 하나뿐이었다.

그들의 질문에 대답하고 무서워할 것 없다고 안심시키겠습니다.

다시 몇 초 동안 몸이 꽉 조여들었다. 또 충격을 받을지도 몰랐다. 잠시 후에 그녀는 시야 가장자리로 몇 번의 섬광을 보았지만, 그 섬광은 그녀와 상관없는 듯 했다. 노아는 더 이상의 대화 없이 고용주에게 넘겨졌고, 외주 계약자는 가버렸다.

그녀는 어둠에서 어둠으로 넘어가면서 아무것도 보지 못했다. 커뮤니티들이 움직일 때마다 나는 살랑거리는 소리 외에는 아무것도 들리지 않았다. 냄새의 변화도 없었다. 변화가 있었다 해도 그녀의 코는 그 변화를 감지할 만큼 예민하지 않았다. 그럼에도 고용주의 감촉은 알 수 있었다. 노아는 안도감에 긴장을 풀었다.

다쳤나? 고용주가 신호를 보냈다.

아니에요. 그저 관절이 쑤시고 몇 군데가 아플 뿐이에요. 제가 그 일자리를 얻은 건가요?

물론이지. 외주 계약자가 다시 당신에게 강요하려고 하면 나에게 말해야 해. 그자는 바보가 아니야. 혹시 당신을 다치게 하면, 다시는 당신이 그자를 위해 일하도록 허락하지 않겠다고 말했어.

고마워요.

잠시 정적이 감돌았다. 그리고 고용주는 그녀를 어루만지며 그녀를 안정시키고 스스로를 만족시켰다. 당신은 계속 이런 일들을 맡겠다고 주장하지만, 그런다고 당신이 원하는 변화를 만들 수는 없어. 알 텐데. 당신은 당신 쪽 사람들도, 내 쪽 사람들도 바꿀 수 없어.

그녀는 손짓했다. 조금은 바꿀 수 있어요. 커뮤니티 하나씩, 인간 하나씩이라도요. 할 수만 있다면 더 빨리 일할 텐데요.

외주 계약자들의 혹사를 감수하고 말이지. 당신은 당신 쪽 사람들이 새로운 가능성을 보고 이미 일어난 변화를 이해하게 도우려고 노력하지만, 그들은 대부분 귀 기울이지 않고 당신을 미워할 거야.

난 사람들이 생각을 하게 만들고 싶어요. 인간 정부가 말해주지 않는 것들을 말해주고 싶어요. 진실을 말함으로써 당신들과 우리 사이의 평화에 한 표를 던지고 싶어요. 내 노력이 길게 봤을 때 조금이라도 쓸모가 있을지는 모르겠지만, 그래도 시도는 해야 해요.

우선 치유하도록 해. 외주 계약자가 돌아올 때까지 감싸여서 쉬어.

노아는 다시 돌아온 정적 속에서 만족한 한숨을 내쉬었다. 믿지도 않으면서 날 도와줘서 고마워요.

나도 믿고 싶어. 하지만 당신은 성공할 수 없어. 지금도 당신 쪽 사람들 여럿이 우리를 파괴할 방법을 찾고 있어.

노아는 얼굴을 찡그렸다. 알아요. 죽이지 않고 막을 수 있을까요?

고용주는 그녀를 이동시키고, 어루만졌다. 그리고 신호했다. 아마 안 될 거야. 이번에는 안 돼.

*

회의실에 들어온 지원자들 중에서 미셸 오타가 운을 뗐다.

"통역사님, 이…… 이것들이…… 정말로 우리가 지성이 있는 존재임을 이해하나요?"

미셸은 노아를 따라 회의실에 들어왔고, 노아가 어디에 앉는지 보고 그 옆에 앉았다. 노아는 비공식 질의응답 시간에도 기꺼이 그녀 근처에 앉는 지원자는 여섯 명 중 두 명뿐이고, 미셸 오타가 그중 한 명이라는 사실에 주목했다. 노아에게는 그들이 필요로 하는 정보가 있었다. 노아는 그 지원자 일부가 언젠가 맡게 될 수도 있는 일을 하고 있었지만 정작 커뮤니티들을 위한 통역사 겸 인사 사무관이라는 직업, 그녀가 그 일을 할 수 있다는 사실은 그들이 그녀를 불신하는 이유가 되었다. 노아 근처에 앉고 싶어한 두 번째 지원자는 소렐 트렌트였다. 그녀는 외계인의 영성에 관심이 있었다…… 그게 뭔지는 모르겠지만 말이다.

나머지 지원자 네 명은 빈 의자를 남겨두고 노아에게서 떨어져 앉았다.

"물론 커뮤니티들은 우리가 지성이 있는 존재임을 압니다." 노아가 말했다.

"통역사님이 그들을 위해 일하시는 건 알아요." 미셸 오타는 노아를 슬쩍 보고 머뭇거리다가 말을 이었다. "저도 그들을 위해 일하고 싶습니다. 최소한 그들은 사람을 고용하니까요. 이제는 거의 아무도 사람을 고용하지 않죠. 하지만 그들이 우리에 대해 어떻게 생각하죠?"

노아는 말했다. "그들은 곧 여러분 중 몇 명에게 계약서를 내밀 거예요. 여러분을 소 떼로 여긴다면 그런 일에 시간을 낭비하지 않겠지요." 노아는 긴장을 풀고 의자에 기대어 앉아서, 방 안에 있는 여섯 명 가운데 몇 명이 물을 마시고, 간이 탁자에 놓인 과일이나 견과류를 먹는 모습을 지켜보았다. 음식은 맛있고 깨끗했으며 고용이 이루어지든 그러지 않든 무료로 제공되었다. 그리고 대부분에게는 그것이 그날 처음 먹는 음식일 것이다. 음식은 비쌌고, 이 불황 속에서 대부분의 사람들은 하루에 한 끼만 먹어도 다행이라 여겼다. 그들이 음식을 즐기는 모습을 보니 기분이 좋았다. 질의응답 시간에 회의실에 음식을 준비해야 한다고 주장한 사람이 바로 노아였다.

노아 자신은 신발을 신고, 긴 검은색 면바지와 다채로운 색깔로 흘러내리는 튜닉을 입는 드문 호사를 만끽하고 있었다. 그리고 인간의 몸에 맞추어 설계된 가구도 있었다. 등받이가 높고 천이 덮인 안락의자와 식사도 하고 팔도 올려놓을 수 있는 탁자. 모하비 버블 안에 있는 그녀의 거주지에는 그런 가구가 없었다. 이제는 고용주에게 요청하면 가구 정도는 갖출 수 있지만 그녀는 요청하지 않았고, 앞으로도 하지 않을 생각이었다. 인간의 물건은 인간의 장소에 있어야 했다.

"하지만 디른 항성계에서 온 자들에게 계약이 무슨 의미가 있죠?" 미셸 오타가 물었다.

루네 욘센이 더 크게 말하고 나섰다. "그래요, 이 존재들이 자기들에게 맞는 지구 방식을 얼마나 빨리 차용하는지 보면 흥미롭죠. 통역사님, 정말로 그들이 서명하는 내용에 얽매인다고 믿으십니까? 손이 없으니 어떻게 서명을 하는지는 모를 일이지만 말입니다."

"그들은 자기들과 당신이 서명하면 양쪽 다 그 내용에 얽매인다고 여길 겁니다. 그래요. 그들은 서명으로 기능하는 대단히 개성적인 표식을 만들 수 있습니다. 그들은 이 나라에서 통역사, 변호사, 정치가들과 많은 시간을 보내고 많은 재산을 써서 각 커뮤니티가 법적인 '사람'으로 간주되고, 각각의 고유한 표식이 서명으로 받아들여지게 했습니다. 그 후 20년 동안 그들은 계약을 존중했지요."

루네 욘센은 금빛 머리를 흔들었다. "제가 태어나기 전부터 지구에 있었다 해도 여전히 그들이 여기에 있다는 사실이 이상하게 느껴져요. 그들이 존재하는 게 이상하게 느껴져요. 저는 그들을 싫어하지도 않는데, 그래도 이상하다는 기분이에요. 아마 우리가 다시 한 번 우주의 중심에서 쫓겨났기 때문일 테지요. 우리 인류 말입니다. 역사를 거슬러 올라가보면 신화에서나 심지어는 과학에서도 계속 우리를 중심에 뒀는데, 그러다가 쫓겨난 겁니다."

노아는 놀라고 즐거워하며 미소 지었다. "저도 같은 점에 주목했습니다. 이제 우리는 커뮤니티들과 경쟁하는 형제 같은 존재가 되었지요. 다른 지적 생명체가 있는 거예요. 우주에는 다른 아이들이 있어요. 전에도 우리는 그 사실을 알았지만, 그래도 그들이 여기에 오기 전까지는 그렇지 않은 척할 수 있었지요."

"헛소리예요!" 다른 여자가 말했다. 테라 콜리어라는 이름의, 덩치가 크고, 화가 나 있으며, 머리카락이 붉은 젊은 여자였다. "그 잡초 놈들은 초대도 받지 않고 와서 우리 땅을 훔치고, 우리 사람들을 납치했어요." 테라는 먹던 사과를 탁자 위에 세게 내리쳐서 남은 과육을 부수고 과즙을 튀겼다. "우리는 그 점을 기억해야 해요. 그리고 어떻게든 해야 해요."

또 다른 여자가 물었다. "뭘 하라는 거야? 우린 여기에 일자리를 구하러 왔지, 싸우러 온 게 아니야."

노아는 새로운 발언자의 이름을 찾아 기억을 뒤졌고, 찾아냈다. 피에다드 루이스였다. 또박또박 영어를 구사하기는 했지만 스페인식 억양이 강한, 몸집이 작은 갈색 여자였다. 멍든 얼굴과 팔을 보면 최근에 꽤 심하게 얻어맞은 것 같은데, 모두가 회의실에 모이기 전에 노아가 멍에 대해 묻자 고개를 치켜들고 자신은 괜찮으며 아무 일도 아니라고 했다. 아마 누군가가 그녀가 버블에서 일하겠냐고 시원하지 않기를 바랐겠지.

가끔 커뮤니티에 대해서나 왜 그들이 인간을 고용하는지에 대해 퍼지는 소문을 생각해보면 놀라운 일도 아니었다.

"외계인은 자기들이 여기에 온 일을 두고 뭐라고 하던가요, 통역사님." 루네 욘센이 물었다. 노아가 직업 지원서와 함께 받아 읽은 짧은 일대기를 되살린 바에 따르면, 루네는 산하의 옷가게가 커뮤니티들의 도착이 초래한 불황을 이겨내지 못한 소기업 경영자의 아들이었다. 루네는 부모를 돌보고 싶어했고 결혼하고 싶어했다. 얄궂게도 이 두 가지 문제의 해답은 한동안 커뮤니티들을 위해 일하는 것인 듯했다. 그는 계속해서 말했다. "당신은 그들이 도착했을 때 무슨 짓을 했는지 기억할 만한 나이잖아요. 왜 그들이 사람들을 유괴하고 죽였는지에 대해 뭐라고 하던가요……."

"그들은 나를 유괴했지요." 노아는 인정했다.

그 말에 몇 초 동안 방 안이 조용해졌다. 여섯 명의 신입 후보자들이 아마도 궁금해하거나 동정하고, 평가하거나 걱정하고, 심지어는 공포, 의심, 혹은 혐오감에 움찔하면서 그녀를 빤히 바라보았다. 노아는 자신의 과거를 안 신입들과 다른 사람들에게서 이 모든 반응을 받아보았다. 사람들은 유괴된 이들에 대해 결코 중립적일 수 없었다. 노아는 자신의 과거를 질문과 비난, 어쩌면 생각을 시작하는 방법으로 이용하는 편이었다.

"노아 캐넌." 루네 욘센이 적어도 그녀가 자기소개를 할 때 귀를 기울이기는 했다는 사실을 증명하며 말을 이었다. "어쩐지 귀에 익은 이름이라고 생각했습니다. 당신은 두 번째 유괴 물결에 속해 있었지요. 유괴된 사람들의 목록에서 당신 이름을 본 기억이 나요. 여성으로 기록되어 있었기 때문에 눈여겨보았지요. 노아라는 이름의 여성은 처음 봐서요."

"그러니까 그들에게 납치당했으면서, 이제는 그들을 위해 일하는 건가요?" 이번에 말한 사람은 제임스 헌터 아디오, 키가 크고 말랐으며 화난 얼굴을 한 젊은 흑인 남자였다. 노아도 흑인이었지만 제임스 아디오는 만나자마자 그녀를 싫어하기로 결정한 모양이었다. 지금 그는 화난 얼굴일 뿐 아니라, 혐오감까지 드러내고 있었다.

"나는 잡혀갔을 때 열한 살이었어요." 노아는 말하고 나서 루네 욘센을 보았다. "당신 말이 맞아요. 난 두 번째 물결에 속해 있었죠."

"그러니까 뭡니까, 당신에게 실험을 했나요?" 제임스 아디오가 물었다.

노아는 그와 눈을 마주쳤다. "그래요, 그랬어요. 첫 번째 물결에 속한 사람들이 제일 고통을 많이 받았어요. 커뮤니티들은 우리에 대해 아무것도 몰랐지요. 그들은 실험과 식이 결핍으로 사람들을 죽게 했고 독으로 죽이기도 했어요. 나를 잡아갔을 때 그들은 적어도 실수로 나를 죽이지 않을 만큼은 알고 있었지요."

"그래서 뭡니까? 그들이 한 짓을 용서한 겁니까?"

"아디오 씨, 나에게 화를 내는 건가요, 내 대신 화를 내는 건가요?"

"내가 여기 있어야 한다는 사실 때문에 화가 납니다!" 그는 벌떡 일어나서 탁자 주위를 걷더니 두 바퀴를 돌고 나서야 다시 앉았다. "이것들이, 이 잡초들이 우리를 침략할 수 있고, 그저 나타났다는 사실만으로 우리 경제를 결딴내고 전세계를 불황에 밀어넣을 수 있다는 게 화가 납니다. 놈들은 우리에게 원하는 짓은 무엇이든 하는데, 나는 그놈들을 죽이기는커녕 일자리를 달라고 매달리기나 해야 하죠!" 그리고 그에게는 일자리가 절실히 필요했다. 노아는 그가 처음 커뮤니티들을 위해 일하겠다고 지원했을 때 그에 대해 모은 정보를 읽었다. 스무 살인 제임스 아디오는 일곱 형제의 맏이였고, 현재까지 성년에 이른 유일한 아이이기도 했다. 동생들이 살아남게 도우려면 일자리가 필요했다. 그러나 노아는 제임스 아디오는 외계인들이 그를 고용하더라도, 거절했을 때와 거의 비슷한 수준으로 그들을 미워하리라 생각했다.

"어떻게 그들을 위해 일하실 수 있죠?" 피에다드 루이스가 노아에게 속삭였다. "그들은 당신을 해쳤어요. 믿지 않나요?

제가 당신이라면 미워했을 것 같은데요."

"그들은 우리를 이해하고 싶어했고 의사소통하고 싶어했어요. 우리가 어떻게 서로서로 어울리는지 알고 싶어했고, 그들에게는 정상인 일들을 우리가 어느 정도까지 견딜 수 있는지도 알아야 했죠."

"그들이 그렇게 말하던가요?" 테라 콜리어가 물었다. 그녀는 한 손으로 탁자에 으깨진 사과 조각들을 바닥으로 쓸어낸 다음, 마치 노아도 쓸어내버리고 싶다는 듯이 노려보았다. 노아는 테라 콜리어를 지켜보고 그녀가 무척 겁먹었다는 사실을 알아차렸다. 물론 모두 다 겁을 먹고 있기는 했지만, 테라는 두려움 때문에 사람들을 후려갈기려 들었다.

노아는 인정했다. "커뮤니티들이 그렇게 말했지요. 하지만 그것도 그들 중 일부와 우리 중 일부, 살아남은 포로들이 함께 부호를…… 언어의 기초를 만들어내고 의사소통이 이루어지기 시작한 후의 일이에요. 나를 포로로 잡았을 때 그들은 아무것도 말해줄 수 없었죠."

테라가 코웃음을 쳤다. "그렇겠죠. 몇 광년의 우주를 건너오는 방법은 알아낼 수 있어도 고문하지 않고 우리에게 말하는 방법을 알아낼 수는 없었겠죠!"

노아는 스스로에게 잠시 짜증을 허용했다. "당신은 그 자리에 없었어요, 콜리어 씨. 딩신이 대이나기도 전 일이에요. 그리고 당신이 아니라 나에게 일어난 일이지요." 그리고 테라 콜리어의 가족 누구에게도 일어나지 않았다. 노아는 이미 확인해 두었다. 이 사람들 중에 유괴된 사람의 친척은 없었다. 친척들은 때로 커뮤니티들을 해칠 수가 없다는 사실을 깨닫고 통역사에게 복수를 하려 들기도 했기 때문에, 미리 알아두는 것이 중요했다.

테라 콜리어가 말했다. "많은 사람에게 일어난 일이죠. 그리고 누구에게도 일어나지 말았어야 할 일이고요."

노아는 어깨를 으쓱였다.

"그들이 한 짓 때문에 밉지 않나요?" 피에다드가 속삭였다. 아무래도 원래 속삭이는 식으로 말하는 모양이었다.

"미워하지 않아요." 노아는 대답했다. "예전에는, 특히 그들이 우리를 조금씩 이해하기 시작하고서도 서슴없이 지옥에 밀어넣었을 때는 미워했지요. 그들은 동물로 실험을 하는 인간 과학자들과 비슷했어요. 잔인하지는 않았지만, 철저했지요."

미셸 오타가 말했다. "다시 동물 얘기군요. 당신 말로는……."

"그땐 그랬어요. 하지만 지금은 아니에요." 노아는 그녀에게 말했다.

테라가 물었다. "왜 그들을 변호하는 거죠? 그들은 우리 세계를 침략했어요. 우리 사람들을 고문했어요. 자기들 좋을 대로 하는데, 우리는 심지어 그들이 어떻게 생겼는지도 확실히 몰라요."

노아에게는 다행스럽게도, 루네 욘센이 나섰다. "그들은 어떻게 생겼습니까, 통역사님? 가까이에서 보셨을 텐데요."

노아는 미소를 지을 뻔했다. 커뮤니티는 어떻게 생겼는가. 보통 이런 무리에서 나오는 첫 번째 질문이었다. 언론 매체에서 무엇을 보거나 들었든 간에 사람들은 개별 커뮤니티가 사실상 커다란 덤불이나 나무 같은 모습을 한 개별자라고 생각하거나, 옷이나 위장 삼아서 관목 모양을 걸친 존재라고 여기는 편이었다.

노아는 그들에게 말했다. "그들은 우리가 아는 어떤 것과도 비슷하지 않아요. 그들을 성게에 비유하는 말을 들었는데, 완전히 틀렸어요. 또 그들이 벌이나 말벌 떼와 비슷하다는 말도 들었는데, 역시 틀리기는 했지만 그쪽에 가까워요. 나는 보통 내가 부르는 이름처럼 생각하지요. 커뮤니티, 군체라고요. 각 커뮤니티에는 개별체가 수백씩 들어 있어요. 지성을 갖춘 군중이랄까요. 하지만 사실은 그것도 틀렸어요. 그 개별자들은 사실 단독으로 살아남을 수 없지만, 한 커뮤니티를 떠나 일시적 또는 영구적으로 다른 커뮤니티로 이동할 수 있어요. 그들은 완전히 다른 진화의 산물이에요. 내가 그들을 볼 때도, 당신들 모두가 알고 있는 것을 봐요. 바깥에 튀어나온 가지들, 그리고 어둠. 안에서 번뜩이는 섬광과 움직임요. 더 듣고 싶나요?"

그들은 고개를 끄덕이고 관심을 보이며 몸을 앞으로 내밀었다. 검고 매끄러운 젊은 얼굴에 경멸의 표정을 떠올리며 뒤로 기대앉은 제임스 아디오만 빼고.

"나뭇가지처럼 보이는 것들, 잎사귀와 이끼와 덩굴처럼 보이는 것들은 사실 살아 있는 개별체들로 이루어져 있어요. 식물처럼 보일 뿐이지요. 우리가 바깥에서 만질 수 있는 다양한 독립체는 건조하고, 보통은 매끄러운 느낌이에요. 보통 크기의 커뮤니티 하나면 이 방의 절반을 채울 수 있지만, 무게는 270에서 360킬로그램밖에 나가지 않아요. 물론 그들은 견고하고, 내부에는 내가 한 번도 보지 못한 독립체들이 있지요. 커뮤니티에게 감싸이는 것은 마치…… 편안한 구속복에 싸이는 것과 비슷해요. 그런 것을 상상할 수 있다면요. 많이 움직일 수는 없어요. 커뮤니티가 허락하지 않으면 전혀 움직일 수 없죠. 아무것도 볼 수 없어요. 냄새도 없어요. 그렇지만 어째서인지, 처음 한 번만 지나고 나면 무섭지 않아져요. 평화롭고 쾌적하지요. 왜 그런지는 모르지만, 그래요."

제임스 아디오가 바로 말했다. "최면이겠죠. 아니면 약물이거나!"

"그건 확실히 아니에요." 노아가 말했다. 그것만큼은 확신할 수 있었다. "그것이 커뮤니티들의 포로로 있을 때 가장 힘든 부분이었죠. 우리를 알게 되기 전까지 그들에게는 최면이나 기분을 바꾸는 약물 같은 건 전혀 없었어요. 개념조차 없었죠."

루네 욘센이 그녀를 보고 얼굴을 찌푸렸다. "어떤 개념 말입니까?"

"의식을 바꾼다는 개념이요. 그들은 아프거나 다치지 않는 한 무의식 상태에 빠지지도 않고, 설령 독립체 몇이 의식을 잃는다고 해도 커뮤니티 전체가 의식을 잃는 일은 결코 일어나지 않아요. 그러니 커뮤니티는 사실 잠을 잔다고 말할 수 없어요. 우리가 자야 한다는 현실은 오랜 시간이 흐른 후에 받아들였지만요. 어쩌다 보니 우리가 그들에게 완전히 새로운 무엇인가를 소개한 셈이에요."

미셸 오타가 불쑥 물었다. "그들이 약을 가지고 들어가게 해줄까요? 전 알레르기가 있어서 약이 꼭 필요하거든요."

"어느 정도의 약은 허용할 거예요. 당신이 계약서를 받는다면, 어떤 약이 필요한지 적어야 할 거예요. 그러면 당신이 그약을 들여오게 허용하거나, 당신을 고용하지 않겠지요. 당신에게 필요한 약이 허용된다면 외부에서 주문해올 수 있을 거예요. 커뮤니티들은 그 약이 주문한 물건인지 확인하겠지만, 그 점만 빼면 약 문제로 당신을 귀찮게 하지 않을 거예요. 안에 있는 동안 돈을 써야 하는 것은 그 약 정도일 테고요. 방과식사는 물론 협약에 포함되어 있고, 계약이 끝날 때까지는 고용주를 떠날 수 없어요."

피에다드가 물었다. "우리가 병에 걸리거나 사고를 당하면요? 계약서에 없는 약이 필요해진다든가."

"의학적 응급상황은 계약에 포함됩니다." 노아가 말했다.

테라가 양손으로 탁자를 내리치고 큰 소리로 말했다. "다 집어치워요!" 테라는 원하던 관심을 얻었다. 모두 그녀를 돌아보았다. "난 당신과 그 잡초에 대해 더 알고 싶어요, 통역사. 특히 왜 당신이 아직 여기에 있는지, 왜 당신을 지옥에 밀어넣은 것들을 위해 일하고 있는지 알고 싶어요. 약물이 없다는 건 그들이 당신에게 고통을 줄 때도 마취가 없었다는 뜻이죠. 맞죠?"

노아는 기억을 돌이키며, 그러나 기억하고 싶지 않은 기분으로 잠시 조용히 앉아 있었다. 그녀는 한참 만에 말했다. "맞아요. 대부분 시간 동안 실제로 나에게 아픔을 준 사람들은 다른 인간이었다는 점만 빼면요. 외계인들은 무슨 일이 일어나는지 보려고 우리를 둘씩 아니면 더 여러 명씩 가둬놓고 며칠, 몇 주를 두곤 했어요. 보통은 나쁘지 않았지요. 하지만 나빠질 때가 있었어요. 어떤 사람들은 정신이 나가버렸죠. 맙소사, 우리 모두가 한 번씩은 정신이 나갔지요. 어떤 사람들은 다른 사람들보다 더 폭력적으로 변했어요. 커뮤니티들의 도움 없이 깡패가 되는 사람들도 있었지요. 그 사람들은 쥐꼬리만 한 권력이라도 휘두를 기회가 오면 놓치지 않았고, 다른 사람을 괴롭히면서 작은 즐거움을 얻었어요. 그리고 또 어떤 사람들은 그저 신경 쓰기를 그만두고, 싸움을 그만두고, 때로는 먹는 것 마저 그만둬버렸어요. 임신이나 살인이 감방 동료 실험에서 일어났지요. 감방 동료 실험, 우리는 그걸 그렇게 불렀어요."

"차라리 외계인들이 우리가 퍼즐을 풀어야 음식을 주거나 우리 음식에 속이 이상해지는 물질을 넣을 때, 아니면 우리를 감싸고 거의 치명적인 물질을 우리에게 전해줄때가 나을 정도 였어요. 최초의 포로들은 그런 일을 거의 다 겪었지요. 가엾게 도. 감싸인 상태에 대한 공포증을 얻은 사람도 있었어요. 그것 만 얻었다면 운이 좋은 셈이었지요."

"맙소사." 테라가 혐오감에 고개를 내저으며 말했다. 그리고 잠시 후에 물었다. "아기들은 어떻게 됐나요? 임신한 사람이 있다고 했잖아요."

"커뮤니티들은 우리 같은 방식으로 재생산을 하지 않아요. 그래서 임신한 여성들을 부드럽게 대해야 한다는 사실을 오랫 동안 깨닫지 못했던 것 같아요. 그 덕분에 임신한 여성들 대부 분은 유산했지요. 그래도 몇 명은 아이를 낳았어요. 실험과 실 험 사이에, 내가 갇혔던 무리에서 여자 네 명이 아이를 낳다가 죽었지요. 아무도 그들을 어떻게 도와야 할지 몰랐어요." 그것 역시 노아가 외면하고 싶은 기억이었다.

"실아시 태어닌 아이도 몇 명 있었고, 그중 또 몇 명은 용케 유년기에 죽지 않고 살아남았지요. 어머니들이, 제일 질이 나쁘고 미친 사람들이나 호기심을 가진 커뮤니티들에게서 아기들을 지켜줄 수 없었는데도요. 전세계에 있는 서른일곱 개 버블을 통틀어서 그렇게 살아남은 아이는 백 명도 되지 않아요. 대부분은 꽤 정상적인 어른으로 자랐어요. 일부는 비밀리에 바깥에서 살고, 일부는 결코 버블을 떠나지 않지요. 각자의 선택이에요. 그중 몇 명은 최고의 다음 세대 통역사가 되고 있어요."

루네 욘센이 흥미롭다는 뜻이 담긴 소리를 냈다. "그런 아이들에 대해 읽어봤습니다."

"저희는 그분들을 찾으려고 했어요." 소렐 트렌트가 처음으로 입을 열었다. "저희 지도자는 그분들이 우리에게 길을 보여줄 거라고 가르치시죠. 정말 중요한 사람들이건만, 멍청한 정부는 계속 숨겨두기만 해요!" 그녀의 목소리에는 좌절과 분노가 담겨 있었다.

"정부가 답해야 할 일이 많지요." 노아는 말했다. "어떤 나라에서 아이들이 버블 밖으로 나가지 않는 건 밖으로 나간 사람에게 무슨 일이 일어났는지 전해지기 때문이에요. 실종, 투옥, 고문, 죽음에 대한 말들요. 우리 정부는 더 이상 그런 일은 하지 않는 것 같더군요. 어쨌든 아이들에게는 말이죠. 정부는 그들에게 새로운 신분을 주고, 그들을 숭배하거나 죽이거나 따로 떼어두고 싶어하는 집단들로부터 숨겼어요. 몇 명은 내가 직접 확인해봤어요. 그 사람들은 괜찮은 상태고, 내버려둬주기를 원해요."

소렐 토렌트가 말했다. "저희 모임은 그 사람들을 해치고 싶어하지 않아요. 예우하고, 진정한 운명을 다하도록 돕고 싶을 뿐이에요."

노아는 말하지 않는 편이 좋을 신랄하고 전문가답지 못한 말들이 마음에 가득해져 그 여자를 외면했다. "그러니 적어도 그 아이들은 조금이나마 평화를 누릴 수 있어요." 노아는 그렇게만 말했다.

"당신 아이도 있나요?" 테라가 이제까지 보여준 성격답지 않게 부드러운 목소리로 물었다. "아이들이 있어요?"

노아는 테라를 가만히 바라보다가 다시 의자 등받이에 머리를 기댔다. "난 열다섯 살 때 임신했고, 열일곱에 다시 임신했지요. 고맙게도 두 번 다 유산했어요."

"그건…… 강간이었습니까?" 루네 욘센이 물었다.

"당연히 강간이었지요! 정말로 내가 커뮤니티들에게 연구용 인간 아기를 하나 더 주고 싶어했을 것 같아요?" 노아는 말을 멈추고 심호흡을 했다. 그리고 잠시 후에 말했다. "죽은 사람 중 일부는 강간에 저항하다가 살해당한 여자였어요. 또 일부는 강간범이었고요. 너무 많은 쥐를 한데 몰아넣으면 서로 죽이기 시작한다는 옛 실험을 기억하시겠죠."

"하지만 당신들은 쥐가 아니었어요." 테라가 말했다. "당신들에게는 지성이 있었어요. 잡초들이 무슨 짓을 하는지 볼 수 있었어요. 그럴 필요가……."

노아는 말을 잘랐다. "내가 뭘 할 필요가 없었다고요?"

테라는 물러섰다. "당신 개인을 말한 건 아니에요. 그저 인류는 쥐 떼보다 낫게 행동할 수 있어야 한다는 거죠."

"많은 사람들이 그랬지요. 일부는 그러지 않았고."

"그리고 그 모든 일에도 불구하고 당신은 외계인을 위해 일하는군요. 무슨 짓을 하는지 몰랐으니 용서한다, 그런 건가요?"

"그들은 여기에 있어요." 노아는 딱 잘라서 말했다.

"우리가 쫓아낼 방법을 찾을 때까지요!"

"그들은 머물기 위해 여기에 왔어요." 노아는 좀 더 부드럽게 말했다. "떠나지 않아요. 어쨌든 몇 세대 동안은. 그들의 우주선은 편도였어요. 여기에 정착했고, 버블을 세우기 위해 선택한 여러 사막 지역을 지키려고 싸울 거예요. 그들이 싸우기로 결정하면, 우리는 살아남지 못해요. 그들이 파멸할 수도 있겠지만, 아마 젊은 세대를 몇 세기 동안 땅속 깊이 내려보낼 가능성이 더 높을 거예요. 그리고 그 젊은 세대가 땅 위로 올라오면 이 행성은 그들의 세상이 되겠지요. 우리는 사라지고 없을 테고." 노아는 지원자 한 명 한 명을 바라보았다. "나는 이 나라에서 그들과 대화할 수 있는 서른 명 남짓한 사람들 중 하나예요. 내가 이곳 버블에서, 어느 한쪽이 치명적인 짓을 하기 전에 서로를 이해하고 받아들이도록 돕지 않는다면 달리 어디에 있겠어요?"

테라는 수그러들지 않았다. "하지만 그들이 한 짓을 정말 용서하는 건가요?"

노아는 고개를 저었다. "용서하지 않아요. 그들은 나에게 용서를 구하지 않았고, 설령 그들이 용서를 구했다 해도 나는 어떻게 용서해야 할지 몰랐을 거예요. 그래도 상관없어요. 그렇다고 내 일을 그만둘 이유는 없어요. 그들이 나를 고용하지 않을 이유도 없어요."

제임스 아디오가 말했다. "그들이 정말로 당신이 믿는 것만큼 위험하다면, 정부와 함께 일하면서 놈들을 죽일 방법을 찾아야죠. 직접 말했다시피 당신은 우리보다 그들에 대해 잘 알잖아요."

"여기에 그들을 죽이러 왔나요, 아디오 씨?" 노아는 조용히 물었다.

제임스 아디오는 어깨를 축 늘어뜨렸다. "난 여기 일하러 왔습니다. 난 가난해요. 온 나라 안에서 서른 명만 갖고 있는 그런 특별한 지식도 없죠. 그저 일자리가 필요할 뿐입니다."

노아는 제임스 아디오가 무기운 비통함과 분노와 모멸감을 담아서 말하지 않았다는 듯이, 단순히 정보만 전달했다는 듯이 고개를 끄덕였다. "당신은 여기에서 돈을 벌 수 있어요. 나는 부유해요. 여섯 명의 조카를 대학에 보내고 있지요. 내 친척들은 하루에 세 끼를 먹고 편안한 집에 살아요. 당신이라고 안 될 게 있나요?"

"은화 서른 닢이군요." 제임스 아디오가 중얼거렸다.

노아는 지친 미소를 보이고 말했다. "나를 위한 은화는 아니에요. 부모님이 나에게 노아라는 이름을 붙였을 때는 완전히 다른 역할을 염두에 두지 않았나 싶군요."

루네 욘센은 미소 지었지만 제임스 아디오는 공공연한 반감을 드러내며 그녀를 바라볼 뿐이었다. 노아는 얼굴에 더 익숙한 엄숙함을 띠고 말했다. "여러분에게 내가 커뮤니티들을 이기려는 정부와 함께 일했던 경험을 이야기해드리지요. 믿고 말고는 자유지만, 여러분은 들어야 해요." 노아는 말을 멈추고 생각을 정리했다.

*

노아는 이야기를 시작했다. "나는 열한 살부터 스물세 살까지 여기 모하비 버블 안에 잡혀 있었어요. 물론 가족이나 친구 중 누구도 내가 어디에 있는지, 살아 있기는 한지 전혀 몰랐지요. 나는 수많은 다른 사람들처럼 그냥 사라졌어요. 빅토르빌의 부모님 집에 있던 내 침실에서 어느 날 밤늦게 사라졌지요. 나중에 커뮤니티들이 우리에게 말을 할 수 있게 되었을 때, 우리에게 무슨 짓을 했는지 더 이해하게 되었을 때, 우리 중 한 무리에게 자기들과 같이 있을지 아니면 떠나고 싶은지 물었어요. 나는 이것도 또 다른 시험일지 모른다고 생각했지만, 떠나고 싶다고 하자 그들은 동의했어요."

"사실, 가겠다고 한 사람도 내가 처음이었어요. 나와 함께 있던 무리는 어렸을 때 잡혀온 사람들이었어요. 아주 어릴 때 잡혀온 사람도 있었죠. 나가기를 두려워하는 사람들도 있었어요. 모하비 버블 외에 다른 집에 대한 기억이 없었으니까요. 하지만 나는 가족을 기억했어요. 가족을 다시 보고 싶었어요. 버블 속 작은 공간에 갇혀 있지 않고 나가고 싶었어요. 자유로운 몸이 되고 싶었어요."

"하지만 커뮤니티들은 나를 내보낼 때 빅토르빌로 돌려보내지 않았어요. 그냥 어느 날 밤늦게, 버블 주위를 둘러싸고 생겨난 판자촌 한 곳 근처를 열었지요. 당시 판자촌들은 더 거칠고 상스러웠어요. 커뮤니티들을 숭배하거나, 그들을 지워버릴 계획을 짜고 있거나, 그들에게서 귀한 기술의 부스러기라도 훔치고 싶어하는 사람들로 가득했지요. 그리고 거주자 중에는 이런저런 첩보원이 있었어요. 니를 잡은 사람들은 자기

들이 FBI라고 했지만, 지금 생각하면 현상금 사냥꾼이었을지
도 몰라요. 그 시절에는 버블에서 나오는 사람이나 물건에는
전부 현상금이 붙어 있었어요. 내가 모하비 버블에서 나오는
모습을 보인 첫 번째 사람이라는 게 불행이었지요."

"버블에서 나오는 사람이라면 누구든 귀중한 기술적 비밀
을 알고 있을 수도 있고, 아니면 최면 걸린 파괴공작원이거나
변장한 외계인 첩자일 수도 있었지요. 맙소사, 무엇이든 가능
했어요. 난 군대에 넘겨졌고, 그들은 나를 가둬놓고 가차 없이
심문하면서 간첩 행위부터 살인, 테러리즘, 반역 행위까지 온
갖 죄목으로 비난했어요. 나는 그들이 생각해낼 수 있는 모든
방식으로 표본 조사를 당하고 시험을 거쳤어요. 그들은 자기
들이 귀한 포로를 잡았다고, 내가 '비인간 적들'과 협력하고
있다고 믿었어요. 커뮤니티들에게 도달할 방법을 찾을 좋은
기회였겠지요."

"그들은 내가 아는 것을 모조리 알아냈어요. 뭘 숨기려고 하
진 않았어요. 문제는, 내가 그들이 알고 싶어하는 걸 말해줄
수 없었다는 거죠. 당연히 커뮤니티들은 나에게 그들의 기술
에 대해 설명해주지 않았어요. 무엇하러 그랬겠어요? 그들의
생리에 대해서도 잘 몰랐지만, 내가 아는 내용은 말했어요. 거
짓말을 잡아내려는 교도관들에게 같은 내용을 말하고 또 말했
죠. 그리고 커뮤니티들의 심리에 대해서는, 그들이 나에게 한

짓과 다른 이들에게 한 짓밖에 말할 수 없었어요. 그리고 내가 말한 내용이 별로 쓸모가 없으니 교도관들은 내가 비협조적이라고, 무엇인가를 숨기고 있다고 단정했어요."

노아는 고개를 저었다. "그들이 나를 다룬 방식과, 외계인들이 포로생활 초기에 나를 다룬 방식 사이에 차이가 있다면, 소위 인간이라는 자들은 자기들이 나를 괴롭히고 있음을 알았다는 점뿐이에요. 그들은 낮이고 밤이고 나를 심문하고, 위협하고, 약을 먹이고, 내게 없는 정보를 캐내려고 온갖 노력을 기울였어요. 내가 생각을 할 수 없고, 무엇이 진짜이고 무엇이 아닌지 분간할 수 없을 때까지 며칠씩 잠을 안 재우기도 했지요. 그자들은 외계인에게 닿을 수 없었지만, 대신 나를 데리고 있었어요. 심문하지 않을 때면 나를 가둬두었어요. 자기들 말고는 아무도 보지 못하게 고립시켜서, 혼자 가뒀죠."

노아는 방 안을 둘러보았다. "십이 년의 포로 생활에서 살아남고 풀려난 사람이라면 자기 의지로든 아니든, 알든 모르든 모종의 배신자임이 틀림없다고 여겼기 때문이지요. 그들은 그렇게 확신했어요. 나를 엑스레이로 촬영하고, 가능한 모든 방법으로 검사했어요. 특이한 점이라고는 아무것도 찾지 못하자 더 화를 내고 나를 더 미워하기만 했어요. 내가 어떤 방법으로 자기들을 바보로 만들고 있다는 거였죠. 자기들이 그 사실을 다 안다고 생각했어요! 그리고 내가 그렇게 빠져나갈 수 없다고 여겼죠."

"나는 포기했어요. 나는 그자들이 결코 그만두지 않을 것이고, 어차피 결국에는 날 죽일 것이며 그때까지 나는 어떤 평화도 알지 못하리라는 결론을 내렸어요."

노아는 모멸감, 두려움, 절망, 피로, 비통함, 메스꺼움, 고통을 기억하며 말을 멈췄다…… 그들은 결코 그녀를 심하게 때리지 않았다. 가끔 몇 대씩 때려서 강조하고 겁을 줄 뿐이었다. 그리고 때로는 비난, 추측, 위협을 늘어놓으며 붙잡고, 흔들고, 밀었다. 가끔은 심문자가 그녀를 바닥에 쓰러뜨리고는 일어나서 의자로 돌아오라고 명령하기도 했다. 심각한 부상을 입히거나 죽일 수도 있는 일은 하지 않았다. 하지만 그 일들은 계속해서 이어지고 또 이어졌다. 때로는 그녀에게 친절한 척하고, 환심을 사려고 하고, 유혹해서 그녀가 알지도 못하는 비밀을 털어놓게 하려는 사람도 있었다…….

노아는 다시 말했다. "나는 포기했어요. 얼마나 오래 지나서였는지는 몰라요. 하늘도 햇빛도 볼 수 없었기에 나는 모든 시간 감각을 잃었어요. 그저 오랜 심문 후에 의식을 되찾고, 내가 감방에 혼자 있음을 알고는 자살하기로 결심했지요. 생각을 할 수 있을 때면 가끔 자살에 대해 생각했는데, 갑자기 지금이라는 사실을 안 거예요. 달리 무슨 수를 써도 그자들을 멈출 수 없었어요. 그러니 내가 멈춰야 했죠. 나는 목을 맸어요."

피에다드 루이스가 괴로운 소리를 내더니, 사람들의 시선이 집중되자 탁자 밑을 응시했다.

루네 욘센이 물었다. "전에도 자살하려고 했습니까? 그⋯⋯ 커뮤니티들과 있을 때도 자살하려고 했어요?"

노아는 고개를 저었다. "한 번도 시도하지 않았어요." 그녀는 잠시 말을 멈췄다. "나를 고문한 자들이 내 동포였다는 사실을 여러분에게 말하는 건 생각보다 중요한 문제예요. 그자들은 나와 같은 인간이었어요. 나와 같은 언어로 말했어요. 고통과 모욕감과 두려움과 절망에 대해 나만큼 잘 알았어요. 나에게 무슨 짓을 하고 있는지 알면서도, 그자들은 하지 말자는 생각은 한 번도 하지 않았어요." 노아는 잠시 기억을 돌이켰다. "커뮤니티의 포로 중에도 자살하는 사람은 있었죠. 그리고 커뮤니티들은 신경 쓰지 않았어요. 죽고 싶어서 스스로 충분히 심한 상처를 입힐 수 있다면, 죽는 거였죠. 그들은 지켜보기만 했고."

하지만 죽음을 택하지 않는다면, 그들에게 감싸여서 뒤틀린 안심과 평화를 얻을 수 있었다. 어째서인지 감싸이면 기분이 좋았다. 어떤 식으로든 시험받고 있지 않을 때, 포로들은 자주 감싸였다. 커뮤니티의 독립체들이 인간을 감싸면 즐겁고 편안하다는 사실을 알았기 때문이다. 그들도 노아처럼, 왜 그런지는 몰랐다. 처음에는 인긴 포로를 구속히고, 검시하고, 유감스럽게도 독을 쓰기 편한 방법이기 때문에 감쌌다. 하지만 커뮤니티들이 다른 이유가 없는데도 오로지 행위 자체의 즐거움을 위해 인간을 감싸안게 되기까지는 오랜 시간이 걸리지 않았다. 처음에 커뮤니티들은 포로 역시 그 행위에서 즐거움을 느낀다는 사실을 알지 못했다. 노아 같은 아이들은 커뮤니티에게 접근해 외부 가지를 건드려 감싸달라고 요청하는 방법을 빨리 익혔지만, 어른 포로들은 그런 짓을 막으려 했고 막을 수 없자 벌을 내렸다. 노아는 성장해서야 왜 어른 포로들이 가끔 외계인 납치범들에게 위안을 구했다는 이유로 아이들을 때렸는지 조금이나마 이해했다.

노아는 열두 살이 되기 전에 지금의 고용주를 만났다. 한 번도 노아에게 고통을 준 적이 없고, 노아를 비롯한 다른 사람들과 함께 두 종족이 같이 쓸 수 있는 언어를 만들기 시작한 커뮤니티 중 하나였다.

노아는 한숨을 내쉬고 이야기를 계속했다. "인간 교도관도 자살에 대한 태도 면에서는 커뮤니티들과 비슷했어요. 내가 자살하려고 했을 때 지켜보기만 했지요. 나중에야 낮이고 밤이고 나를 비추는 카메라가 세 대 넘게 있었음을 알았어요. 실험실 쥐라도 나보다는 사생활이 있었을 거예요. 그들은 내가 옷으로 올가미를 만드는 모습을 지켜보았어요. 내가 침대에 올라서서, 교도관들이 시끄러운 음악을 울리거나 외계인이 처음

도착해서 사람들이 공황으로 죽어가던 시절의 뉴스를 틀 때 쓰던 스피커 보호 철판에 올가미를 묶는 모습도 지켜보았어요."

"그들은 내가 침대에서 발을 떼고, 목을 매 늘어지는 모습까지 지켜보았어요. 그런 다음에 나를 내려 되살리고, 심한 부상을 입지 않았는지 확인했지요. 확인이 끝나자 나를 벌거벗긴 채 감방에 돌려보냈어요. 천장 스피커는 드러나 있고, 철판은 사라졌더군요. 그래도 그 뒤로는 끔찍한 음악은 들리지 않았어요. 끔찍한 비명도요."

"하지만 심문은 다시 시작되었어요. 그들은 심지어 내가 정말로 자살할 생각은 아니었다고, 그저 동정을 사려던 것뿐이라고 말하기까지 했지요."

"그래서, 나는 몸 대신 마음이 떠나버렸어요. 한동안 긴장병 증세를 보였지요. 의식이 전혀 없지는 않았지만, 기능을 하지 않았어요. 할 수 없었지요. 처음에 그들은 내가 속임수를 쓴다고 생각해서 이리저리 못살게 굴었나 봐요. 나중에 정신을 차리고 보니 설명할 수 없고 치료받은 적도 없는 골절과 다른 의료 문제들을 해결해야 했기에 그랬다는 걸 알았어요."

"그리고 누군가가 내 이야기를 밖에 흘렸어요. 누구인지는 몰라요. 심문자들 중 누군가에게 마침내 양심이 생겼는지도 모르지요. 어쨌든 누군가가 언론에 내 이야기를 하고 사진을 보여주기 시작했어요. 잡혀갔을 때 겨우 열한 살이었다는 사실이 이야깃거리로 중요하게 작용했더군요. 그 시점에서 억류자들은 나를 포기하기로 했어요. 나를 쉽게 죽일 수도 있었을 거예요. 그때까지 나에게 했던 짓을 생각하면 왜 죽이지 않았는지 잘 모르겠어요. 난 신문에 나간 사진들을 보았어요. 형편없는 몰골이더군요. 그들은 내가 죽을 거라고 생각했거나, 적어도 깨어나서 다시 정상이 되는 일은 없을 거라고 생각했을 거예요. 그리고 내가 살아 있다는 사실을 안 친척들이 변호사를 구해서 나를 꺼내려고 싸우기도 했지요."

"부모님은 돌아가신 후였어요. 내가 모하비 버블에 잡혀 있는 동안 자동차 사고로 돌아가셨지요. 나를 잡고 있던 사람들은 그 사실을 알았겠지만, 한 마디도 해주지 않았어요. 회복하기 시작했을 무렵 외삼촌에게 듣고 겨우 알았어요. 외삼촌 세 분은 어머니의 오빠들이에요. 나를 위해 싸운 것도 그분들이었지요. 조카를 되찾기 위해 그분들은 소송을 제기해야 할 경우에 필요한 모든 권리를 포기해야 했어요. 그분들은 나를 해친 것이 커뮤니티들이라고 들었어요. 내가 회복해서 정말로 무슨 일이 있었는지 이야기할 때까지 그렇게 믿었어요."

"내 이야기를 들은 외삼촌들은 세상에 사실을 이야기하고, 감옥에 들어가야 할 사람들을 감옥에 넣고 싶어했어요. 외삼촌들에게 가족이 없었다면 그만두게 말릴 수 없었을지도 몰라요. 훌륭한 분들이었어요. 어머니는 그분들의 어린 여동생이었고, 그분들은 언제나 어머니를 사랑하고 돌봐주셨죠. 하지만 나를 자유의 몸으로 만들어주고, 고쳐주고 다시 인간으로 기능하게 만드느라 빚을 심하게 져야 했어요. 나 때문에 그분들이 모든 것을 잃고, 심지어 어떤 가짜 죄목으로 감옥에 들어갈지도 모른다는 생각만 해도 살 수가 없었어요."

"약간이나마 회복한 나는 언론 인터뷰를 해야 했어요. 물론 나는 거짓말을 했지만, 큰 거짓말까지 거들 수는 없었어요. 나는 커뮤니티들이 나에게 상처를 입혔다고 확언하기를 거부했어요. 무슨 일이 일어났는지 기억하지 못하는 척했지요. 상태가 너무 나빴기 때문에 대부분의 시간 동안 무슨 일이 일어나는지 알지 못했다고, 그저 풀려나서 낫고 있다는 사실에 감사할 뿐이라고 말했어요. 그 정도 선에서 인간 억류자들이 만족하길 바랐고, 실제로 그들은 만족하는 것 같았어요."

"기자들은 풀려났으니 이제 내가 무슨 일을 할지 알고 싶어 했어요."

"나는 가능한 한 빨리 학교에 가겠다고 말했어요. 교육을 받은 후에는 외삼촌들이 나에게 해준 모든 일을 갚아드릴 수 있게 직업을 구하겠다고요."

"실제로도 대충 그랬어요. 그리고 학교에 있는 동안 내가 제일 잘할 수 있는 일이 무엇인지 깨달았지요. 그래서 여기에 왔어요. 나는 처음으로 모하비 머블을 띠닌 사람일 뿐 이니라,

처음으로 커뮤니티들을 위해 일하러 돌아온 사람이기도 해요. 커뮤니티들을 아까 말한 변호사, 정치가들과 연결하는 데에도 작은 역할을 했지요."

그러자 테라 콜리어가 의심스럽다는 듯이 물었다. "여기로 돌아왔을 때 잡초들에게 그런 이야기를 했나요? 감옥, 고문 그런 것들 다요?"

노아는 고개를 끄덕였다. "했어요. 묻는 커뮤니티가 있으면 이야기했지요. 대부분은 묻지 않았어요. 그들 내부에도 문제는 충분히 많아요. 버블 바깥에서 인간이 다른 인간에게 무슨 짓을 하는지는 보통 그들에게 별로 중요하지 않아요."

"그들이 당신을 믿나요?" 테라가 물었다. "잡초들이 당신을 믿느냐고요."

노아는 서글프게 웃었다. "최소한 콜리어 씨, 당신이 믿는 만큼은 믿죠."

테라는 짧게 짖듯이 웃었고, 노아는 그 여자가 전혀 이해하지 못했음을 알아차렸다. 테라는 노아가 그저 비아냥거리는 줄로만 알았다.

"그들은 내가 맡은 일을 한다고 믿는다는 뜻이에요. 내가 고용주 지망자들이 인간을 해치지 않고 같이 사는 방법을 배우도록 도우리라 믿고, 고용된 인간들이 커뮤니티와 같이 사는 방법을 배우고 책임을 다하도록 도우리라 믿지요. 당신도 내가 그러리라 믿으니까 여기에 와 있겠지요." 그 말은 충분히 진실이었고, 노아의 고용주나 다른 몇몇처럼 그녀를 정말로 믿는 듯한 커뮤니티들도 있었다. 노아도 그들을 믿었다. 감히 아무에게도 자신이 그들을 친구로 여긴다는 말을 한 적은 없었지만.

그런 사실을 인정하지 않았는데도 테라는 그녀에게 동정과 경멸이 반씩 섞인 듯한 눈빛을 보냈다.

제임스 아디오가 물었다. "외계인들은 왜 당신을 다시 받아들인 겁니까. 당신이 총이나 폭탄을 가지고 들어올 수도 있었는데요. 그들이 한 짓에 대해 복수하려고 돌아왔을 수도 있고 말입니다."

노아는 고개를 저었다. "내가 가지고 들어갈 수 있는 무기라면 무엇이든 감지했을 거예요. 그들이 나를 다시 받아들인 건, 그들이 나를 알았고 내가 그들에게 유용할 수 있음을 알았기 때문이지요. 나 역시 내가 그들에게 유용하리라는 것을 알았어요. 그들은 더 많은 인간을 원해요. 아마 더 많은 인간이 필요하기도 할 거예요. 그들이 우리를 납치하는 대신 고용해서 돈을 지불한다면 모두에게 더 좋은 일이지요. 그들은 우리가 갈수 없을 만큼 깊은 땅속에서 광물을 캐내어 제련할 수 있어요. 그들은 광물의 종류와 채굴 장소에 대한 규제에 동의했고, 수수료와 세금이라는 형태로 이익의 상당 부분을 정부에 지불해요. 그러고도 우리를 고용할 돈은 충분히 있지요."

노아는 갑자기 화제를 바꿨다. "일단 버블에 들어오게 되면, 언어를 배우세요. 고용주에게 언어를 배우고 싶다는 뜻을 분명히 전하세요. 다들 기본 신호는 전부 익혔나요?" 그녀는 지원자들을 살폈고, 그들의 침묵이 마음에 들지 않았다. 결국 그녀는 다시 물었다. "기본 신호를 다 익힌 사람 있나요?"

루네 욘센과 미셸 오타가 동시에 말했다. "저요."

소렐 토렌트가 말했다. "일부는 익혔지만, 기억하기가 어려워요."

나머지는 아무 말도 하지 않았다. 제임스 아디오는 변명하고 싶어하는 얼굴이었다. "우리 세상에 온 건 그들인데 우리가 언어를 배워야 하다니." 그는 그렇게 중얼거렸다.

노아는 진력이 나서 말했다. "그들은 배울 수만 있다면 우리 언어를 배울 겁니다, 아디오 씨. 사실 여기 모하비에 있는 커뮤니티들은 영어를 읽을 수 있고, 힘들긴 하지만 쓸 수도 있어요. 하지만 들을 수 없기 때문에, 어떤 종류의 발화 언어도 발전시키지 못했어요. 오직 우리와 그들 일부가 함께 개발한 몸짓과 접촉 언어로만 대화할 수 있습니다. 그들에게는 사지가 없기 때문에, 익숙해지는 데 시간이 꽤 걸립니다. 그래서 그들에게서 직접 배우고, 어떻게 움직이는지 직접 보고, 감싸여 있을 때 피부에 닿는 신호를 직접 느껴봐야 하는 거예요. 일단 익히고 나면 그 언어가 두 종족 모두에게 잘 통한다는 사실을 알게 될 겁니다."

테라 콜리어가 말했다. "컴퓨터를 써서 말을 할 수도 있잖아요. 그들의 기술로 적합하지 않다면, 우리 컴퓨터를 살 수도 있고요."

노아는 굳이 그쪽에 시선을 돌리지 않았다. "대부분 기본 신호 이상을 배우라는 요구는 없을 겁니다. 기본 신호로 해결할 수 없는 급한 용무가 있을 때는 쪽지를 쓸 수 있습니다. 대문자로 굵게요. 보통 통할 거예요. 하지만 급여 등급을 높이고 정말로 여러분의 흥미를 끌 수 있는 일을 받고 싶다면, 언어를 배우세요."

미셸 오타가 물었다. "어떻게 배우죠? 수업이 있나요?"

"수업은 따로 없어요. 당신이 알기를 바라면, 또는 당신이 요청하면 고용주가 가르쳐줄 겁니다. 언어 교습은 여러분이 요청하면 확실히 받을 수 있습니다. 익히라는 말을 듣고도 익히지 않으면 급여가 깎이기도 하지요. 계약서에 들어 있을 겁니다. 그들은 여러분이 하지 않는지, 하지 못하는지에 상관하지 않아요. 어느 쪽이든 여러분에게 손해가 될 겁니다."

"불공평해요." 피에다드가 말했다.

노아는 어깨를 으쓱였다. "어차피 할 일이 있는 게 더 편하고, 고용주와 대화를 나눌 수 있는 게 더 편합니다. 여러분은 라디오, 텔레비전, 컴퓨터, 그 외에 어떤 종류의 기록장치도 가지고 들어올 수 없어요. 종이책이라면 몇 권 가지고 올 수 있지만, 그게 다입니다. 여러분의 고용주들은 언제든 여러분을 호출할 수 있고, 호출할 겁니다. 때로는 하루에도 몇 번씩요. 여러분의 고용주는 여러분을…… 아직 우리를 고용하지 않은 친지에게 빌려줄 수도 있습니다. 또 고용주는 여러분을 며칠씩 무시할 수도 있고, 여러분 대부분은 서로 소리쳐서 들릴 만한 거리에 있지 않을 겁니다." 노아는 잠시 말을 멈추고 탁자를 내려다보았다. "제정신을 유지하기 위해서라도, 마음을 기울일 만한 목표활동을 시작하세요."

루네가 말했다. "우리 의무에 대해 직접 설명해주셨으면 좋겠는데요. 제가 읽은 내용은 말도 안 되게 단순해 보였어요."

"단순해요. 일단 익숙해지고 나면 즐겁기도 하지요. 여러분은 고용주에게, 또는 고용주가 지정하는 누군가에게 감싸이게될 겁니다. 여러분과 커뮤니티가 감싸인 상태에서 의사소통을할 수 있다면, 커뮤니티가 이해하지 못하거나 더 자세히 알고싶어하는 우리 문화의 어떤 측면에 대해 설명해달라거나 토론하자는 요구를 받을 수도 있습니다. 몇몇 커뮤니티는 우리의문학, 역사, 심지어는 뉴스까지 읽기도 합니다. 여러분은 풀어야 할 퍼즐을 받을 수도 있습니다. 감싸여 있지 않을 때 심부름을 하게 될 수도 있습니다. 물론 돌아다니면서 길을 찾을 수 있을 만큼 오래 지낸 후에요. 고용주는 여러분의 계약서를 다른 커뮤니티에 팔 수도 있고, 여러분을 다른 버블로 보낼 수도 있습니다. 다만 이 나라 밖으로는 보내지 않겠다고 동의했으며, 계약이 끝나면 모하비 버블을 통해 내보낸다는 조건에도 동의했습니다. 여러분이 일을 시작한 곳이니까요. 여러분은 상처를 입지 않을 겁니다. 생물학적인 실험은 없을 것이며, 포로들이 견뎌야 했던 불쾌한 사회 실험도 없을 겁니다. 여러분의 건강을 유지하기 위해 필요한 음식과 물, 주거지는 모두 주어질 겁니다. 여러분이 아프거나 다쳤을 때는 인간 의사를 요구할 권리가 있습니다. 현재 이곳 모하비에서는 인간 의사가 두 명 일한다고 알고 있습니다." 노아가 말을 멈추자 제임스 아디오가 발언했다.

"그래서 우리는 뭐가 되는 겁니까? 매춘부입니까, 애완동물입니까?"

테라 콜리어가 거의 흐느끼는 듯한 소리를 냈다.

노아는 웃음기 없는 미소를 지었다. "물론 둘 다 아닙니다. 하지만 언어를 배우지 않으면 둘 다처럼 느껴질 수도 있습니다. 우리는 흥미롭고 예기치 못한 존재지요." 노아는 잠시 사이를 두고 말했다. "우리는 마약입니다." 그녀는 지원자들을 지켜보고 루네 욘센은 이미 그 사실을 알고 있었음을 알아차렸다. 그리고 소렐 트렌트도 알고 있었다. 나머지 네 명은 볼 쾌해했고 확신하지 못했으며 충격을 받았다.

소렐 토렌트가 말했다. "그런 효과야말로 인류와 커뮤니티들이 서로에게 속해 있다는 증거예요. 우리는 함께 있을 운명이에요. 그들에겐 우리에게 가르쳐줄 게 정말 많아요."

모두가 그녀를 무시했다.

"그들은 우리에게 지성이 있음을 이해한다고 하셨잖아요." 미셸 오타가 말했다.

"물론 이해하고 있어요." 노아가 말했다. "하지만 그들에게 중요한 것은 그들이 우리의 지성을 어떻게 생각하느냐가 아니에요. 우리가 그들에게 어떤 쓸모가 있느냐지요. 그래서 우리에게 보수를 지급하는 거고요."

"우리는 매춘부가 아니에요!" 피에다드 루이스가 말했다. "아니라고요! 이 일에는 성적인 면이 없어요. 그럴 수 없다고요. 그리고 약물도 없어요. 당신이 직접 그렇게 말했잖아요!"

노아는 고개를 돌려 피에다드를 보았다. 피에다드는 남의 말을 별로 잘 듣지 않았고, 매춘과 마약 중독과 질병과 그 밖에 그녀가 꿈꾸는 가족을 가질 능력을 훼손하거나 훔쳐갈 모든 것을 무서워하면서 살았다. 피에다드의 두 언니는 이미 길거리에서 몸을 팔고 있었다. 피에다드는 커뮤니티들과 일하는 자리를 얻어서 언니들과 자기 자신을 구하고 싶어했다.

노아는 그 말에 동의했다. "성적인 면은 없지요. 우리 자체가 마약이에요. 커뮤니티들은 우리를 감싸면 기분이 좋아져요. 우리도 기분이 좋아지지요. 그 점만은 공평하다고 봐요. 그들 중에서 이 세계에 적응하기 힘들어하는 이들이 가끔씩 우리를 감쌀 수 있으면 차분해지고 훨씬 상태가 나아져요." 노아는 잠시 생각했다. "인간의 경우, 고양이를 쓰다듬으면 혈압이 낮아진다고 들었어요. 그들의 경우, 우리를 감싸안으면 진정이 되고 강렬한 생물학적 향수병이라고 할 만한 상태가 누그러들지요."

테라가 말했다. "그들에게 고양이를 팔아야겠네요. 계속 사고 싶도록, 중성화시킨 고양이로요."

"고양이와 개는 그들을 싫어합니다. 여러분이 한동안 버블 속에서 살다 나가면 고양이와 개가 여러분도 싫어할 거예요. 우리는 감지할 수 없는 어떤 냄새를 맡는 모양이지요. 여러분이 가까이 다가가면 개나 고양이는 공포에 질릴 거예요. 만지려고 하면 깨물거나 할퀴고요. 이런 효과는 한 달에서 두 달 정도 이어져요. 나는 밖에 나갈 때 보통 몇 달 동안 애완동물은 물론이고 가축도 피해요."

"감싸이는 행위가 벌레들이 기어오르는 느낌과 조금이라도 비슷한가요?" 피에다드가 물었다. "전 뭔가가 제 몸 위로 기는 느낌을 참을 수 없어요."

"당신이 겪어본 어떤 경험과도 비슷하지 않아요. 아프지도 않고, 끈적거리지도 않고, 어떤 식으로든 혐오스럽지도 않다는 점만은 말할 수 있어요. 감싸이는 행위에서 촉발되는 유일한 문제는 폐소공포예요. 여러분 중 누구든 폐소공포증이 있다는 사실이 밝혀졌다면, 지금쯤 탈락했을 겁니다. 폐소공포만 없다면, 그들이 우리를 필요로 하니 다행이지요. 달리 직업을 구할 길 없는 많은 사람들에게 일자리를 주니까요."

"그러니까 우리가 그들에게 특효약이란 말이죠?" 루네가 말하더니 웃었다.

노아도 마주 웃었다. "그래요. 그리고 그들에게는 약물의 역사가 없고, 약물에 대한 저항이 없으며, 도덕적인 문제도 없는 모양이에요. 갑작스럽게 코가 꿰인 거죠. 우리에게요."

제임스 아디오가 말했다. "당신에게는 이게 일종의 보복인가요, 통역사? 그들이 당신에게 한 짓 때문에 그들을 우리에게 연결하려는 건가요."

노아는 고개를 저었다. "보상도 보복도 아니에요. 아까 말한 대로, 일자리예요. 우리는 살아야 하고, 그들도 살아야 해요. 나에게 보복은 필요 없어요."

제임스 아디오는 엄숙한 얼굴로 한참 동안 노아를 보다가 말했다. "나라면 필요했을 거예요. 나에게는 필요해요. 내가 할 수는 없더라도 난 보복을 원합니다. 놈들은 우리를 침략했어요. 우리 것을 빼앗았단 말입니다."

"맙소사, 그렇죠. 사하라, 아타카마, 칼라하리, 모하비, 그리고 찾아낸 뜨겁고 건조한 사막을 모두 빼앗았지요. 영토만 말하자면 우리에게 필요한 땅은 거의 건드리지 않았어요."

"그래도 그들에게 그럴 권리는 없어요." 테라가 말했다. "그건 우리 땅이에요. 그들의 땅이 아니라."

"그들은 떠날 수 없어요." 노아가 말했다.

테라는 고개를 끄덕였다. "그럴지도 모르죠. 하지만 죽을 수는 있어요!"

노아는 그 말을 무시했다. "언젠가, 천년쯤 지나면 일부는 떠날지도 모르지요. 여러 세대를 거치며 동면하기도 하는 우주선을 만들어서 탈 거예요. 커뮤니티들 소수는 깨어 있는 채로 우주선의 기능을 유지하고, 다른 모두는 동면 비슷한 걸 하겠지요." 외계인들의 여행 습관을 지나치게 단순화한 말이었지만, 본질적으로는 사실이었다. "우리 중에서도 몇 명이 함께 가게 될지도 몰라요. 인류가 별을 향해 가게 될 한 가지 방법이겠지요."

소렐 트렌트가 동경하는 눈으로 말했다. "우리가 그들을 예우하면, 우리를 천국에 데려가줄지도 몰라요."

노아는 그 여자를 한 대 치고 싶은 충동을 억눌렀다. 그리고 다른 사람들에게 말했다. "이후 이 년의 시간은 당신이 어떻게 하느냐에 따라 쉬울 수도 어려울 수도 있습니다. 일단 게야서에 서명을 하면, 커뮤니티들은 여러분이 화를 낸다거나 미워한다거나 하는 이유로 보내주지 않을 거예요. 심지어는 여러분이 그들을 죽이려고 한다 해도요. 나도 그들을 죽일 수 있다고 생각하기는 하지만, 그건 살아 있는 것은 무엇이든 죽을 수 있다고 믿기 때문일 뿐입니다. 나는 죽은 커뮤니티를 본 적이 없어요. 여러분이 내부 혁명이라고 부를 만한 일을 겪은 커뮤니티는 본 적이 있지요. 그런 커뮤니티를 구성하는 독립체들은 흩어져서 다른 커뮤니티에 합류했어요. 그게 죽음인지, 재생산인지, 아니면 둘 다인지는 모르겠어요." 노아는 숨을 깊이 들이마셨다가 뱉었다. "커뮤니티들과 유창하게 대화를 나눌 수 있는 사람들이라 해도 그들의 생리작용은 잘 이해하지 못해요."

"마지막으로, 역사를 한 토막 얘기해주고 싶군요. 그게 끝나면 여러분을 안으로 안내해서 고용주들에게 소개할 거예요."

"그러면 우리 모두 받아들여주는 건가요?" 루네 욘센이 물었다.

"그렇지는 않을 거예요. 마지막 시험이 있어요. 안으로 들어가면 여러분은 각각 고용주 후보에게 감싸이게 될 거예요. 그 과정이 끝나면 몇 명은 계약서를 받을 것이고, 나머지는 와줘서 고맙다는 뜻의 사례금을 받을 거예요. 이렇게 멀리까지 와서 더 가지 못하는 사람에게 주는 돈이죠."

"감싸이는…… 일을 이렇게 빨리 겪을 줄은 몰랐습니다."
루네 욘센이 말했다. "해주실 조언이라도?"

"감싸임에 대해서요?" 노아는 고개를 저었다. "없어요. 이건 좋은 시험이에요. 여러분이 커뮤니티들을 견딜 수 있을지 알려주고, 그들도 여러분을 정말로 원하는지 알게 되지요."

피에다드 루이스가 말했다. "뭔가 이야기하려고 하셨죠. 역사 이야기요."

"그래요." 노아는 의자에 등을 기댔다. "널리 알려진 일은 아니에요. 학교에 다니는 동안 참고자료를 찾아보았지만 하나도 없더군요. 나를 억류한 군인과 외계인만 아는 것 같았어요. 외계인들이 나를 놓아주기 전에 말해줬고, 군인들은 그 일을 안다는 점 때문에 나에게 완벽한 지옥을 선사했지요."

"외계인들이 식민지를 건설하고 있다는 사실이 명확해졌을 때, 공동 핵공격이 있었던 모양이에요. 몇몇 나라의 군대가 그들이 착륙하기 전에 공중에서 타격을 가하려다가 실패한 사실은 모두가 알죠. 하지만 커뮤니티들이 버블을 건설한 후에 공격 시도가 다시 있었어요. 공격이 왔을 때 나는 이미 모하비 버블에 잡힌 포로였지요. 공격을 어떻게 막아냈는지는 전혀 모르지만, 이 점은 알아요. 나를 잡고 있던 군인들도 심문 과정에서 확인해줬어요. 버블을 향해 쏜 핵미사일은 단 한 기도 폭발하지 않았어요. 터져야 했지만 터지지 않았지요. 그리고 나중에, 발사된 미사일 가운데 정확히 절반이 되돌아왔어요. 손상되지 않고 기폭장치도 멀쩡한 상태로 워싱턴 DC 여기저기에 흩어져 있었어요. 백악관에도 있었고…… 하나는 대통령 집무실에서 발견되었지요. 국회의사당 안에도, 국방부 안에도 있었어요. 중국에서는 고비 버블에 쏜 미사일 절반이 북경 여기저기에서 발견되었어요. 런던과 파리는 사하라와 오스트레일리아에 쏜 미사일 절반을 돌려받았어요. 혼란과 공황, 격분이 일었지요. 그러나 그 사건이 일어난 후에 '침략자' '외계인'이라는 말은 우리의 '손님' '이웃'이 되었고 심지어는 '친구'가 되기 시작했어요."

"핵미사일 절반이…… 돌아왔다고요?" 피에다드 루이스가 속삭였다.

노아는 고개를 끄덕였다. "그래요, 절반요."

"나머지 절반은 어떻게 됐나요?"

"나머지 절반은 커뮤니티들이 아직 가지고 있는 모양이에요. 가져온 무기와 이곳에 오고 나서 만든 무기도 함께요."

정적이 내려앉았다. 여섯 명은 서로를 마주 보고, 노아를 보았다.

"짧고 조용한 전쟁이었고, 우리는 졌어요." 노아가 말했다.

테라 콜리어가 절망적인 얼굴로 노아를 보았다. "하지만…… 하지만 분명히 우리가 할 수 있는 일이 있을 거예요.

싸울 방법이 있을 거예요."

노아는 편안한 의자를 밀어내고 일어섰다. "나는 그렇게 생각하지 않아요. 여러분의 고용주들이 기다리고 있어요. 가볼까요?"

〈특사〉는 로스앨러모스에서 웬호리[*] 박사에게 일어난 일에서 영감을 받은 소설이다. 1990년대, 실제로 잘못을 저질렀다는 증거도 없이 한 사람의 직업과 자유를 빼앗고 명성을 망가뜨릴 수 있다는 사실에 내가 아직 충격을 받을 수 있던 시절의 일이다. 그때는 어떻게 이런 일이 만연할 수 있는지 알 수 없었다.

[*] 李文和, Wen Ho Lee. 대만계 미국인 과학자로 중국을 위해 기밀 정보를 훔쳤다는 혐의로 기소되었다. 후에 국가를 상대로 민사 소송을 제기하여 보상과 당시 재판관의 사과를 받았다.

마사의 책

The Book of Martha

"어렵지. 그렇지 않으냐?" 신은 지친 미소를 지으며 말했다. "너는 처음으로 진정 자유로운 상태다. 그보다 더 어려운 일이 있을 수 있을까?"

마사 베스는 주위를 둘러보았다. 신을 제외하고 보이는 것이라고는 끝없는 회색 공간뿐이었다. 마사는 두려움과 혼란 속에서 양손으로 넓적한 검은 얼굴을 가렸다. "깨어날 수 있다면 좋을 텐데." 그녀는 속삭였다.

신은 말이 없었다. 사람을 불안하게 만드는 뚜렷한 존재감 때문에 마사는 침묵 속에서도 질책을 받은 기분이 들었다. "여기가 어디죠?" 마사는 별로 알고 싶지 않았지만, 겨우 마흔세 살에 죽고 싶지는 않았지만 그래도 물었다. "제가 어디에 있는 거죠?"

"여기에 나와 함께 있지." 신이 말했다.

"정말로 여기에요? 집에 있는 침대에서 꿈을 꾸고 있는 게 아니라요? 정신병원에 갇혀 있는 것도 아니고요? 죽어서…… 영안실에 누워 있는 것도 아니고요?"

"여기에, 나와 함께 있다." 신은 부드럽게 말했다.

마사는 잠시 시간이 흐른 후에야 얼굴에서 손을 떼어내고 주위를 둘러싼 회색 공간과 신을 다시 볼 수 있었다. "여기가 천국일 리는 없어요. 여기에는 아무것도, 당신 말고는 아무것도 없네요."

"보이는 것이 그게 다냐?" 신이 물었다.

그 말은 마사에게 더 큰 혼란을 주었다. "제가 무엇을 보는지 모르세요?" 그녀는 물어보고 나서 얼른 목소리를 누그러뜨렸다. "모든 것을 다 아시는 게 아닌가요?"

신은 미소 지었다. "그래, 그런 짓은 오래전에 그만두었지. 그게 얼마나 지루한지 너는 상상도 못 할 거다."

마사의 두려움이 조금 가실 만큼 인간적인 말이었다. 그래도 여전히 엄청나게 혼란스러웠지만. 그녀는 컴퓨터 앞에 앉아 다섯 번째 소설의 그날 치 작업을 마무리하고 있었던 걸 기억했다. 그날따라 글이 잘 써졌고 작업을 즐기고 있었다. 삶의 낙으로 삼고 있는 달콤한 창작의 광기에 빠져 몇 시간 동안 새로운 이야기를 종이 위에 쏟아넣었다. 마침내 작업을 그만두고 컴퓨터를 끈 후에야 온몸이 뻣뻣하다는 사실을 깨달았다. 허리가 아팠다. 배고프고 목이 말랐다. 거의 아침 5시가 다 되었다. 밤새 글을 쓴 것이다. 여기저기 아프고 쑤셨지만 그녀는 즐거운 기분으로 일어서서 먹을 것을 찾으러 부엌으로 갔다.

그리고 다음 순간, 혼란스럽고 겁먹은 상태로 여기에 와 있었다. 그녀의 작고 무질서한 집이 주는 편안함은 사라졌고, 그녀는 마주친 순간 바로 신이라고…… 혹은 신일 수도 있을 만큼 강력한 누군가라고 믿게 된 이 놀라운 인물 앞에 서 있었다. 그는 마사에게 시킬 일이 있다고 했다. 마사와 나머지 인류에게 엄청난 의미가 있는 일을 말이다.

마사가 조금만 겁을 덜 먹었어도 웃음을 터뜨렸을 것이다. 만화책이나 형편없는 영화에서가 아니고서야 누가 그런 말을 한단 말인가?

그녀는 과감하게 물었다. "왜 사람의 두 배 정도로 크고, 턱수염을 기른 백인 남자처럼 보이시는 거죠?" 그녀는 거대한 옥좌 같은 의자에 앉아 있는 신의 모습이 이십 년 전 대학 시절 미술사 책에서 사진으로 본 미켈란젤로의 조각상 '모세'를 그대로 살려놓은 것 같다고 생각했다. 미켈란젤로의 모세보다 훨씬 제대로 갖춰 입었다는 점만 빼면 말이다. 신은 그녀가 그리스도의 그림에서 정말 자주 본, 목에서 발목까지 오는 길고 하얀 로브 같은 옷을 입고 있었다.

"너는 네 삶이 너에게 준비시킨 대로 본단다." 신이 말했다.

"전 여기에 정말로 무엇이 있는지 보고 싶어요."

"그래? 네가 보는 것은 너에게 달려 있다, 마사. 모든 것이 너에게 달려 있어."

마사는 한숨을 내쉬었다. "좀 앉아도 괜찮을까요?"

그러자 그녀는 앉아 있었다. 앉는 동작을 한 기억은 없었고, 분명히 조금 전까지만 해도 없었던 편안한 안락의자에 앉아 있는 자신을 발견했다. 또 이런 술수라니. 그녀는 화가 나서 생각했다. 주위의 회색 공간이나 옥좌에 앉은 거인, 그녀가 갑자기 여기에 나타난 것과 마찬가지로…… 모든 것이 그녀를 놀라게 하고 겁을 주려는 노력에 불과했다. 물론 그 술수는 통했다. 그녀는 놀랐고 심하게 겁을 먹었다. 그보다 더 나쁜 것은, 자신을 조종하는 그 거인이 싫었고, 그 점 때문에 더 겁이 났다는 사실이다. 분명히 신이 그녀를 벌할 테니까…….

마사는 두려움을 뚫고 말했다. "제게 시킬 일이 있다고 하셨죠." 그녀는 잠시 말을 멈추고 입술을 핥으면서 떨리는 목소리를 안정시키려고 노력했다. "무슨 일을 하길 원하시나요?"

신은 바로 대답하지 않았다. 즐거워 보이는 표정으로 그녀를 볼 뿐이었다. 전보다 더 불편해질 정도로 오랫동안.

"제가 무슨 일을 하길 원하세요?" 그녀는 좀 더 강해진 목소리로 다시 물었다.

신이 마침내 대답했다. "너에게 시킬 큰 일이 하나 있다. 그 일에 대해 말해주는 동안 네가 세 사람의 이름을 명심했으면 좋겠구나. 요나, 욥, 그리고 노아를 기억해라. 그들의 이야기를 지침으로 삼아라."

"알겠습니다." 그녀는 그저 신이 말을 멈췄기 때문에, 그리고 무엇인가 말해야 할 것 같아서 그렇게 말했다. "알겠어요."

어렸을 때 마사는 교회와 주일학교, 성경 수업과 여름성경학교에 다녔다. 자기도 어린아이에 불과했던 마사의 어머니는 어머니가 된다는 것에 대해 많이 알지 못했지만 자식이 '착하게' 자라기를 원했고, 그녀에게 '착하다'는 것은 '종교적'이라는 의미였다. 그 결과 마사는 성경에서 요나, 욥, 노아에 대해 어떻게 이야기했는지 아주 잘 알았다. 그 이야기를 문자 그대로의 진실이라기보다는 우화로 여겼지만, 어쨌든 내용은 다 기억했다. 신은 요나에게 니네베라는 도시에 가서 사람들에게 악행을 고치라고 말하라는 명령을 내렸다. 겁먹은 요나는 그 일과 신에게서 달아나려고 했지만, 신은 요나가 탄 배가 난파되어 거대한 물고기에게 먹히게 함으로써 도망칠 수 없다는 사실을 깨닫게 했다.

욥은 신과 악마 사이에 벌어진 내기 때문에 재산과 자식들과 건강을 잃는 고통을 당한, 장기말 중에서도 졸이었다. 그리고 신이 사탄에게 허락하여 행한 모든 고난을 겪고도 욥이 신

실험을 증명하자, 신은 욥에게 더 큰 부와 새로운 자식들과 건강으로 상을 내렸다.

노아에게는 방주를 지어서 가족과 다른 많은 짐승들을 구하라고 명령했다. 세상에 홍수를 내어 다른 모든 사람과 모든 생물을 죽이기로 결정했기 때문이다.

왜 성경 속 세 인물을 기억해야 하는 걸까? 그들이, 특히 욥과 그가 겪은 모든 고통이 그녀와 무슨 상관이 있기에?

"네가 할 일은 이렇다. 너는 인류가 탐욕스럽고, 잔인하고, 낭비 심한 청소년기에서 살아남도록 도울 것이다. 인류가 덜 파괴적이고, 더 평화롭고, 더 지속 가능한 생활 방식을 찾아내도록 도와라."

마사는 신을 빤히 보았다. 그리고 한참 만에 힘없이 말했다. "……뭐라고요?"

"네가 돕지 않으면 인류는 파멸할 것이다."

"인류를 파멸시키실 건가요…… 또요?" 그녀는 속삭였다.

"물론 그렇지 않다." 신은 짜증스럽다는 듯이 말했다. "인류는 자기들을 지탱하는 지구의 능력을 크게 변화시킴으로써 수십억 명을 파멸의 길로 몰고 가는 중이다. 그래서 도움이 필요하지. 그래서 네가 인류를 돕는 것이고."

"어떻게요?" 마사는 묻고 나서 고개를 저었다. "제가 뭘 할 수 있죠?"

"걱정 말거라. 또 사람들이 무시하거나 자기들 편리한 대로 비틀 수 있는 전언을 들려서 집에 보내지는 않을 테니까. 어차피 그러기에는 너무 늦었지." 신은 옥좌 위에서 앉은 자세를 바꾸더니 고개를 한쪽으로 기울이고 마사를 내려다보았다. "너는 내 힘을 일부 빌리게 될 거다. 그 힘을 써서 사람들이 서로 더 잘 대하고, 환경을 더 분별 있게 다루도록 만들어라. 사람들이 스스로 마련한 것보다 나은 생존의 기회를 주는 거야. 나는 너에게 힘을 빌려줄 것이고, 너는 이 일을 할 것이다." 신은 잠시 말을 멈췄지만, 이번에 마사는 할 말을 아무것도 생각해낼 수 없었다. 신은 잠시 후에 말을 이었다.

"그 일을 끝내고 나면 너는 돌아가서 다시 한 번 사람들 사이에서, 가장 낮은 위치에서 살게 될 것이다. 그것이 무슨 의미일지 결정할 사람은 너지만, 사회의 바닥 수준이나 가장 낮은 계급이나 카스트나 인종에 대한 너의 결정이 어떠하든 그것이 네 모습이 되리라."

이번에 신이 말을 멈췄을 때 마사는 웃고 말았다. 질문과 두려움과 쓴웃음에 휩싸이는 기분이었지만, 터져나온 것은 웃음이었다. 웃어야 했다. 웃음이 어떻게든 힘을 주었다.

"저는 밑바닥에서 태어났어요. 잘 알고 계실 텐데요."

신은 대답하지 않았다.

"물론 아시겠죠." 마사는 웃음을 멈추었고, 거의 울지 않을 수 있었다. 그녀는 일어서서 신에게 다가갔다. "어떻게 모르실 수가 있죠? 전 글을 제대로 읽지도 못하는 열네 살짜리 어머니 밑에서 가난한 흑인 여성으로 태어났어요. 성장 기간의 절반 정도는 집도 없는 신세였죠. 그 정도면 충분히 밑바닥 아닌가요? 전 바닥에서 태어났지만, 바닥에 머물지는 않았어요. 어머니도 바닥에 내버려두지 않았어요. 그리고 전 거기로 돌아가지 않을 거예요!"

여전히 신은 아무 말도 하지 않았다. 그저 미소만 지었다.

마사는 그 미소에 겁을 먹고, 자신이 소리를 지르고 있었음을…… 신에게 고함을 치고 있었음을 깨닫고 다시 주저앉았다. 그리고 잠시 후에 속삭였다. "그래서 이…… 이 일에 저를 고르셨나요? 제 출신 때문에?"

"너를 구성하는 모든 면과 너를 구성하지 않는 모든 면 때문에 골랐지. 훨씬 더 가난하고 더 억압받은 사람을 고를 수도 있었다. 내가 너를 고른 것은 이 일을 시키고 싶은 사람이 너였기 때문이야."

마사는 신의 목소리에 짜증이 배어 있는지 아닌지 판단할 수 없었다. 그렇게 거대하고, 그렇게 모호하고, 그렇게 불가능한 일을 하도록 선택된 것이 영광인지 아닌지도 판단할 수 없었다.

"제발 절 집에 보내주세요." 그녀는 속삭였다. 그리고 바로 자신이 부끄러워졌다. 불쌍하게 애걸하다니. 굴욕적이었다. 그렇지만 지금까지 그녀가 한 말 중에 가장 솔직한 말이기도 했다.

"질문은 자유롭게 해도 좋다." 신은 그녀의 애원을 아예 못 들은 척하며 말했다. "논증하고 생각하고 모든 인간 역사를 통틀어 나왔던 계획과 경고를 조사하는 것도 자유다. 아까 말한 대로, 너는 진정으로 자유롭다. 겁먹는 것조차 자유다. 하지만 장담컨대 너는 이 일을 할 것이다."

마사는 욥, 요나, 그리고 노아를 생각했다. 그리고 잠시 후에 고개를 끄덕였다.

"좋다." 신이 말하더니 일어서서 그녀에게 다가왔다. 키는 4미터에 가까웠고 사람 같지 않은 아름다움이 있었다. 그리고 말 그대로 빛이 났다. "함께 걷자꾸나."

그리고 갑자기, 신은 4미터짜리 남자가 아니었다. 마사는 신이 변하는 모습을 보지 못했지만, 이제 신은 그녀와 비슷하게 180센티미터에 조금 못 미치는 키였고 더는 빛이 나지도 않았다. 이제는 신과 눈높이가 비슷했다. 신은 그녀를 보았다. 그리고 무엇인가가 그녀의 마음을 어지럽히고 있음을 알고 물었다. "이젠 뭐지? 네가 보는 내 모습에 날개가 돋거나 눈부신 후광이라도 생겼나?"

마사는 대답했다. "후광이 사라졌어요. 그리고 작아지셨어요. 더 평범하게요."

"잘됐구나. 또 뭐가 보이지?"

"아무것도요. 회색만 보여요."

"바뀔 것이다."

매끈하고 단단하고 평평한 표면 위를 걷는 듯한 느낌이었지만, 아래를 내려다보니 발이 보이지 않았다. 마치 발목까지 올라오는, 땅바닥을 감싼 안개 속을 헤치고 걷는 것 같았다.

"우리가 어디를 걷고 있는 거죠?" 마사는 물었다.

"어디였으면 좋겠느냐? 인도? 모래사장? 흙길?"

"건강한 초록색 잔디 위요." 마사는 그렇게 말하자마자 짧은 녹색 풀밭 위를 걷고 있는 자신을 발견하고도 그다지 놀라지 않았다. "그리고 나무들이 있어야 해요." 그녀는 착상을 얻어서 말했고, 어느새 그 과정을 좋아하게 되었다. "햇빛이 있어야 해요. 파란 하늘에 구름이 몇 점 있고요. 5월이나 6월 초여야 해요."

그리고 그렇게 되었다. 마치 언제나 그랬던 듯했다. 그들은 거대한 도시 공원이라고 여길 만한 곳을 걷고 있었다.

마사는 눈을 크게 뜨고 신을 쳐다보았다. "그걸로 되는 건가요? 제가 사람들이 어쨌으면 좋겠다고 결정하고 그냥…… 그냥 말하면 사람들이 바뀌는 건가요?"

"그렇지." 신이 말했다.

그리고 마사는 고양된 상태에서 겁먹은 상태로 돌아갔다. 다시 한 번. "제가 뭔가 잘못 말하면, 실수를 하면요?"

"실수하겠지."

"하지만…… 사람들이 다칠 수도 있어요. 사람들이 죽을 수도 있어요."

신은 거대한 붉은색 노르웨이 단풍나무로 걸어가서 그 아래 놓인 긴 나무 벤치에 앉았다. 마사는 신이 그 오래된 나무와 편안해 보이는 벤치를 방금 전에 창조했음을 알았다. 알지만, 이번에도 너무나 매끄럽게 이루어져서 전혀 거슬리지가 않았다.

"정말 쉽군요. 당신께는 언제나 이렇게 쉽나요?"

신은 한숨을 내쉬었다. "언제나 그렇지."

마사는 생각했다. 신의 한숨을, 신이 그녀를 보는 대신 멀리 숲 속을 보았다는 사실을. 절대적으로 쉬운 영접이란 지옥의 또 다른 이름일 뿐일까? 아니면 그것은 그저 그녀가 이제까지 한 것 중 가장 신성모독적인 생각일 뿐일까? 그녀는 말했다. "전 사람들을 해치고 싶지 않아요. 우연이라고 해도요."

신은 숲에서 고개를 돌려 몇 초 동안 그녀를 바라보다가 말했다. "네가 아이를 한둘쯤 길러보았다면 더 나았을 텐데."

그러면 아이를 한둘 길러본 사람을 골랐어야지. 그녀는 화가 나서 생각했다. 그러나 그렇게 말할 용기는 없었다. 대신 그녀는 말했다. "제가 누군가를 해치거나 죽이지 않게 바로잡지 않으실 건가요? 그러니까, 저는 이런 일을 처음 하잖아요. 멍청한 짓을 해서 사람들을 없애버리고도 나중이 될 때까지 모를 수도 있잖아요."

"나는 네가 한 일을 고치지 않을 거다. 네게는 자유재량이 있다."

그녀는 신 옆에 앉았다. 앉아서 끝없는 공원을 바라보는 편이 서서 신을 마주하고 신을 화나게 할지도 모르는 질문들을 던지기보다 쉬웠기 때문이다. 그녀는 말했다. "왜 그게 제 일이어야 하죠? 왜 직접 하지 않으시나요? 당신께서는 방법을 아시잖아요. 실수하지 않고 하실 수 있잖아요. 왜 절 시키시죠? 전 아무것도 몰라요."

"맞는 말이로구나." 신은 말하고 나서 미소 지었다. "그래서란다."

그 말에 대해 생각하려니 점점 더 무서워졌다. "그럼 이게 당신께는 그저 게임인가요? 지루해서 저희들을 가지고 노시는 건가요?"

신은 그 질문을 생각해보는 듯했다. "나는 지루하지 않다." 어째서인지 그는 즐거워 보였다. "네가 만들 변화에 대해 생각해봐야 할 거야. 우리는 그 문제에 대해 이야기를 나눌 수 있다. 그냥 갑자기 선포할 필요는 없어."

그녀는 신을 쳐다보다가, 풀밭을 내려다보면서 생각을 정리하려 했다. "좋아요. 어떻게 시작하죠?"

"생각해보거라. 딱 한 가지만 변화시킬 수 있다면 뭘 바꾸고 싶은지. 한 가지의 중요한 변화를 생각해."

그녀는 다시 풀밭을 보고 이전에 쓴 소설들을 생각했다. 소설 속에서 인류가 단 한 가지 긍정적인 방식으로 변해야 한다면 어떻게 할까? 그녀는 잠시 후에 말했다. "음, 인구 증가는 다른 많은 문제를 더 악화시키고 있어요. 사람들이 자식을 딱 둘만 가질 수 있다면 어떨까요? 그러니까, 자식을 원하는 사람들이 얼마나 아이를 더 원하든, 더 많이 갖기 위해서 얼마나 많은 의료 기술을 이용하든 딱 둘만 가질 수 있다면요?"

"그러면 인구 문제가 가장 나쁜 문제라고 믿는 게냐?" 신이 물었다.

"그런 것 같아요. 사람이 너무 많아요. 이 문제를 해결한다면, 저희도 다른 문제를 해결할 시간이 더 생길 거예요. 그리고 저희들끼리는 해결할 수 없어요. 저희들 모두가 그 사실을 알지만, 어떤 사람들은 그 사실을 받아들이지 않을 거예요. 그리고 거대한 정부에서 아이를 몇 명 낳으라고 지시하는 건 아무도 원하지 않아요." 신을 흘긋 보았더니 정중하게 귀기울여 듣고 있는 듯했다. 그녀는 신이 어디까지 허용할지 궁금했다. 신은 무엇에 화를 낼까. 화가 나면 그녀에게 무슨 짓을 할까? "그러니까 모든 사람의 생식계가 두 아이를 낳고 나면 닫히는 거예요. 전과 마찬가지로 오래 살고, 특별히 아프지도 않아요. 그냥 아이만 더 가질 수 없는 거죠."

"사람들은 시도할 것이다. 피라미드와 대성당과 달을 향하는 로켓들을 짓는 데 들이던 노력은 불모의 전염병으로 보이는 증상을 끝내기 위해 들일 노력에 비하면 아무것도 아닐 테지. 자식들이 죽거나, 심각한 장애를 가진 사람들은 어떻게 하지? 첫 자식이 강간의 산물인 여성은 어떻게 할까? 대리모는? 자기도 모르는 사이에 아버지가 된 남자들은? 인간 복제는?"

마사는 분한 기분으로 신을 응시했다. "그래서 직접 하셔야 하는 거예요. 너무 복잡하니까요."

침묵.

"좋아요." 마사는 한숨을 내쉬고 포기했다. "알았어요. 사고가 일어나고 현대 의학의 도움이 있다 해도, 복제 같은 기술이 나온다 해도 두 아이라는 한계선이 지켜진다면 어때요. 어떻게 그게 가능하게 만들지 저는 모르지만, 당신은 아시겠죠."

"가능하게 만들 수 있지. 하지만 네가 만든 어떤 변화든 바로잡으러 돌아오지 못한다는 점을 명심해라. 사람들은 네 결정을 안고 살게 될 것이다. 아니면 이 경우에는, 그 결정을 안고 죽게 되겠지."

"아." 마사는 말했다. 그녀는 잠시 생각한 다음에 말했다. "아, 안 돼요."

"꽤 여러 세대 동안 이어지기는 하겠지. 하지만 인구는 내내 줄어들 거야. 결국에는 멸종하겠지. 언제나처럼 질병, 장애, 재난, 전쟁, 의도적인 비출산, 살인 속에서 사람들은 죽은 이들을 대체하지 못할 거야. 현재의 필요만이 아니라 미래의 필요도 생각하거라, 마사."

"전 미래도 생각한 줄 알았어요. 혹시 둘이 아니라 넷을 최대치로 만드는 건요?"

신은 고개를 저었다. "자유 의지와 도덕성의 결합은 흥미로운 실험이었지. 자유 의지란 무엇보다도 실수할 자유란다. 한 무리의 실수가 때로는 다른 실수를 취소시키기도 하지. 그렇게 해서 살아난 인간도 많지만, 실수에 의지할 수는 없어. 때로는 실수 때문에 사람들이 죽거나, 노예가 되거나, 땅이나 물, 기후가 너무 망가지거나 바뀌어버리는 바람에 고향에서 내몰리기도 하지. 자유 의지는 아무것도 보장하지 않지만, 유용한 도구가 될 수도 있다. 별 생각 없이 지워버리기에는 너무나 유용하지."

"제가 전쟁과 노예와 환경 파괴를 멈추길 바라시는 줄 알았는데요!" 마사는 조상들의 역사를 떠올리고 날카롭게 말했다. 어떻게 신이 그런 문제에 그렇게 무심할 수 있단 말인가?

신은 웃음을 터뜨렸다. 깜짝 놀랄 만한 소리였다. 깊고 풍성한 데다, 마사가 생각하기에는 부적절하게 행복한 웃음소리였다. 왜 이 주제가 신을 웃기는 걸까? 그는 정말 신일까? 아니면 사탄일까? 어머니의 노력에도 마사는 이제까지 신이나 사탄의 존재를 문자 그대로 믿을 수 없었다. 이제 그녀는 어떻게 생각해야 할지, 혹은 어떻게 행동해야 할지 알 수 없었다.

신은 평정을 찾고 고개를 설레설레 젓더니 마사를 보았다. "흠, 급할 것 없다. 노바가 무엇인지 아느냐, 마사?"

마사는 얼굴을 찌푸렸다. "그건…… 폭발하는 항성이죠." 그녀는 기꺼이 의심으로부터 생각을 돌렸다. 돌리고 싶었다.

"노바는 한 쌍의 별이지. 커다란 별, 거성과 작고 아주 밀도가 높은 왜성으로 이루어져 있단다. 왜성은 거성으로부터 물질을 끌어당기지. 시간이 지나면 왜성은 통제할 수 없을 만큼 많은 물질을 얻게 되고, 폭발한다. 꼭 스스로를 파괴하는 것은 아니지만, 어쨌든 넘치는 물질을 엄청나게 방출하지. 아주 밝고 격렬한 광경이야. 하지만 일단 잠잠해지고 나면 왜성은 또다시 거성에서 물질을 빼오기 시작한다. 이런 일이 되풀이되고 또 되풀이될 수 있지. 그게 노바야. 그걸 바꾸면, 두 별을 더 멀리 떼어놓는다거나 두 별의 밀도를 동일하게 만들면 그건 더 이상 노바가 아니지."

마사는 귀 기울여 들었고, 달갑지는 않지만 무슨 의미인지 알아들었다. "그러니까…… 인류가 바뀌면, 더는 인류가 아니라는 말씀이신가요?"

"그것만이 아니란다. 설령 그렇다 해도 네가 그렇게 하도록 허락하겠다는 말이다. 네가 인류가 어떻게 되어야 한다고 결정하는 대로 이루어질 것이다. 그러나 어떤 결정을 내리든, 거기에는 결과가 따르겠지. 네가 생식 능력을 제한한다면, 인류를 파멸시킬지도 모른다. 인류의 경쟁심이나 창의성을 제한한다면, 반드시 직면하게 될 많은 재앙과 도전에서 살아남을 능력 역시 파괴하는 결과를 낳을지도 모르지."

갈수록 태산이군. 마사는 그렇게 생각했고, 두려움에 정말로 속이 메슥거렸다. 그녀는 신에게서 고개를 돌리고 자기 몸을 끌어안았다. 갑자기 울음이 나오고 눈물이 줄줄 흘러내렸다. 그녀는 한동안 울다가 코를 훌쩍이고 두 손으로 얼굴을 닦았다. 달리 할 수 있는 일이 없었기에. "거절한다면 절 어떻게 하실 건가요?" 그녀는 욥과 요나를 생각하면서 물었다.

"아무것도." 신은 짜증난 것 같지도 않았다. "너는 거절하지 않을 거다."

"하지만 제가 거절한다면? 제가 정말로 해볼 만한 일을 생각해내지 못하면요?"

"그런 일은 일어나지 않을 거다. 하지만 어쨌든 그렇다면, 그리고 네가 부탁한다면, 집으로 보내주마. 어차피 이런 일을 하기 위해 무엇이든 내놓겠다는 인간이 수백만은 있으니."

그리고 그녀는 피뜩 그런 사람을 떠올렸다. 자기들이 싫어하고 두려워하는 계층을 기쁘게 없애버릴 사람, 또는 아무리 많은 고통을 초래한다 해도 상관하지 않고 거대한 독재국가를 세워서 모든 사람을 똑같은 틀에 밀어넣을 사람 말이다. 그리고 이 일을 재밋거리로 받아들일 사람, 선과 악이 대결을 펼치는 컴퓨터 게임 정도로 받아들이고 결과에는 아랑곳하지 않을 사람은 어떤가. 그런 사람들이 있었다. 마사는 그런 사람들을 알았다.

그러나 신은 그런 사람을 고르지 않을 것이다. 신이라면 말이다. 그런데 왜 그녀를 골랐을까? 그녀는 어른이 된 후 평생 동안 신이 실재한다고 믿지도 않았다. 신이든 아니든 간에 이 무섭도록 강력한 존재가 그녀를 고른 것을 보면, 더 나쁜 선택도 가능할지 몰랐다.

잠시 후에 그녀는 물었다. "노아가 정말로 있었나요?"

"전세계 홍수에 대처한 한 남자는 없지. 하지만 그보다 작은 재난들에 대처한 사람은 여러 명 있었다."

"당신께 몇 명은 구하고 나머지는 죽게 내버려두라는 명령을 받은 사람들 말인가요?"

"그래."

그녀는 몸을 부르르 떨고 다시 한 번 신을 외면했다. "그래서 어떻게 되었나요? 그 사람들이 미쳤나요?" 그녀도 자신의 목소리에 깃든 반감과 혐오감을 읽을 수 있었다.

신은 그 질문을 질문으로만 듣기로 했다. "몇 명은 광기에서, 몇 명은 술에서, 몇 명은 성적인 파격에서 도피처를 찾았지. 몇 명은 자살했고. 몇 명은 살아남아서 길고 생산적인 삶을 살았다."

마사는 고개를 절레절레 흔들고 입은 용케 다물었다.

"그런 짓은 이제 하지 않아." 신이 말했다.

그렇겠지. 이제는 다른 즐거움을 찾았으니 말이다. 마사는 그렇게 생각하고 물었다. "제가 얼마나 큰 변화를 만들어야 하죠? 어느 정도면 당신을 기쁘게 하고, 다른 사람을 데려와서 대체하는 일 없이 저를 돌려보내게 할 수 있을까요?"

"모르겠구나." 신은 말하고 미소 지었다. 그는 나무에 머리를 기댔다. "네가 무슨 일을 할지 모르니 말이다. 참 좋은 느낌이야. 알지 못하고 기대하는 기분."

"제게는 그렇지 않아요." 마사는 쓸쓸하게 말했다. 그리고 잠시 후에 달라진 목소리로 말했다. "제 관점에서는 확실히 아니죠. 저도 뭘 할지 모르니까요. 정말로 몰라요."

"너는 직업으로 소설을 쓰지. 인물과 상황, 문제와 해법을 만들어내. 내가 시킨 일은 그보다 단순하지 않으냐."

"하지만 제가 실제 사람들에게 간섭하길 원하시죠. 전 그러고 싶지 않아요. 제가 끔찍한 실수를 저지를까 봐 무서워요."

"질문을 하면 내가 답을 해주마. 물어보아라."

그녀는 묻고 싶지 않았다. 그러나 시간이 지나자 항복했다. "정확히 뭘 원하세요? 유토피아? 전 유토피아를 믿지 않거든요. 모든 사람이 만족하고, 모두 원하는 바를 얻는 사회를 구성하는 게 가능하다고 믿지 않아요."

"몇 분 이상은 무리겠지. 몇 분만 있으면 누군가가 이웃이 가진 물건을 갖고 싶다고 생각하거나, 이웃을 이런저런 형태의 노예로 만들고 싶어하거나, 이웃이 죽기를 바랄 테니까 말이다. 하지만 신경 쓰지 마라. 마사, 나는 너에게 유토피아를 만들라는 게 아니다. 네가 무엇을 찾아낼 수 있을지 보고 싶기는 하다만."

"그러면 저에게 뭘 하라는 건가요?"

"물론 인류를 도우라는 것이지. 너도 그러기를 원하지 않았느냐?"

"언제나 원했죠. 하지만 의미 있는 방식으로 도울 수 있었던 적은 없었어요. 기근, 전염병, 홍수, 화재, 탐욕, 노예화, 복수, 어리석고 어리석은 전쟁들⋯⋯."

"지금 너는 도울 수 있다. 물론 인류 자체를 끝내지 않고 그 모든 문제를 끝낼 수는 없다만, 문제를 일부 줄일 수는 있어. 전쟁이 줄고, 탐욕이 줄고, 환경을 더 깊이 생각하고 돌보고⋯⋯ 어떻게 하면 그런 결과를 낳을 수 있을까?"

그녀는 자기 손을 보고, 다시 신을 보았다. 신이 말하는 동안 어떤 생각이 떠올랐지만, 그 방법은 너무 단순하고도 너무 별나 보였고, 어쩌면 그녀 개인에게는 고통이 될지도 몰랐다. 그게 가능할까? 그렇게 해야 할까? 그렇게 되면 정말로 도움이 될까? 그녀는 물었다. "정말로 바벨탑 같은 것이 있었나요? 사람들이 갑자기 서로 이해하지 못하게 만드셨어요?"

신은 고개를 끄덕였다. "그 일 역시 이런저런 방법으로 여러 차례 일어났지."

"그래서 어떻게 하신 거죠? 사람들의 생각을 바꾸거나, 기억을 고치신 건가요?"

"그래, 둘 다 했지. 문자가 생기기 전에는 그저 물리적으로 사람들을 나누어 한 무리를 새로운 땅으로 보내거나, 한 무리에게 입 모양이 바뀌는 관습을 주면 그만이었다만. 예를 들면 성인식에 앞니를 뺀다거나 하는 식으로 말이다. 아니면 한 무리가 다른 무리가 귀하거나 성스럽다고 여기는 것을 강하게 혐오하도록 만든다거나……."

스스로도 놀랐지만, 마사는 신의 말을 끊었다. "사람들의…… 뭐라고 해야 하나, 두뇌 활동을 바꾸는 건요. 제가 그렇게 할 수 있나요?"

"흥미롭구나. 그리고 위험할 수도 있겠어. 하지만 네가 그렇게 하겠다고 결정을 내린다면 할 수 있다. 무엇을 염두에 두고 있느냐?"

"꿈이요. 사람들이 잠들 때마다 찾아오는 강력하고, 피할 수 없고, 현실적인 꿈."

"그러니까, 사람들이 꿈을 통해서 교훈을 받아야 한다는 뜻이냐?"

"그럴 수도 있겠죠. 하지만 사실은 어떻게든 사람들이 꿈속에서 많은 에너지를 써버려야 하는 상황을 생각하고 있어요. 꿈속에서 각자에게 가장 좋은 세상을 겪는 거예요. 그 꿈은 지금의 꿈보다 훨씬 현실적이고 강렬해야 해요. 제일 하고 싶은 일이 무엇이든 그 일에 대한 꿈을 꾸게 하고, 개인의 관심이 달라지면 꿈도 따라서 변하는 거죠. 사람들은 무엇에 관심을 쏟든, 무엇을 욕망하든 그것을 자면서 가질 수 있어요. 사실은 피할 수 없죠. 아무것도 그 꿈을 물리칠 수 없을 거예요. 약물로도, 수술로도, 무슨 수를 써도요. 그리고 그 꿈은 현실보다 훨씬 깊게, 더 속속들이 사람을 만족시켜야 해요. 그러니까 만족이, 꿈을 현실로 만들려고 시도하는 데 있지 않고 꿈속에 있는 거죠."

신은 미소 지었다. "왜지?"

"사람들에게 유일하게 가능한 유토피아를 주고 싶어요." 마사는 잠시 생각했다. "누구나 매일 밤 자기만의 완벽한 유토피아를 갖게 되겠죠. 아니면 완벽하지 않은 유토피아라도 말예요. 대립과 투쟁을 갈망한다면 그걸 얻게 되고, 평화와 사랑을 원한다면 그걸 얻게 되는 거예요. 사람들이 원하거나 필요로 하는 것은 무엇이든 찾아오죠. 사람들이 매일 밤…… 뭐랄까, 자기만의 천국에 가게 된다면, 깨어 있는 시간을 서로 정복하거나 파괴하려고 노력하는 데 쓸 마음이 사그라들지도 모른다고 생각해요." 그녀는 머뭇거렸다. "그렇지 않을까요?"

신은 여전히 미소 짓고 있었다. "그럴지도 모르지. 마약처럼 꿈에 빠져드는 사람이 있겠지. 꿈과 싸우려 드는 사람도 있겠고. 무엇을 하든 꿈만큼 중요하지 않다는 이유로 삶을 포기하고 죽는 사람도 있을 거야. 꿈을 즐기면서 익숙한 삶을 계속 이어나가려는 사람도 있겠지만, 그런 사람이라도 꿈이 다른 사람과의 관계에 간섭을 하겠지. 인류 전체는 어떨까? 모르겠구나." 신은 재미있는 듯 했다. 신이 나 보이기까지 했다. "처음에는 사람들을 지나치게 침체시킬지도 모르겠다. 사람들은 그러곤 하지. 익숙해질 수 있을지 궁금하구나."

마사는 고개를 끄덕였다. "꿈 때문에 침체되긴 할 거예요. 처음에는 대부분의 사람이 다른 것에 대한 흥미를 잃을 거라고 생각해요. 완전히 깨어 있는 상태로 하는 진짜 성행위도 포함해서요. 진짜 성교는 건강과 자아 양쪽 모두에 위험하죠. 꿈 속 성교는 환상적인 데다가 위험하지도 않을 테고요. 한동안은 아이들이 적게 태어날 거예요."

"그리고 살아남는 아이들도 줄어들겠지."

"뭐라고요?"

"분명히 꿈에 푹 빠져서 자식을 돌보지 않는 부모도 있을 테니 말이다. 아이를 사랑하고 기르는 것 역시 위험하고, 힘든 일이지."

"그런 일이 일어나서는 안 돼요. 자식을 돌보는 건 부모가 어떤 꿈을 꾼다 해도 정말로 하고 싶은 일이어야 해요. 수많은 아이들이 방치되는 사태를 일으키고 싶지는 않아요."

"그러니까 너는 사람들이, 어른이고 아이고 할 것 없이 소원이 이뤄지는 꿈으로 가득한 밤을 보내길 바라면서도, 부모는 어떻게든 아이 돌보기를 꿈보다 더 중요하게 여겨야 하고, 아이는 꿈에 유혹되어 부모와 멀어져서는 안 되며, 꿈을 꾸지 않았을 때처럼 부모 자식 간의 관계를 원해야 한다는 것이로구나?"

"가급적이면요." 마사는 그런 세상에 살면 어떨지 상상하며 얼굴을 찌푸렸다. 사람들이 그때도 책을 읽을까? 꿈만으로도 만족할 것 같았다. 그녀는 여전히 책을 쓸 수 있을까? 쓰고 싶을까? 평생 유일하게 좋아하던 직업을 잃으면 그녀는 어떻게 될까? "사람들이 여전히 가족과 일에 신경을 써야 해요. 꿈이 사람들의 자존감을 빼앗아가서는 안 돼요. 공원 벤치나 골목길에서 꿈만 꾸는 데 만족해서는 안 돼요. 전 그저 꿈이 모든 일을 조금 늦춰주길 바랄 뿐이에요. 말씀하셨듯이 공격성이 조금 줄고, 탐욕이 조금 줄어드는 거죠. 만족감은 다른 무엇보다 사람들을 느긋하게 만들어주는데, 이 만족이 매일 밤 찾아오는 거예요."

신은 고개를 끄덕였다. "그러면 결정된 거냐? 그렇게 되기를 원하느냐?"

"네. 그러니까, 그런 것 같아요."

"확실히?"

그녀는 일어서서 신을 내려다보았다. "이게 제가 해야 할 일인가요? 이게 통할까요? 제발 말씀해주세요."

"나는 정말로 모른단다. 알고 싶지도 않다. 어떻게 전개되는지 지켜보고 싶을 뿐이다. 알다시피 나는 전에도 꿈을 이용한 적이 있다만, 이런 식은 아니었지."

신이 즐거워하는 기색이 너무나 역력해서 마사는 모든 생각을 철회할 뻔했다. 신은 끔찍한 일들을 재미있어할 수 있는 듯했다. "생각해볼 시간을 주세요. 잠시 동안 혼자 있을 수 있을까요?"

신은 고개를 끄덕였다. "이야기를 하고 싶으면 큰 소리로 말하거라. 내가 너에게 가마."

그리고 그녀는 혼자였다. 그녀는 자기 집처럼 보이고 자기 집처럼 느껴지는 곳에 혼자 있었다. 워싱턴 주 시애틀에 있는 그녀의 작은 집. 그 집 거실에 있었다.

그녀는 생각 없이 등을 켜고 서서 책들을 보았다. 거실 벽 삼면이 책장이었다. 그녀의 책들이 익숙하게 정리되어 있었다. 그녀는 하나씩 하나씩 몇 권을 뽑았다. 역사, 의학, 종교, 예술, 범죄에 대한 책을. 그녀는 책을 펼쳐보고 실제로 그녀의 책임을 확인했다. 이런저런 장편소설이나 단편소설을 쓸 때 조사하면서 직접 그은 밑줄과 글씨가 그대로 있었다.

그녀는 정말로 집에 있다고 믿기 시작했다. 미켈란젤로의 모세 조각상처럼 생긴, 인류를 덜 자기 파괴적인 종으로 만들 방법을 찾아내라고 명령하는 신과 만나는 이상한 백일몽을 꾸었다고 말이다. 완벽하게, 심하게 진짜처럼 느껴지는 경험이었지만 그럴 리가 없었다. 너무 말이 안 되는 일이었다.

그녀는 창문으로 가서 커튼을 열었다. 그녀의 집은 언덕 위에 있었고 동쪽을 마주했다. 언덕 아래로 겨우 몇 블록 떨어진 곳에 아름다운 워싱턴 호수가 보인다는 점이 호사스러웠다.

하지만 지금, 호수는 없었다. 바깥은 아까 그녀가 존재하기를 소원했던 그 공원이었다. 창에서 20미터 정도 떨어진 곳에 거대한 붉은 노르웨이 단풍나무와 그녀가 앉아서 신과 이야기를 나누었던 벤치가 있었다.

벤치는 빈 채로 짙은 그늘 속에 잠겨 있었다. 밖이 어두워지고 있었다.

그녀는 커튼을 닫고 방 안을 밝히는 등을 보았다. 잠시 동안

이지만 이 환상특급* 같은 곳에서 등이 켜지고 전기를 쓰고 있다는 사실이 거슬렸다. 그녀의 집이 이곳으로 옮겨진 걸까, 아니면 복제된 걸까? 아니면 모두 다 복잡한 환각일까?

그녀는 한숨을 내쉬었다. 등은 작동했다. 그냥 받아들이는 편이 좋으리라. 방 안에 조명이 있었다. 방과 집이 있었다. 그게 다 어떻게 돌아가는지는 사소한 문제였다.

부엌에 가 보니 집에 두었던 식료품이 그대로 있었다. 등과 마찬가지로 냉장고와 전기스토브, 오븐도 작동했다. 그녀는 식사를 준비할 수 있었다. 적어도 최근에 마주친 다른 모든 것만큼이나 진짜인 식사일 것이다. 그리고 그녀는 배가 고팠다.

그녀는 찬장에서 작은 흰색 참치 통조림 하나와 딜 위드**와 카레 가루가 든 통을 꺼낸 다음 냉장고에서 빵, 양상추, 딜 피클, 골파, 마요네즈, 살사소스 덩어리를 꺼냈다. 참치 샐러드 샌드위치를 한두 개 만들 생각이었다. 그 생각을 하니 배가 더 고파졌다.

그때 다른 생각이 떠올랐고, 그녀는 큰 소리로 말했다. "질문 하나 해도 될까요?"

그리고 그들은 검고 흐릿한 나무가 경계선을 이루는 넓고 평평한 흙길을 함께 걷고 있었다. 밤이 내렸고, 나무들 아래에

* SF, 판타지, 호러 단막극으로 이루어진 옛 TV시리즈.
** 허브의 일종인 딜을 말린 것.

내린 어둠은 꿰뚫어볼 수 없었다. 오솔길만이 희미한 빛이 비치는 끈이 되었다. 별빛과 달빛이었다. 눈부신 황백색의 거대한 달이 떠 있었고, 어마어마한 별들의 지붕이 펼쳐졌다. 평생 그런 밤하늘은 몇 번 보지 못했다. 그녀는 언제나 조명 불빛과 스모그 때문에 제일 밝은 별만 보이는 도시에 살았다.

그녀는 몇 초 동안 위를 보다가 신을 보았고, 어째서인지 신이 이제는 흑인이고, 수염을 깨끗이 민 모습이라는 사실에도 놀라지 않았다. 신은 평범하게 현대식으로 흰 셔츠 위에 검은 스웨터를 걸치고 검은색 바지를 입은, 키가 크고 다부진 남자였다. 마사를 압도할 정도로 크지는 않았지만, 백인 신이 인간 크기로 보였을 때보다는 컸다. 흰 피부의 모세 같았던 신과는 조금도 닮지 않았으나, 그럼에도 같은 존재였다. 의심할 여지가 없었다.

"뭔가 다른 모습을 보고 있구나. 뭐지?" 신의 목소리마저 달랐다. 더 낮았다.

그녀가 무엇이 보이는지 말하자 신은 고개를 끄덕였다. "아마 어느 시점에는 나를 여자로 보기로 결정할 게다."

"제가 결정한 게 아니에요. 어차피 아무것도 진짜가 아니잖아요."

"이미 말했을 텐데, 모든 것이 진짜란다. 그저 네가 보는 대로가 아닐 뿐이지."

그녀는 어깨를 으쓱였다. 상관없었다. 그녀가 물어보고 싶어하는 질문에 비하면 말이다. "한 가지 생각이 떠올랐는데, 무서워졌어요. 그래서 부른 거예요. 전에도 물어본 셈이지만, 그때는 직접적인 대답을 주시지 않았죠. 대답을 들어야 할 것 같아요."

신은 기다렸다.

"저는 죽은 건가요?"

"물론 아니다." 신은 미소 지으며 말했다. "넌 여기에 있다."

"당신과 함께요." 그녀는 쓸쓸하게 말했다.

침묵.

"제가 무슨 일을 할지 결정하는 데 시간이 얼마나 걸리든 상관없나요?"

"이미 말했지만, 상관없다. 시간은 얼마든지 들이거라."

마사는 이상하다고 생각했다. 하긴, 모든 것이 이상하기는 했다. 그녀는 충동적으로 말했다. "참치 샐러드 샌드위치 드실 래요?"

"그래. 고맙구나."

그들은 그냥 집 안에 나타나지 않고 함께 집까지 걸어 돌아 갔다. 마사는 그 점에 감사했다. 안으로 들어간 그녀는 신이 거실에 앉아서 판타지 소설을 읽으며 미소 짓게 놓아두었다. 그녀는 최고의 참치 샐러드 샌드위치를 만드는 절차를 거쳤다. 어쩌면 공을 들이는 것이 중요할 수도 있었다. 그녀는 자기가 진짜 식사를 준비하고 있다는 사실이나, 신과 함께 식사를 하리라는 점을 잠시 동안 믿을 수가 없었다.

그럼에도 샌드위치는 맛있었다. 먹던 와중에 마사는 냉장고 안에 손님을 위해 탄산이 든 사과주스를 넣어두었음을 떠올렸다. 사과주스를 가지러 갔다가 거실로 돌아와 보니 신이 정말로 여자가 되어 있었다.

마사는 멈춰 서서 흠칫하고는 한숨을 내쉬었다. "이제는 여성으로 보이시네요. 사실은 저와 조금 닮아 보이세요. 자매같이요." 그녀는 지친 미소를 짓고 사과주스 잔을 건넸다.

신이 말했다. "이건 정말로 네가 하는 일이란다. 하지만 네 마음이 어지럽지만 않다면 상관없겠지."

"신경이 쓰이기는 해요. 만약 이게 제가 하는 일이라면, 왜 당신을 흑인 여성으로 보게 되기까지 이렇게 오래 걸린 거죠? 당신을 백인이나 흑인 남자로 보는 것보다 더 진실인 것도 아닌데요?"

"말했다시피, 너는 삶이 너를 준비시킨 대로 본단다." 신은 그녀를 바라보았고, 잠시 동안 마사는 거울 속을 들여다보는 듯한 느낌을 받았다.

마사는 시선을 피했다. "그 말씀을 믿어요. 저는 그저 제가 이미 태어나서 자라는 동안 갇혔던 정신적인 감옥에서 빠져나온 줄 알았어요. 인간 신이라든가, 백인 신이라든가, 남성 신 같은……."

"그것이 정말로 감옥이었다면 너는 아직도 그 안에 있을 테고, 나는 아직도 네가 처음 보았을 때 모습 그대로 보이겠지."

"그건 그렇네요. 감옥이 아니면 뭐라고 부르시겠어요?"

"오래된 습관이라고 하겠다. 습관은 그게 문제지. 쓸모가 없어져도 오랫동안 이어지는 경향이 있어."

마사는 한동안 조용히 있다가 마침내 말했다. "꿈에 대한 제 아이디어는 어떻게 생각하세요? 미래를 봐달라고 부탁드리는 게 아니에요. 그냥 결점을 찾아주세요. 구멍을요. 경고를 해주세요."

신은 의자 등받이에 머리를 기댔다. "글쎄, 심해지는 환경 문제가 전쟁을 유발할 가능성이 적어질 테고, 따라서 굶주림과 질병도 적어지겠지. 진짜 권력은 꿈속에서 손에 넣을 수 있는 방대하고 절대적인 권력보다 덜 만족스러울 테니, 이웃을 정복하거나 소수자를 몰살하려는 사람도 적어지겠지. 대체로 네 아이디어는 인류에게 전보다 많은 시간을 줄 것 같구나."

마사는 자기도 모르게 불안을 느꼈다. "뭘 할 시간이요?"

"조금은 성장할 시간. 아니면 최소한, 남아 있는 청소년기에서 살아남을 방법을 찾을 시간." 신은 미소 지었다. "자기 파괴적인 사람이 어떻게 청소년기에서 살아남고 어른이 될지 궁금해한 적이 얼마나 있었느냐? 그건 어느 한 인간만이 아니라 인류에게도 유효한 질문이란다."

"왜 꿈이 그 이상의 일은 하지 못하죠? 왜 자고 있을 때는 마음으로부터 바라는 바를 선사하고 깨어 있을 때는 성숙하도록 독려하지 못하나요? 종족의 성숙함이 어떤 것인지 잘은 모르지만요."

신은 혼잣말처럼 말했다. "쾌락으로 진을 빼면서, 쾌락이 전부가 아니라고 가르친다……."

"사람들은 이미 그 사실을 알아요."

"보통 성인기에 도달할 때쯤에는 그 사실을 알지. 하지만 그래도 상관하지 않는 경우가 다반사야. 나쁘지만 매력적인 지도자를 따르고, 즐겁지만 파괴적인 습관을 받아들이고, 다가오는 재앙을 무시하기란 너무나 쉽지. 재난은 일어나지 않을 수도 있고, 다른 사람들에게만 일어날 수도 있으니까. 청소년이란 그런 생각까지 포함하는 의미다."

"그 꿈들이 사람들이 깨어 있을 때 더 사려 깊어지도록 가르치거나…… 촉진하기라도 할 수 있을까요? 실제 결과에 대해 더 관심을 가질 수 있도록요."

"네가 바란다면 그런 식이 될 수 있지."

"전 그편이 좋아요. 사람들이 자면서 최대한 즐거움을 누리되, 깨어 있을 때는 전보다 훨씬 더 깨어 있고 의식했으면 좋겠어요. 거짓말과 사회적 압력, 자기기만은 훨씬 적게 허용하고요."

"그렇다고 사람들이 완벽해지지는 않을 거야, 마사."

마사는 자신이 중요한 무엇인가를 놓쳤고, 신이 그 점을 알고 재미있어하는 게 아닐까 하는 두려움에 일어서서 신을 내려다보았다. "하지만 이건 도움이 되겠죠? 해로움보다는 이로움이 더 많겠죠."

"그래, 아마 그럴 거다. 그리고 분명히 다른 영향도 미치겠지. 어떤 일이 일어날지는 나도 모른다만, 예상치 못한 작용도 피할 수 없어. 인류에게는 도무지 순조롭게 돌아가는 일이 없거든."

"그 점을 좋아하시지 않나요?"

"처음에는 그렇지 않았지. 인류는 내 것인데, 나는 그들을 알지 못했어. 그게 얼마나 이상한지 상상도 못 할 거야." 신은 고개를 저었다. "인류는 내 몸처럼 친숙했는데, 그러면서도 그렇지가 않았어."

"꿈을 꾸게 해주세요." 마사가 말했다.

"확실한 거냐?"

"그렇게 이루어지게 하세요."

"그렇다면 집에 갈 준비가 되었구나."

"네."

신은 일어서서 그녀를 마주했다. "너는 가고 싶어하는구나. 왜지?"

"전 당신처럼 이런 일이 재미있다고 여기지 않으니까요. 저는 당신의 방식이 무서우니까요."

신은 웃음을 터뜨렸다. 이번에는 조금 덜 불안해지는 웃음이었다. "아니, 그렇지 않다. 너도 나의 방식이 좋아졌을걸."

마사는 잠시 후에 고개를 끄덕였다. "맞아요. 처음에는 무서웠지만, 이제는 무섭지 않아요. 익숙해졌죠. 여기 잠시 머문 사이에 익숙해졌고, 조금은 좋아졌어요. 사실은 그 점이 무서워요."

거울상처럼 신도 고개를 끄덕였다. "알겠지만, 너는 여기에 남을 수 있단다. 너에게는 시간이 전혀 흐르지 않을 거야. 지금도 시간은 흐르지 않는다."

"왜 시간에 대해 신경 쓰지 않으시나 했어요."

"너는 네가 기억하는 생활로 돌아갈 것이다, 처음에는. 그러나 곧 다른 생계 수단을 찾아야 하겠지. 네 나이에 다시 시작하기란 쉽지 않을 거야."

마사는 벽을 두른 깔끔한 책장을 응시했다. "독서는 해를 입겠죠? 어쨌든 즐거움을 위한 독서는요."

"그렇겠지. 어쨌든 한동안은. 사람들은 정보와 생각을 얻기 위해 책을 읽을 테지만, 자기만의 환상을 창조하겠지. 결정을 내리기 전에 그 점을 생각했느냐?"

마사는 한숨을 내쉬었다. "네, 생각했어요." 그녀는 잠시 후에 덧붙였다. "집에 가고 싶어요."

"여기에 왔던 일을 기억하고 싶으냐?" 신이 물었다.

"아니요." 그녀는 충동적으로 걸어가서 신을 끌어안았다. 꼭 끌어안고, 마사 자신의 옷장에서 꺼낸 것처럼 보이는 청바지와 검은색 티셔츠 아래에 있는 친숙한 여성의 몸을 느꼈다. 마사는 어째서인지, 그 모든 일에도 불구하고 자신이 이 유혹적이고 어린아이 같은 데다 무척이나 위험한 존재를 좋아하게 되었음을 깨달았다. 그녀는 되풀이해서 말했다. "아니요. 전 그 꿈들이 일으킬 수 있는 의도하지 않은 피해가 겁나요."

"길게 보면 해보다는 도움이 더 많이 될 게 거의 확실하다 해도?" 신이 물었다.

"그렇다고 해도요. 제가 사람들에게 해를 끼쳤을 뿐 아니라, 제가 평생 동안 좋아한 유일한 직업을 끝장낸 사람이라는 사실을 감당하지 못하는 때가 올까 겁이 나요. 그 모든 것을 알았다가 언젠가 미쳐버릴까 겁이 나요." 그녀는 신에게서 몸을 떼어냈고, 신은 희미해지고 투명해지고, 더 투명해지는 듯하다가, 사라졌다.

"전 잊고 싶어요." 마사는 말했다. 그리고 그녀는 거실에 혼자 서서 멍하니 열린 커튼 사이 창밖으로 보이는 워싱턴 호수

표면과 그 위에 깔린 안개를 보고 있었다. 그녀는 방금 한 말에 대해 생각하고, 도대체 자신이 무엇을 그렇게 절실히 잊고 싶어했는지 의아해졌다.

〈마사의 책〉은 나의 유토피아 이야기이다. 나는 대부분의 유토피아 이야기를 좋아하지 않는데, 조금도 믿지 않기 때문이다. 내 유토피아는 다른 누군가의 지옥일 수밖에 없지 않은가. 그래서, 당연하게도 나는 신이 불쌍한 마사에게 제대로 돌아가는 유토피아를 생각해내라고 시키게 했다. 내밀하고 개인적인 꿈속이 아니라면 달리 어디에서 유토피아가 가능하겠는가?

에세이

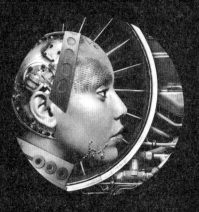

긍정적인 집착

Positive Obsession

1

우리 어머니는 잠들기 전에 이야기책을 읽어주다가 내가 여섯 살이 되자 갑자기 그만두셨다. 기습 공격이었다. 내가 그 이야기들을 정말로 좋아하게 되자마자 "책 여기 있다. 이제 네가 읽어라"라고 하셨으니 말이다. 어머니는 그것이 우리 둘을 어디로 몰고 갈지 알지 못했다.

2

열 살 때, 어느 날 어머니가 말했다. "내 생각에 누구나 다른 어떤 일보다 잘할 수 있는 일이 있어. 그게 어떤 일인지 찾아내는 건 자기 자신에게 달렸지."

우리는 부엌 스토브 옆에 있었다. 내가 누군가가 버린 공책 위로 고개를 숙이고 글을 쓰는 동안 어머니는 내 곱슬머리를 눌러 펴고 있었다. 나는 몇 년 동안 나에게 들려주던 이야기 가운데 몇 개를 적어보기로 한 참이었다. 나는 읽을 이야기가 없어지자 이야기를 만들어내는 법을 익혔고, 이제 그 이야기를 적는 법을 익히는 중이었다.

3

나는 수줍음이 많았고, 대부분의 사람과 대부분의 상황을 두려워했다. 나는 끊임없이 이런저런 것들이 어떻게 나를 해칠 수 있는지 자문하거나, 아니면 그것들이 나를 해칠 수 있는지 없는지라도 묻곤 했다. 나는 그저 무서웠다.

처음으로 서점에 들어갔을 때도 정체 모를 두려움이 가득했다. 나는 잔돈으로 거의 5달러 정도를 모아두었다. 1957년이었다. 5달러는 열 살짜리에게 많은 돈이었다. 도서관은 여섯 살 때부터 나의 두 번째 집이었고, 나에게는 직접 쓴 책도 몇 권 있었다. 하지만 나는 새 책을 원했다. 내가 고른 책, 내가 간직할 수 있는 책.

"아이들도 들어가도 되나요?" 일단 안으로 들어간 나는 현금인출기 앞에 있는 여자에게 물었다. 사실은 흑인 아이들도 들어가도 되느냐는 뜻이었다. 루이지애나 시골에서 태어나 엄격한 인종차별 속에서 자란 이미니는, 아무리 캘리포니아라고 해도 모든 곳에서 나를 환영하지는 않을 수 있다고 경고하면서 키우셨다.

출납원은 나를 슬쩍 보고 말했다. "물론 들어와도 되지." 그러고는 나중에 생각난 것처럼 미소를 지었다. 나는 긴장을 풀었다.

내가 산 첫 번째 책은 말의 품종별 특징에 대해, 두 번째 책은 항성과 행성, 소행성, 위성과 혜성에 대해 다뤘다.

4

이모와 나는 이모네 부엌에서 이야기를 나누고 있었다. 이모는 맛있는 냄새가 나는 요리를 하고, 나는 식탁에 앉아 그 모습을 보고 있었다. 호사였다. 집에서라면 어머니가 요리를 거들게 했을 것이다.

"크면 작가가 되고 싶어요." 내가 말했다.

"그러니? 흠, 그거 좋구나. 하지만 직업도 구해야 할 거야."

"글을 쓰는 게 제 직업이 될 거예요."

"글은 언제든 쓸 수 있어. 좋은 취미지. 하지만 밥벌이도 해야지."

"작가로 벌죠."

"바보 같은 생각 말아라."

"진심이에요."

"얘야…… 검둥이는 작가가 될 수 없어."

"왜요?"

"그냥 안 돼."

"아니에요, 될 수 있어요!"

나는 내가 무슨 소리를 하는지 모를 때 제일 단호했다. 열세 살이 되도록 읽은 인쇄물 중에 흑인이 썼다는 글은 단 하나도 없었다. 이모는 어른이었다. 나보다 많이 알았다. 이모가 옳다면 어떻게 하지?

5

수줍음은 최악이다.

수줍음은 귀엽지도 여성스럽지도 매력적이지도 않다. 수줍음은 고문이고, 최악이다.

나는 유년기와 청소년기의 상당 시간을 땅바닥을 보면서 지냈다. 내가 지리학자가 되지 않은 게 놀랍다. 나는 속삭이듯이 말했다. 사람들은 언제나 "크게 말해! 안 들려"라고 했다.

나는 학교에서 내준 숙제와 시를 다 외워놓고도 암송해야 할 때는 울어버렸다. 어떤 선생님은 내가 공부를 하지 않는다고 비난했다. 어떤 선생님은 내가 별로 똑똑하지 않다는 이유로 용서했다. 수줍음을 알아보는 선생님은 몇 명뿐이었다.

"애가 니무 모자라." 친척 중 누군가는 그렇게 말했다.

"참 착하고 조용한 애야." 어머니의 요령 좋은 친구들은 그렇게 말했다.

나는 내가 못생겼고 멍청하고 어설프며 사회적으로 가망이 없다고 믿었다. 또 사람들의 관심을 끌면 모두가 이런 결점을 알아보리라 생각했다. 나는 사라지고 싶었다. 그러나 나는 180센티미터가 넘게 자랐다. 사내아이들은 내가 일부러 그렇게 자랐으니 최대한 자주 그 점을 놀려야 한다고 생각하는 듯했다.

나는 커다란 분홍색 공책 속에 숨었다. 두꺼운 공책이었다. 그 속에 나만의 우주를 만들었다. 그곳에서 나는 마법의 말이 될 수도, 화성인이 될 수도, 텔레파시 능력자가 될 수도 있었다…… 그곳에서 나는 여기만 빼고 어디에든 있을 수 있었고, 지금만 빼고 어느 시간에나 있을 수 있었으며, 이 사람들만 빼고 누구와도 있을 수 있었다.

6

어머니는 낮 시간에 일했다. 어머니에게는 고용주들이 버리는 책은 무엇이든 집으로 가져오는 습관이 있었다. 어머니는 학교를 삼 년밖에 다니지 못했고 그다음에는 일을 해야 했다. 맏딸이었기 때문이다. 어머니는 책과 교육의 힘을 열렬히 믿었다. 어머니는 내가 당신이 가질 수 없었던 것들을 갖기를 원했다. 어머니는 내가 어떤 책을 이용할 수 있을지 몰랐기에 쓰레기 속에서 찾아낸 책은 무엇이든 가져왔다. 나는 세월에 누렇게 바랜 책들, 표지가 떨어져나간 책들, 누군가가 글씨를 쓰고 크레용으로 색칠하고 낙서를 하고 자르고 찢고 심지어는 살짝 태운 책까지 가지고 있었다. 나는 그 책들을 나무 상자와 중고 책장에 쌓아두었다가 읽을 준비가 되면 읽었다. 어떤 책은 손에 들어왔을 때 내 수준보다 몇 년 앞서 있었지만, 나는 그 책에 맞춰 성장했다.

7

나의 낡은 랜덤하우스 사전에 따르면, 집착이란 '끈질기게 이어지는 생각, 형상, 욕망 등이 사람의 생각이나 감정을 지배하는 일'이다. 긍정적인 집착이라면 집착도 쓸모 있는 도구가 될 수 있다. 집착의 이용은 조심스럽게 활을 겨누는 것과 비슷하다.

나는 고등학교 때 활쏘기를 배웠는데, 팀 운동이 아니라서였다. 몇 가지 팀 운동은 좋아했지만, 활쏘기는 자기 노력만으로 잘할 수도 못할 수도 있었다. 누구도 비난할 수 없었다. 나는 내가 무엇을 할 수 있는지 알고 싶었다. 나는 목표를 높게 겨누라고 배웠다. 과녁 위를 겨누라고. 바로 거기를 겨눠! 긴장을 풀어. 시위를 놔. 제대로 겨냥했다면 정중앙을 맞힐 거야.

나는 긍정적인 집착이야말로 스스로 선택한 과녁에 나 자신과 내 삶을 겨누는 방법이라고 생각했다. 원하는 바를 정하라. 높이 겨냥하라. 날아가라.

나는 소설을 팔고 싶었다. 타자기 치는 방법을 알기도 전부터 글을 팔고 싶어했다.

나는 어머니가 사주신 레밍턴 휴대용 타자기에 독수리 타법으로 글을 썼다. 열 살 때 타자기를 사달라고 매달렸고, 어머니는 사주셨다.

"애 버릇 망치겠어!" 어머니의 친구 한 분은 이렇게 말했다. "저 나이에 타자기가 왜 필요하다니? 곧 옷장에 들어가서 먼지만 쌓일걸. 돈만 버린 거야!"

나는 과학 교사였던 패프 선생님에게 내가 쓴 소설 하나를 대신 타자해달라고 부탁했다. 종이에 구멍이 나지도 않고 글자가 겹치지도 않게 쳐달라고 말이다. 선생님은 그렇게 해주셨다. 심지어 내 형편없는 철자와 구두점을 바로잡기까지 해주셨다. 지금까지도 그 일을 생각하면 놀랍고 고맙다.

8

나는 출판사에 글을 보내는 방법을 전혀 몰랐다. 어리석게도 도서관에서 글쓰기에 대한 쓸모없는 책들만 뒤졌다. 그러다가 버려진 〈작가〉지 한 부를 발견했다. 한 번도 들어본 적

없는 잡지였다. 그 잡지를 본 나는 다른 호를 더 찾으러, 그리고 다른 잡지들을 더 찾으러 도서관으로 돌아갔다. 그런 잡지에서 무엇을 배울 수 있는지 알기 위해서였다. 나는 금세 소설을 어떻게 보내는지 알아냈고, 내 소설은 바로 우체통에 들어갔다. 몇 주 후에 나는 첫 번째 거절 통보를 받았다.

나이가 더 들어서 나는 거절 통보를 받는 것은 당신 자식이 못생겼다는 말을 듣는 것과 비슷하다는 결론을 내렸다. 화가 나고 한 마디도 믿을 수 없는 것이다. 게다가 세상에 출판되어 멀쩡하게 나가고 있는 그 모든 못생긴 아이들을 보라!

9

나는 인쇄된 거절 통보를 모으면서 십대와 이십대 시절의 상당 기간을 보냈다. 초기에 어머니는 61.2달러를 잃기도 했다. 소위 에이전트라는 사람이 미출간 단편을 읽어보는 대가로 요구한 비용이었다. 에이전트는 미리 돈을 받는 게 아니라고, 작품을 팔기 전에는 돈을 받는 게 아니라고 우리에게 말해준 사람이 없어서였다. 에이전트는 작품을 팔고 나서 그 값의 10퍼센트를 받게 되어 있었다. 무지의 대가는 비싸다. 당시 61.2달러는 어머니가 한 달 치 집세로 내는 돈보다 많았다.

10

나는 친구와 지인들에게 작품을 읽어달라고 졸랐고, 그들은 내 글을 좋아하는 것 같았다. 교사들은 내 글을 읽고 친절하지만 도움이 되지 않는 말들을 해줬다. 내가 다닌 고등학교에는 창작 수업이 없었고, 쓸모 있는 비평도 없었다. 단과대학에서 (그 당시 캘리포니아에서 고등학교 졸업 후에 가는 이 년제 단과학부는 거의 무료였다) 나는 동화를 쓰는 나이 많은 여자분이 가르치는 수업을 들었다. 그분은 내가 계속 써내는 SF와 판타지에 대해 정중한 태도를 보였지만, 결국에는 화가 나서 이렇게 물었다. "정상적인 글은 쓸 수 없나요?"

학교 전체를 대상으로 한 공모전이 열렸다. 모든 원고는 익명으로 제출해야 했다. 내 단편소설이 일등이었다. 나는 열여덟 살 신입생이었고, 더 나이 많고 경험 많은 사람들과의 경쟁에서 이겼다. 아름다운 일이었다. 그때 받은 15달러의 상금이 내가 글을 써서 처음으로 번 돈이었다.

11

단과대학을 졸업한 나는 한동안 사무실에서 일하다가, 공장과 창고에 일자리를 얻었다. 내 몸집과 힘은 공장과 창고에서 장점으로 작용했다. 그리고 그런 곳에서는 아무도 내가 즐겁게 지내는 척하며 웃기를 기대하지 않았다.

나는 새벽 2, 3시에 일어나 글을 썼다. 그러고는 일을 하러 갔다. 나는 그게 싫었고, 말없이 고통을 감내하는 재능을 타고 나지도 못했다. 투덜거리고 불평하다가 일을 그만두고 새 일을 찾으면서 거절 통보를 더 모았다. 어느 날 나는 넌더리를 내며 거절 통보를 다 내다버렸다. 그런 쓸모없고 고통스러운 물건을 왜 간직한단 말인가?

12

미국 문화의 현실과 상충하는 마음 아픈 불문율이 하나 있는 것 같다. 당신이 흑인으로서, 흑인 여성으로서 정말로 열등할 수도 있지 않으냐는 의심을 가져서는 안 된다는 불문율이다. 충분히 똑똑하지 않을지도, 충분히 빠르지 않을지도 모른다고, 당신이 원하는 일을 할 만큼 뛰어나지 못할지도 모른다고 의심해선 안 된다…… 그러나 물론 당신은 의심할 것이다. 당신은 당신이 누구 못지않게 뛰어나다는 사실을 알아야 한다. 그리고 그 사실을 모른다 해도 그 점을 인정하지 말아야 한다. 근처에 있는 누군가가 그런 사실을 인정하면, 얼른 그들의 자신감을 북돋아서 입을 다물게 해야 한다. 난감한 대화가 되겠지만 말이다. 다부지고 자신감 있게 행동하고, 자신의 의심에 대해서는 말하지 말라. 의심을 상대해본 적이 없다면 영영 의심을 없애지 못할지도 모르지만, 상관없다. 모두를 속여

라. 자기 자신까지 속여라.

나는 나 자신을 속일 수 없었다. 나는 내 의심에 대해 많이 말하고 다니지 않았다. 나는 조급한 위로와 칭찬을 바라지 않았다. 하지만 생각을 많이 했다. 같은 생각을 하고 또 했다.

그런데 내가 누구란 말인가? 내가 글을 통해 하는 말에 왜 누가 관심을 기울여야 하나? 나에게 할 말이 있기는 한가? 맙소사, 나는 SF와 판타지소설을 쓰고 있었다. 당시 직업으로 SF를 쓰는 작가는 거의 백인 남자였다. 아무리 SF와 판타지를 사랑한다 해도, 내가 대체 무엇을 하고 있는 걸까?

글쎄, 어쨌든 그만둘 수 없었다. 긍정적인 집착이란 두렵다거나 의심이 가득하다는 이유만으로 멈출 수 없다는 뜻이다. 긍정적인 집착은 위험하다. 그것은 아예 멈출 수 없다는 뜻이다.

13

마침내 처음으로 단편소설 두 편을 팔았을 때 나는 스물세 살이었다. 두 편 다 내가 참여하고 있던 SF 작가 워크숍 '클라리온'의 강사인, 작가이자 편집자들에게 팔았다. 한 편은 결국 출판이 되었지만 다른 한 편은 아니었다. 그리고 이후 오 년 동안 나는 한 줄도 팔지 못했다. 그러다가 마침내 첫 장편을 팔았다. 아무도 글을 파는 데 그렇게 오래 걸린다고 말해주지 않아서 천만다행이었다. 아마 누가 말했어도 믿지 않았겠지만 말이다. 나는 그 후로 장편을 여덟 권 팔았다. 작년 크리스마스에는 어머니의 집 대출금을 갚았다.

14

그러니까, 나는 생계를 위해 SF와 판타지를 쓴다. 내가 아는한 아직도 내가 이 일을 하는 유일한 흑인 여성이다. 조금씩대중 강연을 하기 시작했을 때, 제일 자주 듣는 질문은 'SF가흑인들에게 무슨 쓸모가 있습니까?'였다. 보통 그런 질문을 하는 사람은 흑인이었다. 나는 스스로 만족스럽지 않았으니 질문자도 만족시키지 못했을 대답을 주워섬겼다. 나는 그 질문에 화가 났다. 왜 내가 내 직업을 정당화해야 한단 말인가?

하지만 질문에 대한 답은 명백했다. 내가 첫 번째 장편을 팔았을 때 성공적으로 일하던 흑인 SF 작가는 단 한 명, 새뮤얼R. 딜레이니 주니어뿐이었다. 지금은 네 명이 있다. 딜레이니,스티븐 반스, 찰스 R. 손더스, 그리고 나. 너무 적다. 왜일까?관심이 없어서? 자신감이 없어서? 언젠가 어떤 젊은 흑인 여성이 나에게 물었다. "전 언제나 SF를 쓰고 싶었지만, SF를 쓰는 흑인 여자가 있을 것 같지 않았어요." 의심은 온갖 방식으로 스스로를 드러낸다. 그러나 아직도 나는 SF가 흑인에게 무슨 쓸모가 있느냐는 질문을 받는다.

어떤 종류의 문학이든 흑인에게 무슨 쓸모가 있을까?

과거, 미래, 현재에 대한 SF의 사고가 무슨 쓸모가 있을까? 대안적인 사고와 행동을 경고하거나 고려하는 SF의 경향은 무슨 쓸모가 있을까? 과학과 기술, 혹은 사회 조직과 정치 방향이 미칠 수 있는 영향에 대한 SF의 탐구는 무슨 쓸모가 있을까? 기껏해야 SF는 상상력과 창조력을 자극할 뿐이다. SF는 독자와 작가를 다져진 길 밖으로, '모두'가 말하고 행하고 생각하는 좁고 좁은 오솔길 밖으로 끌어낸다. 지금 그 '모두'가 누구든 간에 말이다.

그래서 이 모든 것이 흑인에게 무슨 쓸모가 있을까?

이 자전적인 글은 원래 〈에센스〉지에 '작가의 탄생Birth of a Writer'이라는 제목으로 실렸다. 나는 〈에센스〉에서 지은 제목을 좋아하지 않았다. 내가 붙인 제목은 '긍정적인 집착'이었다.

내 삶은 읽기와 쓰기로 채워져 있고 다른 게 별로 없기 때문에, 글로 쓰기에는 너무 따분하다는 말을 자주 했다. 아직도 그렇게 느낀다. 이 글을 쓴 것은 기쁘지만, 쓰면서 즐겁지는 않았다. 나의 가장 좋은 부분이자 가장 흥미로운 부분이 내 소설이라는 사실에는 의심할 여지가 없다.

푸로르 스크리벤디*

Furor Scribendi

출판을 위해 글을 쓴다는 것은 평생 가장 쉬운 일일 수도, 가장 힘든 일일 수도 있다. 규칙을 배우는 것은(그것을 규칙이라고 부를 수 있다면) 쉬운 부분이다. 그 규칙들을 따르고, 몸에 밴 습관으로 바꾸는 것은 끝나지 않는 싸움이다. 규칙은 다음과 같다.

1. 읽어라. 글쓰기의 기술, 요령, 실무에 대해 읽어라. 당신이 쓰고 싶은 종류의 작품을 읽어라. 훌륭한 문학과 형편없는 문학, 소설과 논픽션을 읽어라. 매일 읽고 당신이 읽는 내용에서 배워라. 장거리 통근을 하거나, 생각할 필요가 별로 없는 일에

---

* 라틴어로, '글쓰기광' 또는 '글쓰기의 열정' 등으로 번역할 수 있다. 작가의 의도상 여러 가지 의미를 함축하고 있기에 옮기지 않았다.

종사하며 낮 시간을 보낸다면, 오디오북을 들어라. 당신이 다니는 도서관에 오디오북이 잘 갖춰져 있지 않다면 '레코디드 북스', '북스 온 테이프', '브릴리언스 코퍼레이션', '리터릿 이어' 같은 회사들이 즐거움과 지속적 교육을 위해 읽을 만한 책들을 폭넓게 빌려주거나 팔 것이다. 이렇게 하면 어렵지 않게 언어의 사용, 단어의 느낌, 대립, 성격 묘사, 구성, 그리고 역사와 일대기와 의학과 과학 등에서 찾을 수 있는 수많은 아이디어에 대해 생각할 수 있다.

2. 글쓰기 수업을 듣고 작가 워크숍에 가라. 글쓰기란 의사소통이다. 당신이 생각하는 바를 제대로 전달하고 있는지, 이해하기 쉽고 재미있을 뿐만 아니라 최대한 설득력 있는 방식으로 전달하고 있는지 알려줄 다른 사람들이 필요하다. 다시 말해서, 당신이 좋은 이야기를 하고 있는지 알아야 한다. 독자들이 밤늦도록 깨어 있게 할 작가가 되고 싶지, 독자들을 텔레비전 앞으로 몰아가는 작가가 되고 싶지는 않을 것이다. 워크숍과 글쓰기 수업은 당신 작품을 위해 돈을 주고 빌린 독자이자 청중들이다. 강사와 수강생 양쪽의 발언, 질문, 제안을 통해 배워라. 당신에게 상처를 주거나 화나게 하고 싶어하지 않는 친구와 가족들보다는 이런 낯선 사람들이 당신 작품에 대해 진실을 말해줄 가능성이 높다. 예를 들어서 그들이 당신에게 말힐지도 모르는 찌증스러운 진실 중에는 문법 수업을 들어야

한다는 말이 있다. 누군가가 그런 말을 하면, 귀 기울여 들어라. 문법 수업을 들어라. 어휘와 문법은 당신의 가장 기본적인 도구다. 제대로 이해하는 사람들이 어휘와 문법을 가장 효과적으로 사용하고, 가장 효과적으로 남용하기도 한다. 어떤 컴퓨터 프로그램도, 어떤 친구나 고용인도 당신의 도구에 대한 견실한 지식을 대신할 수는 없다.

3. 써라. 매일 써라. 쓰고 싶은 기분이 들 때도, 들지 않을 때도 써라. 하루 중 일정 시간을 골라라. 한 시간 일찍 일어날 수도, 한 시간 늦게 잘 수도, 오락 시간을 포기할 수도, 점심시간을 포기할 수도 있다. 당신이 선택한 장르에서 아무 생각이 떠오르지 않는다면, 일기를 써라. 어쨌든 일기는 써야 한다. 일기는 세계에 대한 관찰을 돕고, 또 나중에 풀어나갈 글감을 저장해두기에도 좋다.

4. 최대한 좋아질 때까지 글을 고쳐라. 당신이 한 모든 읽기와 쓰기, 당신이 받은 모든 수업들이 수정작업을 도와줄 것이다. 당신의 글, 당신의 취재 작업(절대 취재 작업을 무시하지 말라), 당신 원고의 물리적인 외형을 확인하라. 어떤 조야함도 끼어들지 못하게 하라. 고쳐야 할 부분이 보이면 변명하지 말고 고쳐라. 당신이 잡아내지 못하는 잘못도 많을 것이다. 당신에게 뚜렷하게 보이는 결점을 무시하는 실수는 범하지 말라. '상관없어. 이대로도 충분히 좋잖아'라고 말하는 스스로를 발견

하면 바로 멈춰라. 돌아가라. 결점을 고쳐라. 최선을 다하는 습관을 들여라.

5. 출간을 위해 작품을 내밀어라. 우선 당신의 흥미를 끄는 시장을 조사하라. 당신의 작품을 팔고 싶은 출판사의 단행본이나 잡지를 찾아서 연구하라. 작품을 보내라. 이런 일을 한다는 생각만 해도 무섭다면, 좋다. 얼마든지 무서워해라. 그래도 작품은 보내라. 작품이 거절당하면 다시 보내고, 또 다시 보내라. 거절은 고통스럽지만, 피할 수 없는 일이다. 거절은 모든 작가의 통과 의례다. 팔 수 없는 작품이라고 포기하지 마라. 나중에 새로운 출판사에 팔거나, 예전 출판사의 새로운 편집자에게 팔 수도 있다. 최악의 경우라 해도, 당신은 거절당한 작품에서 배울 수 있을 것이다. 어쩌면 그 작품 전부나 일부를 새 작품에 활용할 수 있을지도 모른다. 어쨌든 작가들은 모든 것을 이용하거나, 모든 것에서 배울 수 있다.

6. 당신이 잊으면 좋을 장애물에는 이런 것들이 있다:

우선 영감에 대해서는 잊어라. 습관이 더 믿을 만하다. 습관은 영감을 받든, 받지 못하든 당신을 지탱해줄 것이다. 습관은 당신이 소설을 끝내고 연마하게 도와줄 것이다. 영감은 그렇지 않다. 습관은 실제로 나타나는 집요함이다.

재능도 잊어버려라. 당신에게 재능이 있다면, 좋은 일이다. 재능이 없다면, 상관없다. 습관이 영감보다 믿을 만하듯이, 재속적인 배움이 재능보다 믿을 만하다. 절대 자존심이나 게으름에 구애받지 말고 배우고, 작품을 발전시키고, 필요하다면 방향을 바꿔라. 집요함은 어느 작가에게나 꼭 필요하다. 작품을 끝내고, 거절당하면서도 계속 쓰고, 계속 읽고 공부하고 팔기 위해 작품을 보내는 집요함 말이다. 하지만 비생산적인 행동을 바꾸지 않고, 팔 수 없는 작품을 고치지 않으려 드는 고집은 당신의 창작에 치명적일 수 있다.

마지막으로, 상상력에 대해서는 걱정하지 말라. 당신은 필요한 상상력을 다 갖고 있으며, 당신이 실행할 읽기와 일기 쓰기와 배움 모두가 그 상상력을 자극할 것이다. 떠오른 아이디어를 가지고 놀아라. 재미있게 즐겨라. 바보 같거나 터무니없거나 엉뚱할까 걱정하지 말라. 글쓰기의 정말 많은 부분이 재미이다. 창작을 통해 흥미와 상상력을 풀어놓기만 하면 어디로든 갈 수 있다. 일단 그렇게 할 수 있게 되면, 당신이 이용할 수 있는 것보다 더 많은 아이디어를 얻게 될 것이다. 그다음에는 그런 아이디어들을 소설로 빚어내는 진짜 작업이 시작된다. 그 작업에 매달려라.

물고 늘어져라.

후기

나는 이 짧은 에세이를 〈미래의 작가들〉 앤솔러지 시리즈
(〈L. 론 허버드가 미래의 작가들에게 보내는 선물〉 9호)에 싣기 위
해 썼다. 이 시리즈는 신인 작가들의 작품을 소개하는데, 내
에세이는 일군의 신인 작가들에게 한 강연을 압축한 글이다.

에세이 마지막에 한 말이 제일 중요한 말이다. 글쓰기는 어
렵다. 격려도 없고 언젠가 출간되거나 돈을 받는다는 확신도
없이, 심지어는 시작한 작품을 완결할 수 있다는 확신조차 없
이 혼자 써내야 하는 일이다. 그런 상황에서 물고 늘어지기란
쉽지 않다. 그래서 내가 이 온화하고 짧은 에세이를 '퓨로 스
크리벤디'라고 부른 것이다. '글쓰기를 위한 분노' '열망' '긍
정적인 집착' '써야만 한다는 것에 대한 타는 듯한 갈망'……
좋을 대로 부르시라. 뭐리고 부르든 쓸모 있는 감정이다.

가끔 인터뷰를 할 때, 인터뷰 담당자가 나의 '재능'이나 '타고난 재주'를 칭찬하거나 어떻게 그런 재능을 발견했냐고 묻는다. (모르겠다. 옷장 속이나 길거리 어딘가에 누워서 발견되기를 기다리고 있었나보다.) 나는 이런 질문에 정중하게 답하려고 하고, 나는 글쓰기 재능이라는 것을 별로 믿지 않는다고 설명하려고 노력하곤 했다. 글을 쓰고 싶어하는 사람들은 그저 쓰거나, 쓰지 않는다. 결국 나는 나의 가장 중요한 재능, 혹은 습관은 집요함이라고 말하기 시작했다. 집요함이 없었다면 나는 첫 장편을 완결하기 훨씬 전에 글쓰기를 포기했을 것이다. 우리가 그저 포기를 거부하는 것만으로 어떤 일을 할 수 있는지 생각하면 놀랍다.

이 책만이 아니라 내가 한 모든 인터뷰와 강연을 통틀어서도 이것이 가장 중요한 말이 아닐까 싶다. 그것은 글쓰기 너머까지 적용되는 진실이다. 중요하지만 어려운 모든 일, 중요하지만 겁이 나는 모든 일에 적용할 수 있는 진실이다. 우리 모두는 보통 스스로 허용하는 것보다 훨씬 높은 곳까지 올라갈 수 있다.

다시 한 번 말하지만, 물고 늘어져라!

BLOODCHILD

옮긴이 이수현

인류학을 공부했으며, 작가 겸 번역가로 활동하고 있다. 《빼앗긴 자들》을 비롯한 '헤인 연대기'와 《기프트》 등 어슐러 르 귄의 다수 작품, 로저 젤라즈니의 《고독한 시월의 밤》, 조지 R. R. 마틴의 《피버 드림》《왕좌의 게임》, 이외에도 《체체파리의 비법》《살인해드립니다》, '샌드맨' 시리즈, '퍼시 잭슨과 올림포스의 신' 시리즈 등을 우리말로 옮겼다.

블러드차일드

1판 1쇄 발행 2016년 5월 31일 **1판 8쇄 발행** 2021년 11월 10일

지은이 옥타비아 버틀러
옮긴이 이수현
펴낸이 고세규
편집 박정선 **디자인** 안희정
발행처 김영사
주소 경기도 파주시 문발로 197(문발동) 우편번호 10881
등록 1979년 5월 17일(제406-2003-036호)
구입 문의 전화 031)955-3100 **팩스** 031)955-3111
편집부 전화 02)3668-3295 **팩스** 02)745-4827 **전자우편** literature@gimmyoung.com
비채 카페 cafe.naver.com/vichebooks **인스타그램** @drviche **카카오톡** @비채책
트위터 @vichebook **페이스북** facebook.com/vichebook
ISBN 978-89-349-7425-3 04840 책값은 뒤표지에 있습니다.

비채는 김영사의 문학 브랜드입니다.
이 도서의 국립중앙도서관 출판시도서목록(CIP)은 서지정보유통지원시스템 홈페이지
(http://seoji.nl.go.kr)와 국가자료공동목록시스템(http://www.nl.go.kr/kolisnet)에서
이용하실 수 있습니다. (CIP제어번호: CIP2016012298)